Head over Heels
Kein Cop für eine Nacht

Dana Summer

Verlag:
Zeilenfluss
Implerstraße 24
81371 München
Deutschland

———————

ISBN 978-3-96714-134-4

———————

Texte: Dana Summer
Bildmaterialien: Shutterstock ID 1126734998
Covergestaltung: Wolkenart Media Design; www.wolkenart.com
Lektorat: Wortnörgler, Sandra Linke
Korrektorat: Dr. Andreas Fischer
Satz: André Piotrowski

———————

Head over Heels
Kein Cop für eine Nacht

Liebesroman

Dana Summer

ZEILENFLUSS

1

So hatte sie sich ihren Start in Korit Valley nicht vorgestellt.

Ruby kniff die Augen zusammen, zog den Kopf ein und wünschte sich in diesem Moment nichts sehnlicher, als unsichtbar zu sein. Bei ihrer Aufmachung wäre allerdings selbst Harry Potters Tarnumhang überfordert.

Sie sah es bereits vor sich. Sobald sie die verflixte Turnhalle betrat, würden die ersten Blicke zu ihr schweifen und sich fassungslos an ihr festtackern. Einsetzendes Schweigen, Stöße in die Rippen und geflüsterte ›Guck dir das an‹ animierten dann auch die restlichen Gäste zum Hinsehen. Ihr zartrosafarbener Look würde alle zum Grinsen bringen, bis sich dieses Feixen zu einem lautstarken Lachen hinter vorgehaltener Hand entwickelte. Was Ruby ihnen nicht einmal übel nehmen könnte. Stünde sie auf der anderen Seite, würde sie vermutlich genau dasselbe tun.

Aber da stand sie nicht. Sie musste sich in dem Saal zum Affen machen. Was tat man nicht alles, um das fette rote Minus auf dem Bankkonto einzudämmen? Exakt. Alles. Na ja, zumindest fast. Nur gut, dass sie hier niemand kannte. Die einzigen Personen, die sie bisher in Korit Valley zu Gesicht bekommen hatte, waren ihre Cousine Lyra und deren Mutter Violet. Und genau wegen Ersterer steckte sie nun, kaum als neuer Bewohner in der Kleinstadt eingetroffen, in diesem abscheulichen Kostüm. Dabei hatte sie noch nicht einmal ihren Koffer ausgepackt.

Warum hatte Ruby auch nicht Nein gesagt? Was war an diesen vier Buchstaben so schwer auszusprechen? N. E. I. N. Nichts, oder?

Anstatt Lyras Bitte abzuschlagen, hatte Rubys Helfersyndrom einfach das Reden übernommen und zugestimmt. Das hatte sie jetzt davon. Sie steckte in diesem Ding, konnte sich kaum bewegen, geschweige denn, in dem engen Wulst aus Schaumstoff vernünftig atmen. Lediglich ihr Gesicht war frei. Ein paar vorwitzige Haarsträhnen hatten sich aus ihrem Zopf gelöst und hingen ihr nun ins Gesicht.

Watschelnd trat Ruby von den Spinden weg und versuchte, die Tür der Umkleidekabine zu erreichen. Dabei stolperte sie beinahe über ihre eigenen Beine, weil die zwei Kugeln, die direkt vor ihren Füßen hin- und herbaumelten, jeden Schritt erschwerten. Zu dem ohnehin schon superpeinlichen Outfit fehlte nur noch, dass sie sich auf die Nase legte. Mit Mühe und Not schaffte sie es zur Tür und öffnete diese, so gut es ihr sperriges Kostüm zuließ. Was für eine Herausforderung. Mühsam schob sie sich auf den Flur. Weil Ruby nicht schnell genug weiterging, versetzte ihr die selbstschließende Tür einen Stoß, ehe sie ins Schloss fiel.

Sie schwitzte, und ihr schwarzes Tanktop, das sie darunter trug, klebte unangenehm auf ihrer Haut.

»Du musst nur ein wenig im Saal auf- und abgehen«, hatte Lyra gesagt, als sie in deren Cabrio zu der Veranstaltung gefahren waren. Was sich vor knapp zwanzig Minuten angehört hatte wie ein Kinderspiel, entwickelte sich jetzt zur einem der beschämendsten Augenblicke ihres bisherigen Lebens. Vielleicht sollte sie kneifen. Sie könnte sich einfach umdrehen und gehen. Aber das brachte Ruby nicht übers Herz. Sie wusste, wie bedeutsam dieses Ereignis für ihre Cousine war. Wie viele Stunden sie mit der Planung zugebracht hatte. Umso ärgerlicher, dass ausgerechnet an diesem Tag einer der wichtigsten Akteure – der eigentliche Kostümträger – ausfiel. Würde Ruby nicht einspringen, wäre es eine Katastrophe.

Im Schneckentempo wackelte sie den langen Gang entlang. Ihre Sneaker quietschten auf dem grünen Linoleumboden. Sonst war nichts zu hören.

»Da steckst du ja.« Mit hochrotem Gesicht kam Lyra in ihrem schwarzen, engtaillierten Hosenanzug auf sie zugeeilt. »Es sind schon paar Besucher da und …« Ihre Cousine brach ab, und ein verkniffenes Lächeln breitete sich auf ihrem Gesicht aus, was in keiner Weise zu Rubys Laune beitrug.

»Lach ruhig. Wenn ich gewusst hätte, dass du mich in das da«, Ruby machte eine nickende Bewegung an sich hinab, »steckst, hätte ich dir nicht aus der Patsche geholfen. Egal, wie viel Geld du mir angeboten hättest.«

Lyra konnte sich noch so sehr zusammenreißen, sie schaffte es nicht, nicht loszuprusten. »Sorry, ich … wusste nicht … Shit, das ist echt witzig.«

Kurzzeitig überlegte Ruby sich ernsthaft, sich auf Lyra zu stürzen und sie zu erwürgen. Nur bekam sie leider ihre Arme nicht nach vorn!

»Warte nur, bis ich aus diesem Teil rauskomme!«

Lyra wischte sich die Lachtränen aus den Augen und fächerte sich Luft zu. »Sorry. Du hast ja recht. Ich meine …« Erneut kicherte sie los. »Den Penisneid der Frauen lebst du heute in vollen Zügen aus. Man kriegt nicht alle Tage einen Penis dieser Größe zu Gesicht. Damit gewinnst du jeden Schwanzvergleich. Der Anblick ist –«

»Hahaha. Sehr witzig«, unterbrach Ruby sie. »Vergiss nicht, dass ich mich immer noch umdrehen und gehen kann.«

Schlagartig sah Lyra sie ernst an. »Bitte tu das nicht. Ich brauche das Kondom und den Penis. Was wäre eine Anti-Aids-Kampagne ohne diese zwei Dinge?«

»Mir völlig egal. Ich mach das hier nur dir zuliebe«, gab Ruby beleidigt zurück, »und als Dank muss ich mich von allen Leuten da drinnen auslachen lassen. Wenigstens du könntest fair sein und mich aufmuntern.«

Rubys Worte zeigten Wirkung.

»Du hast völlig recht. Entschuldige, Süße.« Lyra straffte ihre Schultern und strich ihre Handflächen an ihrem schwarzen Hosenanzug ab. »Ich schulde dir etwas, und damit meine ich nicht nur das Geld. Hör zu, wenn diese Veranstaltung zu Ende ist, lade ich dich ins *Blues* ein. Dort können wir was essen, ein Bier trinken und ein wenig Spaß haben. Okay?«

»Mal sehen, ob ich mich nach diesem Auftritt überhaupt noch in die Öffentlichkeit traue«, murrte Ruby und pustete sich eine ihrer hellblonden Locken aus dem Gesicht.

»Ach was«, Lyra winkte ab, »keiner wird dich in dem Kostüm erkennen. Die Kids da drinnen sind so damit beschäftigt, sich mit kostenlosen Kondomen einzudecken, da werden sie nicht sonderlich auf dich achten.«

»Die Kids vielleicht nicht, aber was ist mit deren Eltern und …«

»Mach dir keinen Kopf. In zwei Stunden hast du es überstanden, und jetzt komm mit, Elvis ist schon On Tour.«

»Wer ist Elvis?« Ruby hatte Mühe, Lyra zu folgen, die den Gang entlangmarschierte.

»Dein Gegenpart. Der Gummi.«

»Ah ja.« Der Geruch von Schweiß und Gummimatten hing in der Luft und weckte alte Erinnerungen an ihre Highschool-Zeit. Ruby stieß ein gequältes Lachen aus, als sie daran dachte, wie sie sich damals, mit knapp fünfzehn ausgemalt hatte, wo sie in zehn Jahren stehen würde. Naiv genug zu denken, mit Fleiß könnte man alles erreichen. Doch der Wille und gute Noten hatten nicht ausgereicht. Nein, man brauchte schon das nötige Kleingeld, um sich ein College leisten zu können. Davon hatte Ruby leider in ihrem ganzen Leben nie genügend besessen. Egal, wie hart sie gearbeitet, wie sparsam sie gelebt hatte, es hatte nie gereicht. Jetzt, zehn Jahre später, war von dem Traum, Fotografin zu werden, nichts mehr übrig. Die Wirklichkeit hatte sie gleich nach dem Highschool-Abschluss mit voller Wucht auf den Boden der Tatsachen aufprallen lassen. Eine Realität, die sich fortan wie ein Faden durch ihr Leben zog.

Lyra war bereits bei der Doppelflügeltür angekommen, legte ihre Hände auf den Griff und drehte sich zu ihr um. »Bereit?«

»Hilft es, wenn ich Nein sage?«

Lyra schüttelte den Kopf, und schon wieder zuckten ihre Mundwinkel. Das sah nicht nach Anteilnahme aus. Oder Gnade.

»Dann habe ich ja kaum eine Wahl.« Ruby kam keuchend neben ihr zum Stehen.

»Los gehts.« Schwungvoll riss Lyra die Türen auf. »Und ein kleiner Tipp: Du solltest beim Gehen nicht so arg den Kopf bewegen.«

»Warum?« Mit weit aufgerissenen Augen starrte Ruby auf die Menschenmenge im Saal. Das sollten ›ein paar‹ Besucher sein? Es waren bestimmt mindestens hundert Leute.

»Nun ja«, jetzt konnte Lyra das Schmunzeln nicht länger unterdrücken, »es wackelt da oben«, sie deutete über Rubys Kopf, »wackelt schon ziemlich stark.«

Na Bravo. Jetzt war sie nicht nur ein wandelnder Penis, nein, sie war ein unkontrolliert zuckender Penis!

»Ich bring dich um. Ernsthaft!«, zischte Ruby und versuchte eine Schweißperle auf ihrer Stirn an dem Stoff abzuwischen. Vergeblich.

»Ich liebe dich auch, Süße.« Mit diesen Worten trat Lyra hinter sie und schob sie sanft, aber bestimmt in den Saal.

Kaum, dass ihre Füße die Schwelle überschritten hatte, merkte sie, wie sie die Aufmerksamkeit der Besucher auf sich lenkte. Es passierte genau das, was sie vorausgesagt hatte: Die Gesichter der Gäste erhellten sich, Mundwinkel wurden nach oben gezogen.

Wie lange bekommt man für Mord?, fragte sie sich, während sie erneut von hinten angeschoben wurde. Wenn es unter Totschlag lief, zwanzig Jahre, oder?

»Da vorne ist Elvis.« Lyra, die nun neben ihr war, deutete auf eine Person, die ein grellpinkes Regencape mit einer Noppe als Kappe trug. Es sah tatsächlich wie ein Kondom aus. Ohne Zweifel. Ruby wäre tausendmal lieber der Gummi.

»Warum darf er das da tragen, und mich steckst du hier rein?« Vorwurfsvoll drehte sie sich zu ihrer Cousine um.

»Nun ja.« Ruby wusste sofort, dass die Antwort ihr nicht gefallen würde. »Elvis hat sich geweigert und … Schau mich nicht so an!«

»Wie schau ich denn? Vielleicht wie jemand, der sich gleich auf dich stürzen will?«

Lyra nickte. Doch nun, da sie mitten in der Veranstaltung waren, die sie organisiert hatte, zeigte sie sich hochprofessionell. Von Reue war nichts mehr zu erkennen. »Du machst das schon. Lächle einfach und misch dich unter die Besucher.« So wie sie das sagte, klang es idiotensicher. »Ich werde Elvis mal fragen, ob ihr vielleicht nach der Hälfte des Events die Kostüme tauschen könnt. Und dann am Schluss wartet auf uns«, sie zwinkerte ihr zu, »vor allem für uns Damen eine kleine Überraschung da draußen.«

Noch ehe Ruby etwas erwidern konnte, eilte ihre Cousine in ihren hohen Pumps davon.

Für ein paar Sekunden, die sich anfühlten wie eine Ewigkeit, blieb sie einfach nur stehen. Sie wollte aus diesem Albtraum erwachen. Erst als ein pickliger Teenager vor ihr anhielt und meinte: »Endlich auch mal was Vernünftiges zwischen den Beinen, was?«, erwachte sie aus ihrer Trance.

Die Kids um sie herum lachten. Ein Kumpel des Möchtegern-Machos klopfte ihm auf die Schulter und grölte: »Der war gut.«

Geh einfach weiter!, befahl sie sich und trippelte von dannen. Das laute Gelächter der Jugendlichen folgte ihr. Selbst am anderen Ende des Raumes bildete sie sich noch ein, es hören zu können.

Ruby drehte sich einmal um die eigene Achse und sah sich um. Verdammt. Der Besucherstrom nahm zu. Sie hatte eben schon gut zehn Minuten gebraucht, um den Saal zu durchqueren. Dabei hatte sie den einen oder anderen Besucher mit dem Stoffgeschwulst angerempelt. Die Vorstellung, weitergehen und sich erneut zwischen den Ständen durchquetschen zu müssen, ließ ihre Laune noch mehr in den Keller sinken. Wo zum Henker steckte Elvis? Und Lyra?

Die unerträgliche Hitze unter dem Kostüm führte dazu, dass ihr Top unangenehm auf der Haut klebte. Ebenso ihre Jeans, die sich anfühlte, als hätte sie vor lauter Aufregung hineingepinkelt.

Vielleicht sollte sie einfach stehen bleiben und warten, bis es vorbei war.

Jared Turner blinzelte gegen die grelle Sonne an, als er die Wagentür seines Einsatzfahrzeuges öffnete. Keine Wolke bedeckte den strahlend blauen Himmel, und selbst für Anfang April war es angenehm warm. Hoch oben in den Rocky Mountains überzog eine glitzernde, weiße Pracht die Bergspitzen. Er wäre jetzt liebend gern mit seinem Motorrad in den grünen Wäldern. Aber nein. Warum musste ausgerechnet er heute Dienst haben und nicht einer seiner Brüder? Einen Moment länger ruhte seine Hand auf dem Griff der Autotür. Er hasste solche Veranstaltungen, und doch gehörten sie ebenso zu seinem Job wie die Jagd nach Verbrechern und das Sorgen für Recht und Ordnung in Korit Valley. Hörbar laut atmete er aus, rückte seine Pilotensonnenbrille zurecht und stieg aus. Die Sohlen seiner dunklen Stiefel berührten den steinigen Boden, gaben ein leises Knirschen von sich, als er an den parkenden PKWs vorbei zum Eingangsbereich schlenderte.

Wer ihm entgegenkam, grüßte ihn. Doch Jared hatte nicht mehr als ein müdes Nicken für sie übrig. Ihm war nicht nach Smalltalk. Nicht heute. Nicht bei alldem, was er in den vergangenen zehn Stunden an Arbeit bewältigt hatte. Dies war nun seine letzte Aufgabe, bevor er sich in den wohlverdienten Feierabend verabschieden durfte und Chase, sein älterer Bruder, die Schicht übernahm.

Die Aussicht auf einen baldigen Abgang trieb ihn in die Turnhalle und zu den Besuchern der Anti-Aids-Kampagne. Wie jedes Frühjahr präsentierte die örtliche Highschool ein gemeinnütziges Projekt. Die Einnahmen aus dem Getränke- und Kuchenverkauf sowie dem Flohmarkt der Schüler wurden als Spende weitergereicht.

Im Grunde eine gute Sache. Wenn nicht ständig die alleinstehenden Damen versuchen würden, sich ihm an den Hals zu werfen. Genau deshalb hatte er sich die letzten Jahre geschickt vor dieser Veranstaltung gedrückt. Nirgendwo traf man auf mehr Flirtwütige als dort. Warum, wusste Jared nicht genau. Vielleicht lag es an den selbstgemachten Produkten, die die Ladys verkauften. Möglicherweise war es aber auch die Tatsache, dass sich einige Mütter von ihren Ehemännern getrennt hatten, weil die Väter sich etwas Unverbrauchtes gesucht hatten. Wie auch immer. Keiner der Turner-Brüder war scharf darauf, bei solchen Veranstaltungen nach dem Rechten zu sehen.

Zielstrebig warf er sich in das Getümmel und schaute sich um, darauf bedacht, die Verkaufsstände zu meiden. Die

Turnhalle war gut besucht. Auf den Bänken saßen ein paar Kids und unterhielten sich, während andere dabei waren, sich um einen Typen zu drängeln, der in einem seltsamen Überzug steckte. Was sollte das darstellen? Ein Kondom? Er ging weiter, um sich das Ganze genauer anzusehen. Dabei nahm er seine Sonnenbrille ab und hängte sie an seinen Hemdkragen.

Heilige Scheiße, tatsächlich. Der Kerl trug ein Gummikostüm und verteilte bereitwillig kostenlose Kondome an die Teenies.

Amy-Jane, die gemeinsam mit ihrem Mann Peter, dem Bürgermeister von Korit Valley, die Veranstaltung finanziell unterstützte, schien besorgt um den guten Ruf der Stadt zu sein.

Kopfschüttelnd zog er weiter, nickte im Vorbeigehen den Leuten zu und war froh, als er das andere Ende der Halle erreichte. Nun musste er nur noch ein paar Minuten bleiben, dann hatte er seine Pflicht erfüllt und konnte sich wieder vom Acker machen. Gedanklich war er schon bei einem kühlen Bier und einem saftigen Steak, als seine Aufmerksamkeit auf jemanden – oder eher etwas – gelenkt wurde. Jared musste zweimal hinsehen, weil er meinte, seine Augen spielten ihm einen Streich, aber dem war nicht so. Dort drüben, ein paar Schritte entfernt, hatte sich doch tatsächlich jemand als übergroßer hautfarbener Schwanz verkleidet.

Heilige Scheiße. Erst das Kondom, jetzt der Penis. Fehlte nur noch, dass irgendwo eine Vagina herumstolzierte.

Jared marschierte weiter. Das musste er sich genauer ansehen. Das wandernde Glied bemerkte ihn nicht, weil die Person, die in dem Kostüm steckte, damit beschäftigt war, nicht über die zwei Hoden zu stolpern, die direkt vor ihren Füßen auf dem Boden schleiften.

»Ich bring sie um, ernsthaft, das tue ich«, hörte er eine Frauenstimme aus dem Ungetüm zischen.

»Dann sollte ich wohl eingreifen, bevor es dazu kommt.«
Jared blieb hinter der Frau stehen und sah zu, wie sie erschrocken zusammenzuckte und sich umzudrehen versuchte. Was sich als höchst amüsant erwies. Einen herumzappelnden, fluchenden Schwanz bekam man nicht alle Tage zu Gesicht. Er konnte nicht anders und ergab sich dem Grinsen. Jenes wurde noch eine Spur breiter, als sich die Frau endlich zu ihm herumgearbeitet hatte. Ihre Wangen glühten rot, und ihre Mimik gab ihm zu verstehen, dass er auf bestem Wege war, das nächste Opfer ihrer Mordlust zu werden, wenn er nicht schnellstens Leine zog.

»Oh bitte. Den Spruch kannst du dir sparen. Behalt mal lieber deine Fakehandschellen bei dir, das zieht bei mir nicht.« Ihre himmelblauen Augen musterten ihn von Kopf bis Fuß, und sie zog eine Braue nach oben. »Ich hatte ja keine Ahnung, dass Lyra auch einen Stripper engagiert hat. Du bist ein wenig zu früh dran. Die Abendunterhaltung findet erst statt, wenn die Kids weg sind.«

Er? Ein Stripper? Jared wusste nicht genau, ob er sich geschmeichelt fühlen oder beleidigt sein sollte. Erneut ließ er seinen Blick an ihr hinabgleiten. Leider konnte er unter diesem Teil nichts von ihrem Körper erkennen. Dafür war ihr Gesicht wirklich hübsch. Eine lange gerade Nase, hohe Wangenknochen, ein äußerst reizvoller Mund. Ein Leberfleck zierte ihr störrisch vorgeschobenes Kinn.

Mit ziemlicher Sicherheit konnte er sagen, die Kleine noch nie gesehen zu haben. Und ihr schien es nicht anders zu gehen. Sonst wüsste sie, wer er war und dass er nicht hier vor ihr stand, weil er einen Auftritt als Entkleidungskünstler hatte.

»Ich habe nicht vor, mich auszuziehen.«

Genervt verdrehte sie die Augen. »Tja, Hottie, ich sag es dir nur ungern, aber genau deshalb bist du hier. Du bist die Überraschung, von der Lyra gesprochen hat.«

Sie beachtete ihn nicht weiter. Stattdessen sah sie an ihm vorbei.

Hatte die Kleine ihn eben tatsächlich ›Hottie‹ genannt? Eindeutig, sie hatte keinen blassen Schimmer, wer er war, und das machte die Sache interessant. Und warum in Gottes Namen dachte sie, dass er etwas mit der angekündigten Überraschung zu tun hätte? Vielleicht sollte er mitspielen und sie in ihrem Glauben lassen. Das könnte diese Veranstaltung für ihn wesentlich unterhaltsamer machen.

2

igentlich schade. Hottie stand sein Polizeikostüm wirklich verdammt gut, er war attraktiv, zählte aber eindeutig nicht zu den hellsten Kerzen auf der Torte. Wie klar sollte sie ihm zu verstehen geben, dass sie weder Zeit noch Lust auf ein Gespräch mit ihm hatte? Die Farbe seiner Augen ließ Ruby an Toffee denken. Er musterte sie wachsam. Auf seinem Kinn lag ein leichter Bartschatten. Sein Mund war mindestens genauso verlockend anzusehen wie der Rest seines Gesichts.

Mayday, Mayday! Sie musste schleunigst aufhören, ihn so anzustarren, sonst verriet sie sich. Eilig wandte sie den Blick von seinen Lippen ab und lenkte ihre Aufmerksamkeit auf seinen Oberkörper. Doch das SOS-Signal in ihrem Kopf wurde dadurch nicht leiser. Nein, eher schrillte es doppelt so laut. Hottie schien, wenn er sich nicht gerade seiner Klamotten entledigte, sehr viel Zeit in einem Fitnessstudio zu verbringen. Dabei war er keiner dieser aufgepumpten Typen, die sich darum stritten, wer mehr Gewichte stemmen konnte. Nein, Hottie erweckte den Anschein, von Kopf bis Fuß durchtrainiert zu sein. Ob er sich kopfüber an eine Striptease-Stange hängte, damit man ihm Geld in die Unterhose stopfen konnte? Ihr Herz raste.

Ruby zwang sich, nicht länger auf die breite Brust ihres Gegenübers zu starren. Viel eher versuchte sie, an ihm vorbeizublicken. Doch das gestaltete sich im Anbetracht der Tatsache, dass Hottie mindestens eineinhalb Köpfe größer war als sie, nicht leicht. Statt endlich zu verschwinden, besaß er tatsächlich noch die Frechheit, ihr mit verschränkten Armen sowohl die Sicht als auch den Weg zu versperren.

Selbstgefällig schaute er auf sie hinab. »Und was machen wir nun?«

»Wir?« Bei Gott, so heiß der Typ war, genauso schwer war er von Begriff. Oder lag es an ihr, und sie sollte langsamer sprechen? Womöglich sorgten die Hitze unter diesem verdammten Kostüm und ihr sexy Gegenüber dafür, dass sie kurz vor der Dehydration stand und vor sich hinnuschelte.

»Was mich betrifft, werde ich zwei Dinge tun. Erstens: Ich bin hier, um mich vor der gesamten Besucherschaft zum Affen zu machen. Zweitens, und das ist mein persönliches Resümee dieses Tages, soll ich als abschreckendes Beispiel dienen und den Kids zeigen, was passieren kann, wenn man sein Einkommen mit einem Job wie diesem verdient.«

Ruby holte kurz Luft und versuchte erneut, eine Haarsträhne aus ihren Augen zu bekommen.

»Du hingegen hast nachher das Vergnügen, deinen Lebensunterhalt damit zu verdienen, deinen«, demonstrativ ließ sie ihren Blick an ihm hinabgleiten und verweilte auf seinen muskulösen Oberarmen, »Astralkörper der Frauenwelt zur Schau zu stellen. Hat dir das denn keiner gesagt? Ich dachte immer, ihr hättet eine Art Ausbildung oder so. Wie dem auch sei. Deine Verkleidung kommt bestimmt gut an. Man merkt, dass du dir bei deiner Auswahl Mühe gegeben hast.« War das etwa eine Waffe, die da in dem Holster steckte? Der Typ hatte wirklich an alles gedacht. »Richtig originalgetreu.«

Sein Mundwinkel zuckte nach oben. Erst kaum merklich, dann immer eindeutiger. Hottie fand sie wohl ziemlich witzig. Dabei hatte Ruby das ernst gemeint. Lachte er sie gerade aus? Um seine karamellbraunen Augen bildeten sich kleine Fältchen, und sein Mund – verdammt, der war echt heiß.

Obwohl das, was daraus kam, nicht gerade heiß war. »Von uns beiden hast du, rein von der Größe her, den Damen eher was zu bieten.«

»Wenn du das sagst.« Diese Unterhaltung führte lediglich dazu, dass sie sich noch blöder vorkam als ohnehin schon. »Ich muss dann mal wieder weiter. Ich werde nicht bezahlt, um zu plaudern.« Sie ließ ein letztes Mal ihren Blick an ihm hinabgleiten. Zu schade, dass sie bei seiner Show nicht dabei sein würde. Keine Frage. Ruby hätte ihm liebend gerne dabei zugeschaut, wie er sich zur Musik bewegte und seine sexy Verkleidung abstreifte. Wann bekam Frau schon so einen heißen Kerl in Aktion zu sehen? Dazu noch kostenlos? Jammerschade. Wirklich. Aber Ruby war durch die lange Reise von New York hierher völlig k. o.. Nichts wünschte sie sich sehnlicher herbei als eine Dusche und ein Bett, in dem sie schlafen konnte, ohne vom heulenden Lärm der U-Bahn oder der Nachbarn geweckt zu werden. Ohne knurrenden Magen einzuschlafen und am nächsten Tag vom Hunger geweckt zu werden. All diesen Luxus wollte sie nicht für einen Mann aufgeben, der sich vor hunderten Frauen auszog. »Dir viel Spaß noch. Bei was auch immer.«

Schwerfällig drehte sie sich um und trippelte los. Erneut bahnte sie sich einen Pfad durch den Raum. An den feixenden Besuchern vorbei. Keiner machte sich die Mühe, ihr aus dem Weg zu gehen. Nichts anderes hatte sie erwartet. Schließlich war sie hier, um die Leute bei Laune zu halten. Wenn dazu gehörte, sich durch jede Lücke zu quetschen, die sich vor ihr auftat, dann war das eben so.

Dabei hielt sie weiterhin nach Elvis Ausschau, bis sie ihn endlich entdeckte. Doch ein Durchkommen zu ihm war unmöglich. Die Kids hatten sich um ihn wie Weintrauben an einer Rebe versammelt. Sie hatten ihn eingekesselt und ließen sich mit Kondomen beschenken. Was der Teenager-Ruby vor versammelter Eltern- und Lehrerschaft peinlich gewesen wäre, schien den heutigen Kids nicht das Geringste auszumachen.

Ruby schüttelte den Kopf. Sie ergab sich ihrem Schicksal und wackelte weiterhin als laufendes Glied durch den Saal. Das Ganze hielt sie noch genau eine Dreiviertelstunde durch, bevor sie sich auf die Suche nach Lyra begab. Sie fand sie am Kuchenstand bei ein paar Müttern.

»Ich bin völlig am Ende.« Ruby blieb neben ihr stehen. »Ich muss aus diesem Ding raus, bevor ich umkippe.«

»Elvis war wohl nicht bereit zu tauschen, was?« Lyra nickte den zwei Frauen zu und schob Ruby sanft Richtung Ausgang.

»Wo denkst du hin? Während ich die Lachnummer abgab, war er der Coole, der die Teenies beschenken durfte. Ich konnte ihn noch nicht mal fragen, weil ein Durchkommen zu ihm unmöglich war.«

»Ich werde ihn mir nachher vorknöpfen.« Lyra eilte los und hielt ihr die Tür auf.

»Jetzt ist es ohnehin schon zu spät. Du kannst es also genauso gut sein lassen.« Ruby sehnte den Moment herbei, in dem sie endlich aus diesem Teil herauskam. »Ich will nur noch unter die Dusche.«

»So schlimm?«

»Schlimmer. Es ist unerträglich heiß. Ich fühle mich wie ein Truthahn, der im Backofen steckt.«

»Das tut mir ehrlich leid.« Geknickt sah Lyra sie an. »Wenn diese Veranstaltung nicht so wichtig für mich wäre, dann … Ich weiß ja, dass es dir nicht so gutgeht …«

»Alles okay. Jetzt habe ich es ja überstanden«, beruhigte Ruby ihre Cousine.

Lyra ging voran in Richtung Umkleidekabine. »Das hier ist mein erster Auftrag, und der soll einfach perfekt sein. Schließlich brauche ich Referenzen, wenn ich die Agentur nicht in wenigen Monaten wieder schließen will.«

Lyra hatte nach ihrem Studium als Eventmanagerin gut zwei Jahre bei einer anderen Agentur in Denver mitgearbeitet, bevor sie den Sprung gewagt und sich selbstständig gemacht hatte. Im Moment war sie dabei, ein kleines Büro für ihre Firma zu suchen.

Innerlich machte Ruby drei Kreuze, als sie den Spind mit ihren eigenen Sachen erreichte. Augenblicklich begann sie, sich aus dem Kostüm zu winden. Was allerdings gar nicht so einfach war und Lyras Hilfe erforderte. Gemeinsam schafften sie es. Während Ruby wie ein Fisch zappelte, zog Lyra an einem Ende des Ungetüms.

»Du hast wirklich was bei mir gut«, schwor diese und zerrte den Stoff über Rubys Kopf. »Sobald die Party vorbei ist, verschwinden wir und feiern meinen ersten erfolgreichen Auftrag. Sofern jetzt nichts mehr schiefgeht.«

Ruby strich sich eine verschwitzte Haarsträhne hinter das Ohr und griff nach der Wasserflasche, die Lyra ihr reichte.

»Was soll schon schiefgehen?« Ruby drehte den Verschluss auf. Dabei kamen ihr zwei karamellfarbene Augen in den Sinn. Mist. Da war ja noch Hottie, der Stripper, der sie aufgezogen und ihr hatte weismachen wollen, dass er nicht hier war, um sich auszuziehen. »Allerdings solltest du beim nächsten Mal die Wahl deines Strippers überdenken.« Ruby gönnte sich einen großen Schluck von dem Wasser, ihre ausgetrocknete Kehle lechzte nach dem kühlen Nass. Wie eine Verdurstende trank sie die halbe Flasche mit einem Zug leer.

Entgeistert sah Lyra sie an. »Stripper?«

»Ja, der schnucklige Kerl in der Polizeiverkleidung«, half Ruby ihr auf die Sprünge.

Der fragende Ausdruck auf dem Gesicht ihrer Cousine blieb. »Ich habe keine Ahnung, wovon du sprichst.«

»Na der –« Doch weiter kam sie nicht, in diesem Augenblick betrat eine junge Frau die Umkleidekabine.

»Lyra, wir haben da draußen ein kleines Problem. Mr. Miller will seine Rede halten, aber das Mikrofon streikt.«

Lyra nickte und stürzte bereits zur Tür, als sie sich noch einmal zu Ruby umdrehte. »Wir sprechen später darüber. Kommst du klar?«

»Sicher. Ich zieh mich an und lauf zu euch. Den Hausschlüssel habe ich ja.«

»Ich kann dir auch ein Taxi rufen.«

»Nicht nötig. Die frische Luft tut mir gut. Und jetzt los. Ich komm zurecht.« Ruby wedelte mit den Händen und scheuchte ihre Cousine weg.

»In Ordnung. Wenn was sein sollte, dann ...«

»... habe ich eure Nummer. Jetzt geh schon!«

Lyra warf ihr eine Kusshand zu und eilte auf ihren schicken Pumps davon.

Knapp eine halbe Stunde später betrat Jared sein Haus, angelte sich ein Bier aus dem Kühlschrank und ließ den Blick über dessen Inhalt wandern. Weitere drei Flaschen Bier, ein paar Eier, Orangensaft und eine Packung Milch. Ansonsten herrschte gähnende Leere. Verflixt, dann wurde nichts aus seinem Steak, er hatte wie so oft vergessen einzukaufen. Schwungvoll warf er die Tür zu und marschierte zu der Theke, die seine Küche vom Essbereich trennte. Er ließ sich auf einen der beiden Barhocker sinken, drehte den Verschluss der Flasche und gönnte sich einen großen Schluck von dem malzigen Getränk. Gerade als er die Flasche auf den Tresen abstellen wollte, öffnete sich die Hintertür, die zum Garten führte – einem Schandfleck, wie seine Mom ihn betitelte. Jared hob nicht einmal den Kopf, um den Besucher zu begrüßen. Nur seine Familie nutzte den Hintereingang, und da seine Mutter sich auf der Anti-Aids-Veranstaltung befand, konnte es nur einer seiner Brüder sein.

Tatsächlich war es Chase, der eine Papiertüte direkt vor seiner Nase abstellte. »Soll ich dir von Mom geben.«

Jared warf einen Blick hinein. Der Duft von Hackbraten stieg ihm in die Nase. Daneben lag eine Dose mit Pellkartoffeln. Sein Abendessen war gerettet. Er schwang sich vom Stuhl und holte einen Teller aus dem Schrank, um das Essen darauf zu verteilen und in die Mikrowelle zu stellen. Chase hingegen marschierte zum Kühlschrank und nahm sich ein Bier.

»Alkohol im Dienst?« Jared drehte am Wärmeregler und schloss die Tür, damit sein Essen heiß werden konnte.

»Don und ich haben getauscht.«

Erst jetzt fiel ihm auf, dass sein Bruder keine Uniform trug, sondern Jeans und die abgewetzte Lederjacke, die Chase seit einer Ewigkeit im Schrank hängen hatte. Jared musterte ihn. »Wie kommt's?«

Chase' Mimik sprach Bände, was Jared dazu veranlasste, zu fragen: »Gibt es schon wieder Ärger im Paradies?«

Das Gesicht seines Bruders verzog sich zu einem gequälten Ausdruck. »Ich habe unseren Jahrestag vergessen.« Chase schwang sich mit einer fließenden Bewegung auf den Barhocker. »Jetzt schmollt Peggy-Sue und ist mit ihren Mädels ausgegangen.« Er winkte ab. »Versteh einer die Frauen.«

Jared konnte nur nicken und schluckte die spitze Bemerkung hinunter, die ihm auf der Zunge lag. Er machte kein Geheimnis daraus, dass er Peggy-Sue nicht ausstehen konnte. Ihre überhebliche, zynische Art, dieses ständige Herumgezicke, ließ sie nicht gerade zu einer Frau werden, die er sich als Schwägerin wünschte. Aber genau das würde passieren, wenn Chase ihrem unerbittlichen Drang nachgab und ihr einen Ring an den Finger steckte.

Der Duft von Hackbraten wurde stärker, und während der Teller in der Mikrowelle fleißig seine Runden drehte, zog Jared Messer und Gabel aus dem Besteckfach. Endlich machte es ›Ping‹. Der Teller war verdammt heiß, als er ihn herausholte, aber das war ihm egal. Sein Hunger war übermächtig.

»Wie war es denn auf der Highschool-Veranstaltung? Konntest du den heiratswilligen Frauen aus dem Weg gehen?«, fragte Chase.

»Jap.« Jared setzte sich neben seinen Bruder und schob sich eine Gabel köstlich duftendes Essen in den Mund. Prompt verbrannte er sich die Zunge. »Mit meinem ›Komm-mir-nicht-zu-nahe‹-Blick hat das recht gut funktioniert.«

»Den beherrschst du mittlerweile genauso phänomenal wie Don.«

Jared schnitt sich ein weiteres Stück Hackbraten ab und spießte eine Kartoffel gleich mit auf. »Eine andere Wahl habe ich schließlich nicht.«

»Wie wäre es damit, dir eine Frau zu suchen? Du wirst nicht jünger, Kumpel. Mit dreißig kann man das Single-Leben schon mal eintauschen.« Chase klopfte ihm hart auf den Rücken.

Jared musste husten, weil ihm durch den unerwarteten Schlag seines Bruders ein Happen Essen in der Speiseröhre stecken blieb. »Zur Hölle.« Er räusperte sich, nahm einen Schluck Bier und ächzte dann: »Du klingst wie Mom.«

»Ich weiß. Sie liegt mir ständig damit in den Ohren und fragt, wann Don und du endlich eine Freundin finden.«

»Ich bin zufrieden, so wie es ist.« Das war er wirklich. Schließlich reichten ihm die Beziehungsdramen, die er dank Chase beinahe hautnah miterlebte. Jared zählte zu den Menschen, die gerne die Kontrolle über ihr Leben behielten.

»Ach ja? Und was ist mit der Kleinen von letzter Woche? Die, die du im *Blues* kennengelernt hast?«

Jared dachte nach.

»Braunes langes Haar, dunkle Augen und ein Körper wie ein Bikinimodel«, half ihm Chase auf die Sprünge, stützte sich auf der Theke ab und musterte ihn. »Ihr habt euch den ganzen Abend unterhalten. Lief da was?«

»Ach die.« Jared aß weiter. »Nein, ich habe sie weder angerufen noch ihr geschrieben.«

»Ernsthaft?« Chase pfiff. »Warum nicht?«

»Wenn ich eine Frau suchen würde, was ich nicht tue, dann sicher nicht so eine.«

»Was meinst du mit ›so eine‹?«

Jared antwortete nicht. Er wollte die Angelegenheit nicht weiter vertiefen. Was nicht bedeutete, dass er sich nicht mit seinem Bruder über Frauen unterhielt. Nein, die drei Turner-Brüder hatten ein sehr gutes Verhältnis zueinander und sprachen über alles. Aber diese Frau aus der Bar war einfach kein Thema für Jared.

Chase schnaubte. »Ich merk schon, du willst nicht über sie reden.«

»Exakt.«

»Na gut. Dann erzähl mir von der Anti-Aids-Kampagne. Ich habe gehört, die Veranstaltung soll diesmal besonders gewesen sein.«

Jared hatte aufgegessen. Er schob den Teller von sich und lehnte sich auf dem Stuhl zurück. »Das war es. Die Kurzfassung, bevor wir uns vor den Fernseher pflanzen und das Footballspiel der Patriots ansehen: Es gab einen als Kondom verkleideten Kerl, der kostenlose Gummis verteilte. Die Kids haben ihn gefeiert. Ein laufendes Glied gab es auch. Die Frau, die darin steckte, war der unerschütterlichen Überzeugung, ich wäre ein Stripper, der für die Abendunterhaltung sorgt.«

»Bitte was?« Chase, der gerade die Flasche angesetzt hatte, prustete los. »Du und Stripper? Was genau hattest du denn an, dass sie darauf kam?«

Jared verzog keine Miene und deutete auf seine Polizeiuniform, die er noch immer trug.

»Du nimmst mich doch auf den Arm, Kumpel.«

Er schüttelte den Kopf und legte seinen schmutzigen Teller in das Spülbecken.

Das Lachen seines Bruders wurde eine ganze Spur lauter und hallte von den hohen Wänden seines Hauses wider. »Wer war die Frau? Jemand aus dem Nachbarort?«

Jared zuckte mit den Schultern und löste den Gürtel mit der Knarre und den Handschellen. Achtlos legte er ihn auf den Hocker, auf dem er eben noch gesessen hatte. »Keine Ahnung. Ich bin ihr noch nie zuvor begegnet.«

»Jammerschade. Ich hätte zu gern ihr Gesicht gesehen, wenn du ihr beim nächsten Mal gegenüberstehst.«

Tja, blöderweise ging es Jared ganz genauso. Die Kleine hatte etwas an sich gehabt, das sein Interesse weckte. Vielleicht war es die Art, wie sie ihn angesehen hatte. Wie ihre himmelblauen Augen stolz gefunkelt hatten, obwohl sie in diesem Kostüm gesteckt und gemeint hatte, sich vor allen zum Affen zu machen. Etwas an ihr war anders als an den anderen Frauen, und er wollte aus unerfindlichen Gründen herausbekommen, was es war.

3

Ruby hakte sich bei ihrer Cousine unter. Auf dem Weg sah sie sich ihren neuen Heimatort genau an. Korit Valley hatte seine Bezeichnung nicht zu Unrecht erhalten. Die kleine Stadt war genauso bunt und schön wie der Stein, dem sie ihren Namen verdankte. Nicht nur die Fassaden der Läden leuchteten in den unterschiedlichsten Farben, auch die Blumen und Bäume vor den Geschäften bildeten hübsche Kontraste. Eine hohe Bergkette lag schützend um den Ort. Es war herrlich. Gestern hatte Ruby keine Zeit gehabt, sich umzusehen. Sie hatte nur noch geduscht und war ins Bett gefallen. Heute genoss sie den Anblick umso mehr.

»Kein Vergleich zu New York, was?« Lyra stupste sie an.

»Absolut nicht. Obwohl wir uns mitten im Stadtzentrum befinden, ist es hier ruhiger als im Central Park. Ich liebe es.«

»Ich bin gespannt, ob du immer noch der Ansicht bist, wenn du das nächste Mal shoppen gehen willst. Wir haben hier nur zwei kleine Modegeschäfte, und die führen nicht unbedingt die neuesten Trends.« Lyra deutete auf die gegenüberliegende Straßenseite, auf ein Haus mit grüner Ladenfront. »Da drüben ist der eine.«

Unauffällig blickte Ruby an sich hinab. Sie trug eine enge Jeans, die schon ein paar Jahre auf dem Buckel hatte und an manchen Stellen so hauchdünn war, dass sie Angst hatte, sie könnte jeden Moment reißen. Dazu eine Übergangsjacke, die sie sich für wenig Geld in einem Discounter gekauft hatte. Wann sie zuletzt ›shoppen‹ gewesen war, wusste sie nicht mehr. Dem einzigen Koffer nach zu urteilen, den sie aus New York mitgebracht hatte, schon sehr lange nicht mehr.

»Wenn du magst, können wir nachher noch hineinschauen«, riss ihre Cousine sie aus den Gedanken, und Ruby merkte, dass ihre Aufmerksamkeit hinüber zu dem Geschäft gewandert war.

»Ein andermal. Ich muss erst mal mein Konto in den grünen Bereich bringen.«

Lange hatte Ruby versucht, ihre Geldsorgen vor Lyra und ihrer Tante Violet geheim zu halten. Doch als Rubys Mom ihrer langen Krankheit erlegen war, hatten sie erfahren, unter welchen Verhältnissen sie all die Jahre gelebt hatten. Ihre Wohnung in der Bronx entsprach nicht mal ansatzweise dem Standard, den ihre Verwandten von Korit Valley kannten.

»Wir finden schon einen Job für dich, Süße«, munterte Lyra sie auf und zog sie weiter. »Vielleicht passt es schon heute.«

»Das hoffe ich.«

Ruby gefiel die Vorstellung überhaupt nicht, sich von ihrer Tante und Lyra aushalten zu lassen. In all den Jahren hatten Mom und sie es geschafft, sich allein über Wasser zu halten. Egal, wie hart die Umstände auch gewesen waren. Egal, wie viele Jobs sie hatten stemmen müssen, um über die Runden zu kommen. Bis ihre Mutter irgendwann nicht mehr hatte arbeiten können. Nun war sie tot und alle Rücklagen, die sie in den Jahren zuvor mühsam aufgebaut hatten, aufgebraucht.

Ruby hatte keine Wahl gehabt. Wenn sie nicht unter der Brücke leben wollte, musste sie das Angebot ihrer Tante Violet annehmen und nach Korit Valley ziehen. Der Schmerz über den Tod ihrer Mom lastete noch immer wie ein schwerer Stein auf Ruby. Er war gegenwärtig wie am ersten Tag. Er hörte nicht auf. Sie lernte nur jeden Tag ein wenig mehr, damit umzugehen.

»Schau, dort drüben ist das kleine schnucklige Café, von dem ich dir erzählt habe. Nirgendwo anders kann man hier so guten Kaffee trinken. Komm mit, ich lad dich ein.«

»Aber ...«

»Kein Aber. Du hast mir gestern aus der Patsche geholfen, und nun möchte ich mich dafür revanchieren.«

»Ich dachte, wir sollten zu diesem Laden ... wegen eines Jobs und ...«

»Isaac hat keine Uhrzeit genannt.«

Ruby folgte ihrer Cousine in das sonnengelb gestrichene Gebäude. Ein großes Holzschild mit dem Namen ›Little Coffee‹ hing über der Tür. Schon ein einziger Blick in das Innere genügte, und Ruby fühlte sich wohl. Der Raum war klein. Lediglich sechs Tische mit schokoladenbraunen Stühlen boten Sitzgelegenheiten für die Gäste. Die weißen Wände zierten Bilder, auf denen Kaffeebohnen, eine Plantage, ein Vollautomat und Kuchenstücke dargestellt waren. Der köstliche Duft von frischgemahlenen Bohnen erfüllte den Innenbereich. Die Theke, hinter der eine ältere Dame stand und geschäftig Kaffeetassen abtrocknete, war kaum größer als ein Tisch. Beim Eintreten lächelte sie ihnen freundlich zu.

»Guten Morgen, Lyra.« Sie nickte und schenkte Ruby einen neugierigen Blick.

»Hey Kelly«, flötete Lyra fröhlich. »Das ist meine Cousine Ruby. Ich habe ihr eben gesagt, dass man nirgendwo so guten Kaffee bekommt wie hier.«

»Hallo Ruby. Schön, dass du hier bist.« Kellys braune Augen strahlten mit ihren blondierten Haaren um die Wette. »Was kann ich euch zweien bringen? Lyra, für dich wohl einen Milchschäumer und einen Brownie, oder?«

»Du kennst mich zu gut.« Lyra lächelte. Sie trat ein paar Schritte zur Seite, und Ruby stand direkt vor der Bedienungstheke mit dem aufgereihten Gebäck. Jedes einzelne Teil sah noch köstlicher aus als die anderen.

»Das liegt daran, dass du zu meinen Stammkunden zählst«, meinte Kelly, legte das Abtrockentuch weg und griff nach einem frischen Teller, um das Naschwerk darauf zu legen.

»Wie jeder andere auch.«

»Stimmt.« Kelly strahlte. »Was möchtest du, Liebes?«, wandte sie sich nun an Ruby.

»Ähm.« Rubys Blick huschte noch immer über die Schultafel mit den in weißer Kreide geschriebenen ausgefallenen Namen. »Ich schwanke zwischen *Stehaufmännchen* und *HalloWach*.« Sie zögerte, presste die Lippen zusammen, um die restlichen Namen ebenfalls zu lesen. Die Auswahl fiel ihr nicht leicht. »*Sahnehäubchen* klingt allerdings auch gut. Puh.«

Ruby war so vertieft, dass sie nicht bemerkte, wie jemand das Café betrat und sich hinter ihnen anstellte. Sie registrierte das ungeduldige Schnaufen des Neuankömmlings nur am Rande. Lediglich Lyras Grinsen und ihr »Das kann dauern. Bestell du ruhig schon mal, Jared« bekam sie mit.

»Wenn das für die Lady in Ordnung ist«, vernahm sie eine dunkle, samtweiche Männerstimme.

Moment mal. Die Stimme kannte sie doch! Aber woher?

»Natürlich. Ich bin etwas unentschlossen und ...« Während sie das sagte, drehte sie sich um, und die restlichen Worte schafften es nicht mehr aus ihrem Mund. Das war ein Scherz, oder? Direkt hinter ihr stand kein Geringerer als Hottie. Der Stripper. Er lebte auch in Korit Valley? Warum trug er noch immer sein Polizeikostüm?

Ruby starrte ihn an. Wow, er sah noch besser aus als gestern, sofern das überhaupt möglich war. Seine karamellfarbenen Augen musterten sie neugierig und abschätzend. Sie stockte und ließ den Blick von seinem Gesicht hinunter zu seiner muskulösen Brust gleiten und der verdammt echt aussehenden Dienstmarke.

Ein ungutes Gefühl machte sich in ihr breit, je länger sie darauf starrte, und schließlich kam ihr Herz ins Rasen. Was, wenn Hottie gar kein Stripper war? Wenn er gestern wirklich aus beruflichen Gründen in der Turnhalle gewesen war, nur eben nicht, um sich auszuziehen, sondern … Sämtliche Alarmglocken schrillten in ihrem Kopf. Ruby spürte, wie sie von der Haarspitze bis zum Kinn errötete. Wie sie hastig schluckte und irgendetwas vor sich hinmurmelte, was sie nicht einmal selbst verstand.

»Was kann ich dir bringen, Jared?«, mischte sich Kelly ein und fügte jenen Satz hinzu, der Rubys Befürchtungen bestätigte: »Einen extra starken Kaffee für deinen Dienst?«

»Ich hätte gerne ein *Stehaufmännchen*, und für die Lady bitte auch eins«, meinte Hottie und zwinkerte ihr zu. »Ich glaube, sie kann ihn nach dem gestrigen Tag gebrauchen.«

Mayday, Mayday. Die Sirenen in ihrem Kopf drehten zu voller Stärke auf. Trotz ihres überaus peinlichen Kostüms und der Tatsache, dass nur ihr Gesicht zu sehen gewesen war, erinnerte er sich an sie. *Oh. Mein. Gott.* Wo war das Loch, in dem sie sich verkriechen konnte? Wo die Engel, die sie von hier wegbrachten?

Ein unsanfter Rempler von Lyra riss sie aus ihrer stillen Hysterie.

»Danke«, stammelte Ruby und senkte den Blick.

Was mochte er nur von ihr denken? Bestimmt hielt er sie für völlig beschränkt. Mit Sicherheit sogar. Sie hatte einen Mann in Uniform als Hottie und Stripper bezeichnet. Laut. Sie hatte … Ihr wurde übel. Sie musste raus hier, und zwar schleunigst.

»Das ist übrigens meine Cousine Ruby aus New York«, stellte Lyra zu allem Überfluss einander vor. »Ruby, das ist Jared, einer unserer Deputys.«

Noch immer stand sie da wie zur Eisstatue erstarrt. Himmel, sie musste etwas sagen, etwas tun.

»Ja. Ähm. Schön.« Nichts Besseres fiel ihr im Augenblick ein. Dass die Antwort nicht geistreich war, wusste sie selbst, dafür brauchte Ruby nicht Jareds spöttischen Blick.

»Dein Kaffee, Jared«, unterbrach Kelly den schrecklichen Moment.

Er reichte ihr einige Scheine.

»Stimmt so, Kelly«, vernahm Ruby die dunkle Stimme und sah zu, wie er nach seinem Pappbecher griff. Sein Hemd war hochgekrempelt, und ihre Aufmerksamkeit wurde auf seine braune Haut, den muskulösen Unterarm und die Härchen, die sich darauf kringelten, gelenkt.

Bevor er ging, wandte er sich ihr noch einmal zu und grinste sie auf eine Art und Weise an, die ihr Blut wie prickelnden Champagner durch die Adern fließen ließ.

»Bis dann.« Ein letztes Mal blinzelte er ihr zu, schob sich an ihnen vorbei, und Ruby konnte nichts tun, außer ihm hinterherzustarren.

Himmel, was für ein Kerl. Zielsicher, athletisch und durch und durch ein Mann, der genau zu wissen schien, welche Wirkung er in ihr und der restlichen Damenwelt da draußen entfaltete.

»Was war das denn?«, zischte Lyra ihr zu und nahm Kelly die Tasse ab, die jene Ruby noch immer entgegenstreckte. »Er hat dir einen Kaffee spendiert und dir sogar zugezwinkert. Zwei verdammte Male! Jared zwinkert *nie*! Und wenn ich sage ›nie‹, dann mein ich das auch so.« Lyra drückte Ruby den Pappbecher in die Hand. »Er hat gesagt ›bis bald‹. Was meinte er damit, und was sollte die Anspielung auf gestern?«

»Ich … Shit, Lyra. Ich brauche ein Loch. Ein verdammt großes. Am besten so eins, in dem ich für den Rest meines Lebens wohnen kann. Würdest du mich mit Essen und Trinken versorgen?« War es gut, dass ihr die Beine zitterten?

»Hä? Keine Ahnung, was du mir zu sagen versuchst.« Lyra nahm ihre Tasse und den Teller mit dem Brownie, schlenderte zu einem Tisch und setzte sich. Ruby folgte ihr langsam und ließ sich mit einem Ächzen auf den Stuhl fallen.

Lyra pustete auf ihren Kaffee und warf ihr über den Tassenrand einen strengen Blick zu. »Und nun raus mit der Sprache. Was hast du mit unserem heißen Deputy zu schaffen?«

Hörbar laut seufzte Ruby und legte die Hände auf ihre Wangen, die noch immer vor Scham glühten. »Ich habe überhaupt nichts mit ihm zu schaffen. Ich kenne ihn nicht mal.«

»Warum spendiert er dir dann einen Kaffee? Und was sollte die Anspielung?«

Ein weiteres Mal stieß Ruby die Luft aus, bevor sie stockend berichtete: »Oh Gott, mir ist das alles so dermaßen unangenehm. Erinnerst du dich, dass ich dir gestern gesagt habe, du müsstest mit deinem engagierten Stripper reden?«

Lyra nickte und riss ein Stück von dem Brownie ab, um es sich in den Mund zu schieben.

»Vage ja, aber was …« Lyras Mimik wechselte von neugierig zu entsetzt. Sie hatte verstanden. »Nein, oder?«

»Doch.« Ruby schob die Hände über ihre Augen. Wenn sie nichts mehr sah, sah auch niemand anders sie, oder? Sie wünschte, es wäre wirklich so. Dann könnte sie Lyras Lachen nicht hören. Erst zaghaft, doch immer lauter verfiel ihre Cousine in Gekicher, das nicht nur die Aufmerksamkeit Kellys auf sie zog, sondern ebenfalls die eines weiteren Gastes. Er starrte neugierig zu ihnen.

»Psst«, zischte Ruby ihr zu.

»Sorry, Süße, aber ich kann nicht.« Anstatt leiser zu werden, japste sie nun. »Du dachtest, unser Jared wäre ein von mir bezahlter Stripper?«

»Nicht so laut!«, ermahnte sie Lyra. Peinlich genug, dass sie sich vor Hottie zur Lachnummer gemacht hatte, jetzt allerdings vor Lyra und zwei weiteren Menschen war zu viel. Das überschritt ihre Schamgrenze. Sofern das überhaupt noch möglich war. »Und ja. Das habe ich geglaubt. Zu allem Überfluss habe ich ihn auch noch ›Hottie‹ genannt, seinen ›Astralkörper‹ gelobt und … Shit. Ich hatte ja keine Ahnung, dass er tatsächlich Polizist ist und …« Sie nahm ihre Hände vom Gesicht und blickte Lyra verzweifelt an.

»Rubina Williams, du rettest mir den Tag. Ach was. Die ganze Woche.« Lyra lehnte sich auf dem Stuhl zurück und hielt sich um Luft ringend den Bauch.

»Schön, dass dich mein höchst peinlicher Irrtum amüsiert. Zu gerne möchte ich den Spaß mit dir teilen. Aber gerade ist mir so gar nicht danach«, murmelte Ruby sarkastisch. »Ich kann nur hoffen und beten, dass er mich ganz schnell vergisst und ich ihm nie wieder über den Weg laufe.«

Doch das Feixen ihrer Cousine verriet ihr, dass das eine Illusion war, und ihre Worte nahmen ihr die letzte Hoffnung. »Die Turner-Brüder sind überall. Vor ihnen kann man nicht flüchten. Ich spreche aus eigener Erfahrung.«

Jared lächelte, als er die Polizeistation zwei Straßen weiter erreichte. Das hübsche, wenngleich auch verzweifelte Gesicht der Frau vor Augen. Es war ihre Stimme, die ihn beim Betreten des Cafés hatte neugierig werden lassen. Dazu ihr langes, lockiges blondes Haar, das im Schein der Lampe engelsgleich auf ihre Schultern fiel. Er wusste es, noch ehe er ihr Gesicht gesehen hatte, dass die Frau, die neben Lyra stand, jene war, die ihn als Hottie und Stripper betitelt hatte. Ihre Stimme war unverwechselbar.

Allerdings war der Moment, als sie sich umdrehte, auch für ihn eine Überraschung gewesen. Ihre himmelblauen Augen leuchteten noch intensiver als am Abend zuvor. Ihr Teint, der erst zartweiß gewesen war, bevor er auf feuerrot gewechselt hatte, und ihre erschrocken bebenden Lippen weckten ein Verlangen in ihm, welches er seit geraumer Zeit nicht mehr gespürt hatte. Ihm gefielen ihre langen Beine, die in einer knallengen Jeans steckten und von denen er gestern nichts zu sehen bekommen hatte. Zu gerne hätte er einen Blick auf das erhascht, was sich unter der olivfarbenen Daunenjacke verbarg.

»Da bist du ja«, begrüßte ihn Don, sein Zwillingsbruder, ohne von der Mappe vor sich auf dem Schreibtisch aufzusehen. »Ist der für mich?«

Jared ließ sich neben ihn auf einen Stuhl fallen und beäugte den Becher in seiner Hand. »Warum sollte ich dir einen Kaffee bringen?«

Nein, stattdessen spendierte er viel lieber der hübschen Unbekannten einen.

»Ja, warum nur?« Don klappte die Akte zu und legte sie auf einen Stapel. Dann drehte er sich auf seinem Stuhl so, dass er Jared ansehen konnte. »Gestern Abend war wenig los. Eine kleine Schlägerei zwischen zwei Kids und ein Wildunfall. Die restliche Nacht habe ich damit verbracht, die ... Alles klar bei dir?«

»Sicher. Warum fragst du?« Jared schwenkte den Becher hin und her, damit sich die Milch darin verteilte.

»Keine Ahnung.« Dons linke Augenbraue hob sich. »Du wirkst gut gelaunt.«

»Aus deinem Mund hört sich das wie eine Straftat an.«

»Ich bin überrascht, mehr nicht«, meinte Don und fixierte

Jared. »Deine gute Laune hat nicht zufälligerweise etwas mit der Anti-Aids-Kampagne zu tun?«

Jared gab sich Mühe, so unbeeindruckt wie möglich zu klingen. »Chase hat es dir also schon erzählt.«

Don nickte. »Vielleicht sollten wir die Idee aufgreifen und dich für das alljährliche Polizeifest mieten.« Dann stieß er ein Lachen aus. »Allerdings solltest du noch etwas an deinem Rhythmusgefühl arbeiten.«

»Halt die Klappe, Don«, befahl Jared und erhob sich, um zu seinem Schreibtisch am anderen Ende des Raumes zu schlendern. »Sonst schick ich dich zu ihr. Mal sehen, welchen Beruf im Unterhaltungsgewerbe sie dir andichtet. Clown vielleicht?!«

»Wie gut, dass du sie nicht kennst und auch nicht weißt, ob sie dir jemals wieder über den Weg laufen wird«, meinte Don betont gleichgültig.

Chase hatte tatsächlich nicht die Klappe gehalten und Don alles brühwarm erzählt. Zur Hölle. Das hatte ihm gerade noch gefehlt. Nur weil Chase sich einbildete, mit seiner Schrulle auf Wolke sieben zu schweben, musste er nicht zwangsläufig den gleichen Höhenflug erleben. In Chase' Fall wohl eher Höllentrip.

»Tue ich auch nicht«, beeilte sich Jared zu sagen. Doch der aufmerksame Blick seines Bruders sprach Bände.

»Aber du möchtest ihr wieder begegnen, oder?«

Das Bild wilder, ungezähmter blonder Locken und himmelblauer Augen tauchte in seinem Geist auf.

»Ich habe sie bereits getroffen. Gerade eben, im Café. Sie war mit Lyra da.« Jared trank erneut von dem Kaffee und ließ sich in den altersschwachen Schreibtischstuhl sinken.

»Was hat sie gesagt? Hält sie dich noch immer für einen Stripper?«

»Sie meinte nur ›ja, ähm, schön‹. Ungefähr in der Reihenfolge.« Unfreiwillig verzogen sich seine Mundwinkel bei der Erinnerung an ihren überraschten, fast verzweifelten Gesichtsausdruck zu einem Lächeln. Er schüttelte die Gedanken an sie ab und sah hinüber zu seinem Bruder. Die Kleine schlich sich für seinen Geschmack viel zu oft in seinen Kopf.

Don grinste breit und stemmte sich in seinem Stuhl hoch. »Interessant.«

»Was?«

»Schau in den Spiegel, dann weißt du es!« Mit den Worten schlenderte Don zur Tür.

Was zur Hölle meinte sein Bruder damit? Wie, bitte schön, schaute er denn? Jared beschlich das nagende Gefühl, dass Don, der bis jetzt ebenso wie er immun gegen Chase' Verkupplungsversuche gewesen war, nun mit auf diesen Zug aufspringen wollte. Jared reichte einer von dieser Sorte. Einen Weiteren brauchte er nicht.

»Vergiss es«, zischte er.

Don, der nach seiner Lederjacke und dem Motorradhelm griff, drehte sich zu ihm um. »Was denn?«

»Spar dir diesen betont neugierigen Unterton. Ich weiß, worauf du hinauswillst. Aber du kannst es sein lassen. Genau wie Chase. Ich brauche und will keine Frau in meinem Leben!«

Dons Augenbraue zuckte hoch. »Keine Ahnung, was du meinst.«

Lügner! Doch anstatt das laut auszusprechen, kniff Jared die Lippen zusammen und knurrte: »Vergiss unseren Männerabend später nicht!«

»Wie könnte ich. Mal sehen, ob Chase Ausgang bekommt«, witzelte Don. »Bevor ich mich aufs Ohr haue, fahre ich bei ihm vorbei und check die Lage.«

»Tu das.«

4

Ruby hatte sich noch immer nicht von dem Aufeinandertreffen mit Jared, wie Hottie in Wahrheit hieß, erholt. Da half auch Kellys *Stehaufmännchen* nicht. Obwohl der Kaffee verdammt lecker geschmeckt hatte. Irgendwie nach Schokolade, flüssigem Karamell und … Verflucht. Sie dachte erneut an ihn. An Jared.

»Jetzt hör auf, so deprimiert dreinzuschauen, Ruby. So schlimm ist das alles nicht, und sieh mal, er hat dir sogar einen Kaffee ausgegeben.«

»Für den ich mich nicht einmal vernünftig bedankt habe«, murmelte Ruby und griff nach ihrer Umhängetasche, die an der Stuhllehne hing.

»Und wenn schon. Er wird es verkraften. Du kannst ihm ja beim nächsten Mal richtig dafür huldigen.« Lyra schlenderte auf den Ausgang des Cafés zu. Dabei winkte sie Kelly zum Abschied zu.

»Machts gut, ihr beiden!« Kelly nickte ihnen zu.

Ruby verabschiedete sich ebenfalls und seufzte dann. »Ehrlich gesagt, hoffe ich, dass es kein nächstes Mal geben wird. Oder zumindest nicht so schnell.«

»Sorry, Süße, aber wie bereits erwähnt: Das funktioniert in einer Kleinstadt wie Korit Valley nicht. Du wirst ihm über den Weg laufen. Je eher, desto besser für dich.«

»Da bin ich mir nicht so sicher.«

»Vertrau mir, denn ich weiß, wovon ich spreche. Den Turner-Brüdern kann man nicht aus dem Weg gehen«, erwiderte Lyra leichthin, doch etwas an der Art, wie sie es sagte, ließ Ruby aufhorchen.

»Das klingt fast so, als ob du es schon versucht hättest.«

»Blödsinn«, widersprach Lyra bestimmt und warf ihr langes mahagonirotes Haar zurück. In ihrem dunkelblauen Hosenanzug sah sie so souverän aus wie eine typische Geschäftsfrau, die ihr Leben jederzeit fest im Griff hatte. »Nun komm mit, ich möchte dir deinen Boss in spe vorstellen.«

Isaac war Lyras Kumpel, der eine kleine Werkstatt für Motorräder führte und vielleicht einen Job für Ruby hatte. Zugegeben, sie hatte nicht die leiseste Ahnung von Motorrädern, aber sie brauchte eine Arbeitsstelle, wenn sie nicht vorhatte, für den Rest ihres Lebens im Gästezimmer ihrer Tante schlafen zu müssen. Es war Ruby einfach nicht recht. Egal, ob sie erst hierhergezogen war oder nicht. Ruby hatte von Kindesbeinen an lernen müssen, alleine klarzukommen. Ihre Mutter hatte viel arbeiten müssen, um ihnen ein Dach über dem Kopf, Essen und Kleidung zu sichern, auch wenn Letztere immer aus dem Secondhandladen gestammt hatte. Aber das hatte Ruby nie groß gestört. Sie hatte gewusst, wie hart ihre Mom arbeitete.

Ihren Erzeuger kannte Ruby nicht. Sie war einer belanglosen Nacht entsprungen, mit irgendeinem Kerl, den ihre Mom nie wiedergesehen hatte. Demnach waren sie auf sich alleine gestellt. Als Teenager hatte Ruby ebenfalls am Wochenende gearbeitet, um etwas beitragen zu können, aber auch, weil sie den Wunsch eines Collegebesuchs und Uniabschlusses nie aufgegeben hatte. Doch dann, an jenem Spätsommertag hatte sie die schreckliche Diagnose ereilt. Ihre Mutter war unheilbar erkrankt. Der Traum, als Fotografin zu arbeiten, verlief im Sand. Ebenso die Vorstellung, sich irgendwann eine Wohnung leisten zu können, die nicht in einem Armenviertel lag.

Nun, Jahre später, wollte sie einen neuen Versuch wagen und das Versprechen, welches sie ihrer Mom am Sterbebett hatte geben müssen, endlich umsetzen. ›Leb deine Träume.‹

Der erste Traum, den sie sich erfüllen wollte, war, unabhängig zu sein und in den eigenen vier Wänden zu hausen. Dazu brauchte sie Geld, und das bekam sie nur, wenn sie arbeitete.

Gemeinsam mit Lyra überquerte sie die Straße und sah bereits von Weitem die Werkstatt. Ein alter, mindestens fünf Meter hoher, hölzerner Wasserturm stand als Dekoration auf dem Gelände. Etwa ein Dutzend Motorräder verteilten sich auf dem Hof. Wuchtige Kolosse, die hübsch anzusehen waren, auf denen sie aber nie im Leben freiwillig Platz nehmen würde. Schließlich könnte sie dann auch gleich ihr Testament verfassen. Bei all den Unfällen, die einem passieren konnten, wenn man auf so einem Ding saß.

Ein ungutes Gefühl machte sich in ihr breit und wurde stärker, je näher sie der Werkstatt kamen. Was zur Hölle tat sie hier nur? Gewaltiger Lärm und der Geruch von Benzin empfingen sie, als sie den Arbeitsbereich betraten. Die Wände schienen von dem teuflischen Getöse zu vibrieren. Am liebsten würde sie umdrehen. Doch Lyra, die mit ihrem Look so überhaupt nicht in das Bild passte, schlenderte einfach weiter. Ruby musste ihr folgen, bis sie schließlich die Ursache des Geräuschpegels ausgemacht hatten. Inmitten der mit Werkzeug vollgestopften Regale standen zwei Männer vor einem Motorrad und unterhielten sich trotz des Lärms. Jeder von ihnen sah mit den unzähligen Tätowierungen und den muskelbepackten Oberarmen noch gefährlicher aus als der andere. Einer war braungebrannt, und das Deckenlicht schimmerte auf seiner kahlen Kopfhaut. Shit. War das Lyras Ernst? Für die Typen sollte sie arbeiten? Die sahen aus, als ob sie gerade Ausgang vom Knast hätten.

Ruby blieb stehen, wollte nach Lyras Arm greifen, um ihr zu sagen, dass sie lieber abhauen sollten, doch in dem Moment schwenkte die Aufmerksamkeit der Männer von dem Bike zu ihnen. Die beiden musterten sie mit einem kühlen, durchdringenden Blick, der nicht im Geringsten dazu beitrug, dass Ruby sich wohler fühlte. Einer stellte den Motor ab, während der andere Lyra in eine schnelle Umarmung zog und ihr etwas ins Ohr flüsterte. Lyra und der Kerl wirkten ungeheuer vertraut miteinander. Was auch immer er zu ihr gesagt hatte, es bewirkte, dass Lyra auflachte und ihn spielerisch auf den Oberarm boxte. Dann wurde sie von dem anderen raubeinigen Typen in die Arme geschlossen und fast erdrückt. Als er Lyra wieder freigab, sah diese sich um, nur um Ruby zu ihnen zu winken.

»Ich glaube, wir haben ihr Angst gemacht«, meinte der Kahlköpfige.

»Halt die Klappe, Romeo«, befahl der andere. Er besaß längere Haare, die wie die von Elvis Presley während seiner anerkanntesten Zeiten wirkten. Breitbeinig schlenderte er zu Ruby. »Du bist also Lyras Cousine Ruby.« Dann ließ er seinen Blick an ihr hinabgleiten. »Siehst ihr gar nicht ähnlich. Ich bin Isaac, kurz Sac.«

Tolle Begrüßung. Was bitte sollte sie darauf erwidern? Vielleicht die Wahrheit.

»Du siehst auch nicht unbedingt wie der Typ aus, der Lyras bester Kumpel sein soll.«

Für den Bruchteil einer Sekunde wirkte Sac irritiert, und Ruby hegte die Befürchtung, es gerade komplett verkackt zu haben, bevor er grinste und strahlend weiße Zähne, die Ruby so nicht erwartet hatte, zum Vorschein brachte. »Schlagfertig, genau wie mein Mädchen hier. Das gefällt mir. Wann kannst du anfangen?«

»Bitte?« Perplex guckte sie ihn an. War das sein Ernst?

»Wann du anfangen kannst?«, wiederholte er und deutete auf das angrenzende Gebäude. »Da drinnen ist der Verkaufsraum. Dein Bereich ist im hinteren Teil, im Büro. Es ist nicht groß, aber ausreichend. Hast du dir Gedanken über die Arbeitszeiten gemacht?«

»Ehrlich gesagt noch nicht.« Sie musste es ihm sagen. »Ich kenne mich nicht mit Motorrädern aus und …«

»Macht nix. Das bringen wir dir schon bei, Mädchen.«

Mädchen? Hatte Sac sie ›Mädchen‹ genannt? Dabei war er allerhöchstens Anfang dreißig. Also nur ein paar Jahre älter als sie selbst.

»Jetzt komm mal mit. Ich zeig dir alles. Möchtest du einen Kaffee? Schmeckt aber nicht sonderlich gut. Romeo war dran, und er kocht noch schlechteren als ich.« Sac ging voran, blieb vor der Tür zum anderen Gebäudeteil stehen und hielt sie ihr wartend auf.

Ruby wollte sich nicht überfahren fühlen, doch genau das war sie. So beängstigend Sac auf den ersten Blick wirkte, so zahm schien er in Wahrheit zu sein. Sie folgte ihm. Langsam. Lyra blieb bei Romeo zurück und stellte ihm eine Frage zu der Maschine. Seit wann interessierte sie sich für Bikes?

»Willst du jetzt einen Kaffee?«, hakte Sac nach und deutete auf die kleine Küchenzeile in dem Aufenthaltsraum, der die Werkstatt mit dem Verkaufsraum verband.

»Nein, danke. Ich hatte eben einen«, lehnte Ruby ab.

Er nickte und ging weiter. »Hier ist unser Geschäft, da hinten dein Büro und nebenan die Toilette. Wir haben leider nur eine. Ich hoffe, das ist kein Problem?«

»Nein, solange es einen Schlüssel gibt.«

Sac grinste. »Gibt es. Keiner will Romeo auf dem Scheißhaus sehen.«

Er stieß eine weitere Tür auf. Das Büro. Der Raum war nicht sonderlich groß, aber beherbergte alles, was man brauchte. Einen Schreibtisch, ein Regal für die Ordner und einen Drucker.

»Wie gesagt, es ist klein, aber für uns ausreichend. Deine Aufgaben wären Rechnungen schreiben, Termine für anstehende Reparaturen ausmachen und was sonst noch so an Schreibkram anfällt.«

Kurzzeitig hatte sie tatsächlich geglaubt, sie müsste den Jungs bei den Maschinen helfen. Zum Glück war das nicht der Fall. Ruby sah sich um. Auf dem Schreibtisch stapelten sich lose Blätter, und in das Regal waren die Ordner unbeschriftet hineingestopft worden. Ordnung sah definitiv anders aus.

»Was hältst du von zwölf Dollar die Stunde?«, riss er sie aus ihrer Musterung.

Das war ein guter Lohn. Mehr als sie bisher verdient hatte. Aber konnte sie mit diesen zwei raubeinigen Typen wirklich zusammenarbeiten? Sie musterte ihren Boss in spe. Trotz der beängstigenden Fassade schien er okay zu sein. Vielleicht sollte sie es einfach wagen. Wer wusste schon, wann sie das nächste Mal eine Stelle angeboten bekam. Außerdem war er Lyras bester Freund. Das wäre er kaum, wenn er ein Tyrann wäre.

»Und?« Geduld zählte offensichtlich nicht zu seinen Stärken.

»Gut, okay. Versuchen wir es.« Hoffentlich bereute sie es nicht.

Sac nickte und streckte ihr zur Besiegelung seine Pranke entgegen. »Sehr gut. Dann sehen wir uns heute Abend im *Blues*. Dort können wir die Details besprechen.«

»Was?« Entgeistert starrte sie ihn an. Sie würde ganz bestimmt nicht mit ihm in eine Kneipe gehen.

Seine Augenbraue zuckte nach oben. »Hat dir Lyra nichts von unserem wöchentlichen Treffen erzählt?«

»Nein, nicht, dass ich wüsste.«

»Wir, also Lyra, Romeo und ich, treffen uns einmal in der Woche zum Essen und auf ein paar Bier. Und heute ist ebenjener Abend. Da du jetzt auch zum Team gehörst, bist du mit dabei.«

»Aber ...«

»Kein Aber, Mädchen. Wir sehen uns um acht im *Blue*.« Mit diesen Worten marschierte ihr neuer Boss aus dem Zimmer.

Mayday, Mayday. Sie wollte nicht ins *Blues*. Zumindest nicht heute. Nicht mit diesen zwei Typen und überhaupt ... War sie noch bei Sinnen, diesen Job anzunehmen?

»Herzlichen Glückwunsch, Süße.« Lyra stürmte in das Büro und umarmte sie.

»Danke, fürchte ich.«

Ihr Unbehagen entging Lyra nicht. »Die Jungs sind wirklich in Ordnung. Glaub mir. Mit ihnen hast du zwei tolle Typen als Chefs.«

»Ich dachte, Sac gehört der Laden.« Rubys Blick huschte nach draußen in die Werkstatt, wo Romeo und Sac wegen des Motorrads diskutierten.

»Stimmt. Allerdings scheint Romeo das nicht recht akzeptieren zu wollen.« Lyra grinste breit. »Die beiden geraten deswegen des Öfteren aneinander. Du wirst dich daran gewöhnen. Bisher haben sie sich immer wieder vertragen. Selbst als Romeo im Knast war und –«

Rubys Augen weiteten sich. »Er war im Knast?«

Lyra biss sich auf die Unterlippe, zog Ruby zu sich und flüsterte: »Pst, nicht so laut. Romeo hat es nicht so gerne, wenn man über seine Vergangenheit spricht.«

»Und weswegen hat er gesessen?« Das Unbehagen in Rubys Magen wuchs. Obgleich sie in einer Gegend aufgewachsen war, die nicht zu New Yorks Sonnenseite gehörte, hatte sie selbst nie Berührungspunkte mit einem Knasti gehabt. Zumindest nicht wissentlich.

»Halb so schlimm. Es waren nur ein paar Wochen. Nichts Ernstes.« Lyra wollte das Thema damit beenden.

»Ich werde bald jeden Tag hier verbringen, Lyra, und mit diesen zwei angsteinflößenden Kerlen zusammenarbeiten. Als Frau. Als *einzige* Frau. Findest du nicht, ich sollte wissen, worauf ich mich einlasse?«

»Angsteinflößend? Die zwei da draußen?« Ihre Cousine brach in schallendes Gelächter aus. »Ehrlich, Ruby. Vor denen musst du dich nicht fürchten. Darauf gebe ich dir mein Wort. Da gibt es andere, die dir weitaus gefährlicher werden können.«

»Ach ja? Und wer zum Beispiel?«, konterte Ruby.

Lyra verkniff sich eine Antwort, doch Ruby hakte nach: »Sag. Wer soll gefährlicher sein als die zwei Bad Boys da draußen?«

»Einen hast du bereits kennengelernt.« Da war es schon wieder. In Lyras grünen Augen funkelte auf, was Ruby nicht recht zu deuten vermochte. Schmerz? Verzweiflung? Sie wusste nicht, was es war, aber der Verdacht beschlich sie, dass ihre Cousine versuchte, etwas vor ihr geheim zu halten.

Das *Blues* zählte zu den beliebtesten Lokalen in Korit Valley. Gutes Essen, laute Musik und kühle Drinks galten als Hauptattraktionen des Ladens. Kein Wunder also, dass auch an diesem Abend über die Hälfte der Tische besetzt waren. Jared marschierte zu einem im hinteren Bereich der Bar, wo Don und Chase bereits auf ihn warteten. Aus den Boxen dröhnte ein neuer Rocksong. Es roch nach frittiertem Essen und ein wenig zu viel nach Damenparfüm. Keine dieser zwei Komponenten zählte zu seinen Lieblingsdüften. Er ignorierte das verstohlene Starren der drei Damen, die am Tresen hockten, ihre Drinks schlürften und ihn neugierig musterten. Ebenso blendete er ihr Getuschel und die Art aus, wie sie sich dann lasziv auf den Hockern räkelten. Selbst als er an ihnen vorbeigegangen war, spürte er die

Blicke in seinem Rücken. Etwas, das ihm gehörig gegen den Strich ging.

»Na endlich«, rief Chase und schob den Stuhl neben ihm zurecht. »Wir dachten schon, du bist zu beschäftigt, um dich mit uns zu treffen.«

Jared hob die Augenbrauen und ließ sich auf einen der freien Plätze sinken.

»Damit beschäftigt, deine Moves an der Strippstange einzustudieren«, zog Chase ihn dämlich grinsend auf.

»Und du hast trotz deines Vergehens Ausgang von Peggy-Sue bekommen?«, holte er zum Gegenschlag aus. »Wie erfreulich.« Jared lehnte sich zurück, verschränkte die Arme vor der Brust und musterte seinen Bruder.

Treffer. Chase' Mimik verzog sich. »Halt die Klappe!«

»Dann tu du dasselbe«, knurrte Jared.

»Leute!«, befahl Don und griff nach der Speisekarte, die sie ohnehin auswendig kannten. »Ich habe nicht meinen freien Abend dafür hergegeben, um euch wie Tussis zanken zu hören.«

»Ich hatte ja keine Ahnung, dass er«, Chase deutete auf Jared, »keinen Spaß mehr versteht.«

Jared knurrte. »Und wann genau bist du zum Spaßvogel mutiert?«

»Ernsthaft?« Don pfefferte die Speisekarte in Chase' Richtung. »Es reicht!«

Chase blockte sie geschickt ab. »Okay, okay. Ich sag nichts mehr.«

»Danke«, blaffte Don und wollte an Jared gewandt wissen: »Was willst du bestellen?«

»Ein Bier und einen Cheeseburger extra scharf.« Jared hatte sich schon den ganzen Tag auf diesen Cheeseburger gefreut.

»Chase?«

»Ich möchte das Gleiche. Aber warum warten wir nicht,

bis die Kellnerin herkommt, um die Bestellung aufzunehmen?«

»Weil ich einen abartigen Hunger habe und es so schneller geht«, brummte Don und marschierte zur Bar, um der jungen Kellnerin ihre Wünsche zu diktieren.

»Wenn er Hunger hat, wird er echt unausstehlich«, kommentierte Chase und blickte genau wie Jared zu ihrem Bruder.

Die Kellnerin, kaum alt genug, um hinter der Bar stehen zu dürfen, lächelte Don süßlich an. Doch er war genauso immun gegen ihren Charme wie gegen den von nahezu jeder anderen Frau. Don machte sich noch viel weniger etwas aus einer Beziehung als Jared. Kein Wunder. Denn mit seiner unterkühlten Art hatten so einige Frauen ein Problem, und das wiederum nahm Don zum Anlass, sich erst gar nicht längerfristig auf eine Dame einzulassen.

»Don checkt nicht mal, dass die Kleine versucht, ihn anzubaggern. Schau nur, wie sie sich ihr Haar um den Finger wickelt und sich mit der Zunge über die Unterlippe fährt. Heiliger Strohsack, die will ihn.« Chase nickte zu dem Szenario.

»Und Don wird ihr wie jedes Mal eine Abfuhr erteilen. Unglaublich, dass sie nicht endlich aufgibt.« Jared langweilte es, zuzuschauen. Stattdessen widmete er seine Aufmerksamkeit der Tür und den eintretenden Gästen.

Lyra kam herein, gefolgt von Romeo und Sac. Das unpassendste Trio, das die Welt je gesehen hatte. Doch dann, hinter Sac, kam noch jemand in den Raum.

Zur Hölle, das war niemand Geringeres als Ruby. Ihre blonden wilden Locken rissen sofort seine Aufmerksamkeit an sich. Wie sie da stand, mit den verflucht engen Jeans, den geschnürten Lederboots und der braunen Lederjacke, die, obwohl sie abgewetzt aussah, verdammt scharf an ihr wirkte.

Fuck. Jared konnte den Blick nicht von ihr abwenden. Ihre Mähne schien ihn förmlich anzuschreien, seine Hände darin zu versenken. Was völliger Schwachsinn war, denn Haare konnten schließlich nicht sprechen. Aber es juckte ihn in den Fingern, genau das zu tun.

Verflucht. Er musste aufhören, sie anzustarren. Sich zu fragen, was sich unter der Jacke verbarg, und … Sein Blick wanderte höher. Zu ihrem Mund und ihren Augen.

Sie sah alles andere als begeistert aus. Auf ihrem Gesicht lag ein bekümmerter Ausdruck. Ihre Haltung wirkte brettsteif und skeptisch. Sie wollte nicht hier sein und fühlte sich völlig fehl am Platze. Das erkannte er sofort. Als Polizist lernte man schnell, die Mimik der Menschen zu deuten.

Ihr Blick streifte abschätzig über den Raum, die Gäste und dann, dann sah sie ihn direkt an.

Jared schluckte. Hart. Sie hatte ihn entdeckt. Überrascht starrte sie zurück. Jared registrierte, wie sie ebenfalls schluckte, sich gedankenverloren durchs Haar strich und damit das tat, was er tun wollte. Shit. Seine Fingerspitzen kribbelten. Seine Füße wippten ungeduldig auf dem Parkettboden. Jared hatte nicht den Hauch einer Ahnung, was da mit ihm passierte, er wusste nur, dass er sich verdammt beschissen fühlte.

»Wer ist die Kleine?«, unterbrach Chase ihn unsanft.

»Niemand«, brachte Jared mit rauer Stimme heraus und schaute weg. Verflucht, Chase hatte davon Wind bekommen. Nur gut, dass er seine Gedanken nicht lesen konnte. Denn die würden nur dazu führen, dass Chase ihn mit Ruby verkuppeln wollte.

»Wie ein Niemand sieht sie aber nicht aus. Erst recht nicht, wenn du sie so anstarrst«, meinte Chase und äugte immer noch zu Ruby, die mit ihren Freunden zusammenstand. Freunde. Verflucht, wer sagte ihm, dass Sac und Romeo tatsächlich nur deswegen hier waren. Was, wenn einer der beiden Rubys Freund war? Sexuell gesehen? Argh. Shit.

Ein nagendes, unangenehmes Gefühl machte sich in seiner Magengegend breit.

»Ich habe sie nicht angestarrt«, knurrte Jared und wünschte sich, Don würde endlich mit dem Bier kommen. Er musste etwas trinken.

»Du hast sie mit deinen Blicken fast ausgezogen. Wer ist die Kleine, und woher kennt ihr euch?«

Jared schnaubte. Es gab wirklich Tage, da hasste er es, dass seine Brüder und er sich so nahestanden. Der heutige zählte dazu.

»Wir kennen uns nicht. Zumindest nicht richtig.«

»Sie hat dich aber auch angesehen, als wärst du ihr nicht völlig fremd.«

Jared biss so heftig die Zähne zusammen, dass er meinte, seinen Kiefer knacken zu hören.

»Was genau habe ich verpasst?« Don stellte die drei Biergläser vor ihnen ab und setzte sich.

»Jared möchte uns seine Freundin nicht vorstellen«, petzte Chase.

»Welche Freundin?« Don sah von Jared zu Chase und zurück.

»Die Kleine da drüben, bei Lyra und den Motorradjungs.« Selbstgefällig lehnte Chase sich nach hinten und nickte hinüber zu dem Tisch, wo besagte Gruppe nun Platz nahm.

Don folgte dem Wink. Kurz musterte er sie, dann fragte er: »Sie ist aber nicht die Kleine, die dachte, du wärst Stripper, oder?«

Das Knacken in seinem Kiefer konnte Jared nun deutlich vernehmen, als er knurrte: »Zur Hölle, ja, sie ist es.«

Chase, der gerade mit seinem Bier anstoßen wollte, hielt inne. »Ernsthaft?«

Jared nickte. »Und jetzt hört auf, rüberzustarren. Sonst

könnt ihr euch genauso gut gleich zu den Weibern an die Bar setzen.«

Zu seiner Überraschung folgten sie seiner Anweisung. Kommentarlos. Was Jared beruhigen sollte, doch vielmehr trat das Gegenteil ein. Jared wurde angespannt. Da konnte selbst das kühle Bier nicht helfen.

5

Okay, bleib einfach ruhig und beachte ihn nicht. Ruby lenkte ihre gesamte Aufmerksamkeit auf Romeo, der ihr die Speisekarte reichte.

»Danke«, murmelte sie.

»Der Laden hier kann nicht mit denen in New York mithalten, oder?«, meinte dieser und machte es sich auf seinem Stuhl bequem.

Ruby sah sich um. Der Raum war dunkel und die Wände holzvertäfelt. In einem Regal hinter der Theke reihten sich Flaschen mit Cognac, Scotch, Gin, kurz: mit allem, was das Herz eines Alkoholikers begehrte. Davor stand eine junge Frau, die Bier aus einem Fass zapfte. Es gab ungefähr ein Dutzend Tische, die mittlerweile allesamt besetzt waren. Der Geruch von Essen hing in der Luft. »Um ehrlich zu sein, bin ich nicht oft ausgegangen.«

»Warum nicht?«, klinkte sich nun Sac ein und verschränkte die Arme vor seiner breiten Brust, die automatisch Rubys Aufmerksamkeit auf sich zog. Heiliger Strohsack, der Typ hatte aber auch Muskeln.

»Keine Zeit«, gab sie ehrlich zu und studierte schnell die Speisekarte.

Ihr neuer Boss gab sich mit ihrer Antwort nicht zufrieden. »Was hattest du denn so Dringendes zu erledigen, dass du New York nicht unsicher machen konntest?«

Ruby hatte nicht vor, Sac bereits am ersten Abend ihre Probleme der letzten Jahre unter die Nase zu reiben. Zum

Glück war da Lyra, die nun das Gespräch in eine andere Richtung lenkte. »Jungs, was haltet ihr davon, wenn wir den großen Friends-Teller nehmen? Da ist für jeden von uns was dabei.«

Ruby studierte die Preise, und als sie auf den des Friends-Teller blickte, wurde ihr etwas schwummerig. Shit. So viel Geld hatte sie nicht.

»Also ehrlich gesagt, denke ich …« Was war hier gleich das billigste Gericht? Richtig, dieser kleine Salatteller. »Nehme ich nur einen Salat.«

»Mädchen, bei uns wird nicht nur Grünzeugs gefuttert.« Romeo winkte die Kellnerin zu ihnen und bestellte diesen Teller mit allen möglichen Extras dazu und für jeden ein Bier.

Ruby wollte protestieren, doch Lyra kniff sie leicht in die Seite und wisperte: »Lass den Jungs ihren Stolz.«

»Aber ich habe nicht so viel Geld dabei und –«

»Sie laden dich ein. Das machen sie immer so. Ich durfte noch nie bezahlen, wenn wir zusammen ausgegangen sind.« Lyra zuckte mit den Schultern. »Was das angeht, sind die zwei echt altmodisch.«

»Meinst du uns?«, mischte sich Sac ein.

»Exakt. Ich habe Ruby eben erzählt, dass ihr Kavaliere der alten Schule seid.«

»Und? Was ist schlimm daran?«, hakte Romeo nach, während sein Blick auf dem Hintern der Kellnerin klebte. Erst als sie davonwackelte, löste er ihn.

So viel zum Thema ›Kavaliere‹, dachte Ruby und schüttelte den Kopf. In was für einen Haufen war sie da nur geraten?

»Ah, die Polizeielite ist ebenfalls vor Ort«, meinte Sac und hob eine Hand zum Gruß.

Shit, auch das noch. Musste das sein? Ruby hatte absolut keine Lust darauf, dass sie erneut Jareds Aufmerksamkeit auf sich zog. Sie hatte sich in keinster Weise von dem Zwischenfall im Café erholt.

Im Augenwinkel registrierte Ruby, wie die drei Männer zu ihnen hinübersahen und dann ebenfalls grüßten.

»Das sind die Turner-Brüder«, flüsterte Lyra ihr zu und tat so, als würde sie die drei gar nicht sehen. Was Ruby ihr hoch anrechnete, denn so musste sie nicht ebenfalls grüßen.

»Sind alle bei der Polizei?«, wollte sie dennoch wissen.

Lyra nickte. »Don, der rechts sitzt, ist Jareds Zwillingsbruder, und Chase, der Älteste, ist Polizeichef. Wie ihr Dad haben alle drei Brüder die Laufbahn als Officer eingeschlagen. Was ungewöhnlich ist. Zumindest bei dem, was damals –«

Weiter kam ihre Cousine nicht, denn Romeo, der ebenfalls auf den Tisch stierte, unterbrach sie: »Können wir vielleicht das Thema wechseln? Ich habe keinen Bock, mich den halben Abend über die Turners zu unterhalten.«

»Romeo mag die Jungs nicht«, stellte Sac klar und wandte sich wieder ihnen zu. »Was vermutlich nur daran liegt, dass sie Cops sind und er nicht gut auf diesen Berufsstand zu sprechen ist.«

Der mörderische Blick, den Romeo ihm zuwarf, entging wohl niemandem am Tisch. »Halt die Klappe, Sac! Über dich gibt es auch ein paar Geschichten zu erzählen, die deiner neuen Mitarbeiterin sicher nicht gefallen werden.«

»Ach ja? Jetzt bin ich gespannt.« Rubys Boss lehnte sich mit verschränkten Armen zurück und taxierte seinen Kumpel.

»Jungs!« Lyra warf die Hände in die Luft und meinte streng: »Wo sind eure Manieren geblieben?« Dann sagte sie zu Ruby: »Sorry, Süße, wenn es eines gibt, woran du dich gewöhnen musst, dann, dass die zwei wie ein altes Ehepaar streiten. Aber bisher haben sie sich immer wieder vertragen.« Tadelnd sah Lyra die beiden an. »Ernsthaft, ihr seid die ersten Einwohner von Korit Valley, die Ruby kennenlernt, und führt euch so auf. Was glaubt ihr denn, was sie über euch und die Stadt denkt?«

»Vielleicht, dass wir raufende, taffe –«, begann Romeo und wurde sofort von Lyra unterbrochen.

»Hinterwäldler seid, die nicht wissen, wie man sich benimmt. Ja, genau das!«

Sac feixte. »Scheiße, Kleines, wenn du nicht wie eine Schwester für mich wärst, würde ich es echt scharf finden, wie du uns regelmäßig zurechtstutzt.«

Romeos Antwort bestand in einem Nicken und unverständlichem Brummen.

Lyra grinste Sac an und warf ihm einen Luftkuss zu. »Genau so eine Frau brauchst du auch, irgendwann.«

Bei näherer Betrachtung musste Ruby zugeben, dass ihre Cousine und ihr neuer Boss trotz ihrer unterschiedlichen Kleidungsstile verdammt gut zusammenpassen würden.

Vielleicht sollte sie Lyra mal darauf hinweisen. Unterdessen wechselte das Thema zu irgendeinem Bike, und Ruby beobachtete Lyra und Sac. Die zwei gingen ziemlich vertraut miteinander um. Während er seinen tätowierten Arm auf der Lehne von Lyras Stuhl ablegte, lehnte sie sich zurück und diskutierte eifrig mit. Ruby hatte keinen blassen Schimmer, wovon sie sprachen, nickte aber immer wieder, wenn sie es passend fand, und tat so, als ob sie sich für das Thema interessierte.

Aber was zum Teufel meinten sie mit ›Fat Boy‹, und wer waren Jekill und Mr. Hyde? Dass sie nicht von dem gleichnamigen Filmklassiker sprachen, war ihr bewusst. Shit.

Im selben Moment wurden die Getränke und ein riesiger Teller mit verschiedenen Hamburgern, Pommes, Chicken Wings und Kartoffeltaschen serviert, und sie stürzten sich auf die Köstlichkeiten.

Ruby nahm sich vor, zuhause ein paar der gefallenen Begriffe im Internet zu recherchieren. Ob sie wollte oder nicht. Sie brauchte diesen Job, und wenn sie vorhatte, ihn gut zu machen, sollte sie sich wenigstens ein bisschen mit der Fachterminologie auskennen. Tapfer lächelnd wischte sie sich ihre vom Essen fettigen Finger an einer Serviette ab, dabei huschte ihre Aufmerksamkeit kurzzeitig zum Tisch der Turner-Brüder.

Verdammt. Obwohl sie Jared hatte ignorieren wollen, schien in ihrem Kopf ein genetischer Code zu existieren, der sie dazu zwang, die drei Brüder anzustarren. Dabei hämmerte die unausweichliche Frage in ihren Gedanken, die sich womöglich jede Frau beim Anblick der äußerst attraktiven Brüder stellte: Was hielten solche Männer wohl von einer Frau wie ihr?

Kräftige Männer, die nicht nur Autorität ausstrahlten, sondern auch eine ganze Menge Testosteron. Männer, die automatisch die Blicke der Damenwelt auf sich zogen. Wie hieß noch mal Jareds Zwillingsbruder? Don? Ruby wusste es nicht genau. Was sie jedoch sicher sagen konnte, war, dass er absolut keine Ähnlichkeit mit Jared besaß. Während Jared eher der dunklere Typ war, waren die Haare seines Zwillingsbruders blond und die Augen, sofern sie das von ihrem Platz aus beurteilen konnte, blau. Die beiden hatten ungefähr die gleiche Größe, und auch vom Körperbau ähnelten sie sich, waren ansonsten jedoch zwei völlig unterschiedliche Typen. Don wirkte kühl, distanziert und ruhig. Jared und sein älterer Bruder hingegen unterhielten sich angeregt, und gerade als Ruby sich dabei ertappte, wie sie auf Jareds Mund starrte, drehte er den Kopf und sah sie an. Verflucht, er hatte es bemerkt. Ohne Ruby aus den Augen zu lassen, setzte Jared die Flasche an und nahm einen kräftigen Schluck.

Schaum stieg im Flaschenhals auf, als er sie wieder absetzte. Ein Tropfen Bier hing auf seiner Unterlippe, den er ableckte. Ihre Knie wurden weich. *Mayday, Mayday, rette mich!* Sie war gefangen, wie betäubt, und brachte es nicht fertig, ihre Aufmerksamkeit auf etwas anderes zu richten.

Unerbittlich hielt er ihren Blick fest. Wachsame Augen, die jedes noch so kleine Detail an ihr aufsaugten. Augen, die genau zu wissen schienen, was dieser Blick in ihrem Innern auslöste. Das Blut jagte mit einer höllischen Geschwindigkeit durch ihre Adern, ließ ihr Herz kräftig gegen ihre Brust schlagen. Unwillkürlich überkam Ruby die Sorge, Jared könnte es trotz der Distanz bemerken. Ihre Wangen fingen Feuer, und vor lauter Aufregung verschüttete sie etwas Bier auf ihr Top und die ausgebleichte Jeans.

»Scheiße.« Ruby senkte den Kopf und schnappte sich eine Serviette, um das Malheur zu beseitigen.

»Alles klar?« Lyra reichte ihr ein paar weitere Tücher. »Du wirkst nervös.«

Woran das wohl liegen mochte?

»Nein, nein. Ich habe eben nicht aufgepasst und etwas zu eilig nach meiner Flasche gegriffen.« Dabei richtete Ruby ihr Augenmerk auf ihr Top, auf dem sich nun ein hässlicher Fleck abzeichnete. »Ich sollte kurz auf die Toilette und das da bereinigen.« Demonstrativ zeigte sie auf das Missgeschick.

»An den Billardtischen und der Dartscheibe vorbei und dann den schmalen Flur ganz nach hinten, durch die Tür. Auf der rechten Seite findest du das Damenklo.«

Ruby nickte und stand auf. »Ich bin gleich zurück.«

Sie folgte geradewegs Lyras Beschreibung, und als sie die Toiletten erreicht hatte, huschte sie hinein. Die schwere Holztür schloss sie hinter sich und steuerte direkt das Waschbecken an. Ruby drehte das Wasser auf und hielt ihre Unterarme in den kühlen Strahl. Sie musste ein paarmal kräftig ein- und ausatmen, um sich zu fangen. Dabei verfluchte sie sich selbst, denn wieso in aller Welt ließ sie es zu, dass dieser bescheuerte Cop sie so aus dem Konzept brachte? Das war ihr noch nie passiert. Warum also bei Jared Turner? Warum spielten ihre Hormone in seiner Gegenwart derart verrückt?

Angestrengt fixierte Ruby den Wandspiegel, wartete auf eine Lösung, so wie im Märchen von Schneewittchen. Ihre Wangen glühten, und ihre himmelblauen Augen starrten sie erschrocken an. Scheiße. Je länger sie ihr Spiegelbild fixierte, umso klarer sah sie. Ruby hatte die Antwort, ob sie ihr gefiel oder nicht.

Du dumme Kuh, rügte sie sich in Gedanken. *Männer wie Jared Turner interessieren sich nicht für Frauen wie dich!*

Nein, das taten sie wirklich nicht. Schließlich hatte sie oft genug erlebt, dass Exemplare wie er, also Sexgötter, sie wenige Sekunden lang musterten und für zu klein und zu dünn befanden. Sie war gerade mal so groß wie ein Minion, ihr blondes lockiges Haar fiel ihr nicht in sanften Wellen über die Schultern, wie man es in den Haarshampoo-Werbungen zu sehen bekam, sondern war ein einziger unkontrollierbarer Haufen. Ihr Gesicht konnte man als allerhöchstens durchschnittlich bezeichnen, und da sie nicht einmal Geld hatte, um ihre Kurven wenigstens ein bisschen in Szene zu setzen, konnte sie damit ebenso nur spärlich punkten. Warum also dachte ihr bescheuertes Herz auch nur eine Sekunde lang, sie könnte Jareds Aufmerksamkeit erlangen? Aufmerksamkeit, die auf ihr als Frau galt und nicht einem Spaßvogel, der nicht gelernt hatte, einfach die Klappe zu halten.

»Hast du vor, das Waschbecken länger zu blockieren?«, riss sie eine Frauenstimme aus ihrer Trance. »Ich möchte mir gerne die Hände waschen.«

Ruby zuckte zusammen. Sie hatte nicht mitbekommen, dass sich jemand im Raum befand.

»Klar, entschuldige«, stammelte sie und trat zurück.

Sie war noch nicht bereit, wieder nach draußen zu gehen. Aber sie konnte sich auch nicht länger hier verstecken. Langsam verließ sie den Raum, sah an sich hinab und stellte fest, dass sie sich nicht um den Fleck auf ihrem Top gekümmert hatte. Zu spät. Das gedimmte Licht musste reichen, um über diesen kleinen Schönheitsfehler hinwegzusehen.

Ruby schaute sich in dem schmalen Flur um. Es gab vier Türen, die sich allesamt glichen, aber nur eine führte zurück in die Bar. Leider hatte sie bei ihrer Flucht nicht darauf geachtet, durch welche sie gestürmt war. Leicht schwummerig drehte sie sich um, dabei hatte sie nur ein einziges Bier getrunken. Anscheinend genügte das, um ihr Denkvermögen zu beeinträchtigen. Krampfhaft versuchte sie sich daran zu erinnern, welche Tür die richtige war. Die Musik und das Stimmengewirr halfen ihr auch nicht weiter. Denn es klang überall gleich laut.

»Scheiß drauf«, murmelte sie und öffnete wahllos eine Tür. Ein Fehler, wie sie sofort erkennen musste. Denn dahinter verbarg sich eine Abstellkammer mit Putzzeug und diversem anderen Kram.

»Suchst du etwas?«

Erschrocken fuhr Ruby herum, starrte mit weit aufgerissenen Augen ihr Gegenüber an. Ihr Blick fiel auf beeindruckende breite Schultern, die in einem grauen Shirt steckten, und Hände, die sich in der Hosentasche vergraben hatten. Sie musste ihren Kopf gar nicht erst in den Nacken legen, um zu wissen, dass kein Geringerer als Jared alias Hottie vor ihr stand. Was um alles in der Welt hatte sie verbrochen?

Jared fand es amüsant, wie schockiert Ruby zu ihm aufblickte. Ihre Wangen waren sanft gerötet, und ihr Mund klappte auf, um ein »Super« auszustoßen. Dieses ›Super‹ klang jedoch alles andere als begeistert. Schwungvoll warf sie die Tür der Abstellkammer zu.

»Bist du auf der Suche nach dem Stripper?«, hakte er noch einmal nach.

»Natürlich nicht!«, brummte sie und fügte dann hinzu: »Eigentlich möchte ich nur zurück in die Bar.« Sie schenkte ihm keinen weiteren Blick, sondern richtete ihre gesamte Aufmerksamkeit auf die Türen.

»Die zweite Tür rechts«, half Jared und schnitt Ruby den Weg ab. Allerdings nur, um Zoe, die in dem Moment ebenfalls aus der Damentoilette kam, Platz zu machen.

»Hey Jared«, flötete diese und nahm augenblicklich eine ganz andere Haltung ein. Ihre Brüste pressten sich in dem weit ausgeschnittenen Top hoch. »Wie geht es dir?«

»Gut, und selbst?« Er hatte nicht das geringste Bedürfnis, mit Zoe zu reden, und auch keine Lust auf einen ihrer Flirtversuche. Zoe zählte zu den Damen in Korit Valley, um die alle ledigen Männer einen großen Bogen machten. Sie warf sich auf jeden Typen, der nicht schnell genug das Weite suchte. Normalerweise ging er ihr großräumig aus dem Weg, doch jetzt stand sie nur wenige Meter von ihm und Ruby entfernt, und seine Erziehung ließ es nicht zu, sie zu ignorieren oder gar grundlos unhöflich zu sein.

»Ach, du weißt ja, mir würde es viel besser gehen, wenn du ab und an zu mir rauskämst, um nach dem Rechten zu sehen. Wenn man allein auf der Farm ist, hört man nachts immer wieder Geräusche.« Verführerisch fuhr sie sich dabei durch das platinblonde hüftlange Haar. »Letztens dachte ich, ich hätte einen Berglöwen gesehen. Die Tiere hatten sich so unruhig verhalten. Ich war kurz davor, euch zu anzurufen.«

Jared sah, wie Ruby die Augenbrauen hob und sich eine eigene Meinung bildete.

»Du weißt ja, du kannst zu jeder Zeit auf dem Revier durchklingeln, und einer von uns kommt raus und kümmert sich darum«, würgte er Zoe ab. Keine Ahnung, wie oft er das schon zu ihr gesagt hatte, und ein paarmal hatte sie auch tatsächlich angerufen. Aber als dann immer nur einer der älteren Kollegen gekommen war, hatte sie es sich schnell abgewöhnt.

»Das weiß ich, Jared. Du und deine Brüder, ihr gebt den Bewohnern Sicherheit.« Während Zoe das sagte, legte sie eine Hand auf seinen Oberarm, und sofort bekam er dieses ungute Gefühl, dass sein Gegenüber einen Schritt zu nahe an seine Sicherheitsgrenze trat. Jeder Muskel in seinem Körper spannte sich an. Automatisch wich er einen Schritt zurück. Was Zoe nicht entging, deutete man ihren unglücklichen Blick richtig.

»Na gut.« Sie musterte Jared ein letztes Mal ausgiebig, bevor sie sich dann mit einem »Wir sehen uns!« verabschiedete. Ruby hatte sie die ganze Zeit über ignoriert.

Er sah ihr nicht nach, als sie durch die Tür zum Lokal verschwand, sondern lenkte seine Aufmerksamkeit auf Ruby, die noch immer vor ihm stand und nicht recht zu wissen schien, was genau er hier suchte und was sie damit zu tun hatte. Jared ging es genauso. Er hatte keinen blassen Schimmer, warum er Ruby gefolgt war. Er wusste auch nicht, warum er hier war, ihren Weg blockierte und sie ansah. Jared wusste nur, dass ihm ihre Nähe weitaus mehr behagte als die jeder anderen Frau in der letzten Zeit. Ruby senkte den Blick, und Jared betrachtete ihre wilde Lockenmähne. Zu gerne hätte er gewusst, wie ihr Haar sich anfühlte, wenn er es um seinen Finger wickelte. Sie stand höchstens zwei Armlängen von ihm entfernt, und erst jetzt wurde ihm richtig bewusst, wie klein sie war. Wie schmal ihre Schultern waren und wie sich das hochgeschlossene Top um ihre Brüste schmiegte. Sein Blick ruhte eine Sekunde zu lang auf der Stelle, und er fragte sich, warum er sie, trotz seines üblichen Frauengeschmacks, anziehend fand. Normalerweise bevorzugte er große, kurvige Frauen, die sich figurbetont kleideten. Ruby war nichts dergleichen. Ihre Jeans war das einzige, enganliegende Kleidungsstück.

»Das passiert dir öfters, oder?«

Jared richtete seine Aufmerksamkeit auf ihr Gesicht. »Was?«

»Na diese Schmachterei. Dieses«, sie verstellte ihre Stimme, sodass ihr Gekickse Zoes Geplapper ziemlich nahekam, »›Oh du großer starker Held, komm und beschütze mich vor diesem gemeinen, großen Berglöwen.‹ – Der sich an ihr ohnehin nur den Magen verderben würde.«

Er musste grinsen. »Ab und an.«

Sie nickte wissend. »Der Retter in der Not. Das muss dir gefallen.«

Viel mehr würde es ihm gefallen, wenn er von ihren roten, verführerisch schimmernden Lippen kosten dürfte. Wenn er mit seiner Zunge ihr süßes, freches Mundwerk zum Schweigen bringen könnte, seine Hände über ihren zierlichen Körper streichen lassen und … Zur Hölle, was war das? War er noch bei Verstand?

»Nicht wirklich«, brummte er und schluckte hart. »Ich bin nicht Polizist geworden, um alleinstehende, liebeskranke Ladys zu beschützen.«

»Na, das sieht sie wohl ein wenig anders.« Ruby machte eine vielsagende Kopfbewegung zu der Tür, durch die Zoe verschwunden war.

»Was ist mit dir?«

»Mit mir?« Überrascht sah sie ihn an. Ihre himmelblauen Augen funkelten angriffslustig. »Denkst du, ich brauche jemanden, der mich beschützt? Oder fragst du dich, ob ich dich ebenfalls anhimmle?«

Er lächelte. Nein, das hatte er damit nicht gemeint. »Weder noch.«

Ihre linke Augenbraue zuckte fragend nach oben. »Falls du auf den Nachmittag anspielst, als ich mich für die gesamte Bevölkerung zum Trottel gemacht habe, dann passe ich. Ich weiß nicht, was in mich gefahren ist, wie ich überhaupt auf die Idee gekommen bin.« Sie richtete sich zu ihrer vollen Größe auf. »Jedenfalls tut es mir leid, was ich gesagt habe. Obgleich es ja nicht unbedingt eine Beleidigung für dich war.«

»Nein?« Das wurde interessant. Jared lehnte sich mit seiner Schulter an die Wand, verschränkte die Arme und betrachtete Ruby.

»Nein, überhaupt nicht. Ich glaube, ich muss dir nicht sagen, dass du ein attraktiver Mann bist.«

Jared konnte seinen Blick nicht von ihrer wilden Lockenmähne lösen. Es kitzelte ihn in den Fingern, eine der Strähnen zu berühren.

»Du findest mich also attraktiv?«

Sie seufzte. »Nach objektiven Maßstäben bist du es. Darüber hinaus spielt es keine Rolle, was ich von dir halte.«

Oh doch, das tut es, wollte er widersprechen, doch sein Blick fiel auf ihren Mund. Er konnte ihre Nervosität spüren, obwohl sie versuchte, sie vor ihm zu verbergen. Er machte sie nervös, und das gefiel ihm. Jared stieß sich von der Wand ab, kam einen Schritt auf sie zu. »Vielleicht sollten wir noch einmal von vorn anfangen, jetzt, wo du weißt, dass ich kein Stripper bin.« Er streckte ihr die Hand entgegen. »Freut mich, dich in Korit Valley begrüßen zu dürfen, Ruby.«

Zur Hölle, er klang wie das Empfangskomitee des Bürgermeisters. Aber er hatte keinen blassen Schimmer, was er sonst sagen sollte.

»Ähm, okay«, murmelte sie. Ihre zarten Finger umschlossen die seinen. Wärme breitete sich auf seiner Haut aus, gefolgt von einem leichten Kribbeln. Ihr Händedruck war kräftig.

»Ich hatte ja keine Ahnung, dass es hier so förmlich zugeht.«

Jared auch nicht. »Tja, du weißt ja, die Polizei, dein Freund und Helfer.« Widerstrebend gab er ihre weiche Hand wieder frei, die sich verdammt gut in seiner angefühlt hatte. »Wie hat dir denn der Kaffee geschmeckt?«

Ruby trat einen Schritt rückwärts. »Gut. Danke übrigens.«

»Sehr gerne.« Es lag ihm auf der Zunge, sie zu fragen, ob er das bald wiederholen dürfte.

»Also gut«, murmelte sie und deutete zu der Tür, die zur Bar führte, »ich sollte dann mal zurück, nicht, dass Lyra und die Jungs noch einen Suchtrupp losschicken.«

Ihre Worte ließen ihn leicht zusammenzucken. Zur Hölle. Er hatte die Biker-Jungs völlig vergessen. Ob sie mit einem von denen zusammen war? Schon wieder beschlich ihn diese Frage.

»Natürlich. Ich will dich nicht aufhalten«, grummelte er und hasste dieses bescheuerte Gefühl in seiner Magengegend, das sich bei dem Gedanken an Romeo und Isaac ausbreitete.

»Okay.« Sie wandte sich von ihm ab, ging zur Tür, bevor sie sich noch einmal umdrehte. »Könntest du mir noch einen Gefallen tun und die Sache mit der Verwechslung für dich behalten? Mir ist es schon unangenehm genug und … Ich möchte einfach nicht, dass mein Neustart in Korit Valley gleich damit ruiniert wird.«

Sie hatte also vor, hierzubleiben? Interessant.

Er nickte. »Verständlich.«

»Danke.« Ein Lächeln legte sich auf ihr Gesicht, welches ihn berührte und gleichzeitig zutiefst erschütterte.

6

Was bitte war das denn gewesen? Verwirrt nahm Ruby wieder neben Lyra Platz. Sie schluckte schwer und befahl ihrem Herzen, nicht mehr zu rasen. Vergebens. Jared hatte sie mit seinem verdammt hinreißenden Blick um den Verstand gebracht. Ihre Hormone auf eine Achterbahnfahrt geschickt.

»Alles klar?«, flüsterte Lyra und musterte sie. »Du bist so rot im Gesicht.«

»Sicher. Alles bestens«, log Ruby und griff nach ihrem Bier, um einen großen Schluck zu trinken. Nichts war klar. Überhaupt nichts. Jared verwirrte sie auf eine Art und Weise, die weder gut für ihren Verstand war und noch viel weniger für ihr Herz.

»War es Zufall oder Absicht?«, riss Lyra sie aus ihren Gedanken.

»Was?«

Lyra deutete mit einer einzigen Kopfbewegung zu dem Tisch der Turner-Brüder, an den sich Jared gerade setzte, und Ruby ahnte, worauf Lyra hinauswollte.

»Keine Ahnung. Ich habe mich für den Kaffee bedankt, und wir haben kurz geplaudert.«

Dabei stellte sie sich dieselbe Frage. Hatte Jared zufällig dort gestanden oder gar auf sie gewartet? Nein, sicher nicht. Warum sollte er auch?

»Geplaudert? So so.«

»Was meinst du mit ›so so‹?«

»Ach nichts«, tat ihre Cousine es gespielt ab.

»Hör auf!« Ruby stieß sie leicht an.

»Wir haben schon verdammt heiße Cops, das muss ich zugeben. Leider sieht das aber auch der Rest der weiblichen Einwohner so. Und auch ein paar der männlichen.« Lyra beugte sich ein wenig zu ihr. »Was jedoch nicht heißen soll, dass ich dir die Sache ausreden will.«

»Da gibt es nichts auszureden«, versicherte Ruby. »Mein einziges Ziel ist es, hier Fuß zu fassen, und da gehört ein gutes Verhältnis zu den Officers dazu.«

»Absolut.« Doch Lyras Mimik sagte: ›Sicher. Mach dir nur selber etwas vor.‹

»Gut, dann lass uns das Thema wechseln. Zum Beispiel könntet ihr mir erklären, wer Fat Boy ist und was ein Chopper sein soll.«

Sowohl Romeo als auch Isaac starrten sie sprachlos an. So, als ob sie ihnen eben verkündet hätte, nicht zu wissen, dass ein Motorrad nur zwei Räder besaß.

»Ach herrje. Jungs, auf euch wartet Arbeit.« Lyra grinste vielsagend, was Ruby nur noch mehr Unbehagen bereitete.

»Das meinst du nicht ernst, oder?« Ratlos blinzelte Romeo zu Isaac hinüber. »Die Kleine muss hinter dem Mond gelebt haben.«

Isaacs Blick wechselte von irritiert zu amüsiert. »Du hast absolut keine Ahnung von Motorrädern.«

»Ich kann mich sehr gut daran erinnern, euch das gesagt zu haben«, verteidigte Ruby sich und ärgerte sich über Sacs immer breiter werdendes Grinsen. Während er die Sache recht entspannt sah, hatte Romeo nach wie vor leichte Schnappatmung. Alles ihretwegen. Toll, Ruby kam sich wie ein Trottel vor.

»Also, Kleines«, begann Isaac, »Fat Boy ist ein Motorrad der Marke Harley Davidson. Das sagt dir hoffentlich etwas, und Chopper sind die Maschinen, die bei uns im Laden stehen.«

»Verstehe«, murmelte Ruby.

Doch Sac hatte Nachsicht und führte sie in die Welt der Motorräder ein. Den restlichen Abend versuchte Ruby, den Tisch mit den Turner-Brüdern weitgehend zu ignorieren. Sie stieg in das Gespräch der Männer und Lyra ein, und als sie knapp eine Stunde später gingen, fühlte Ruby sich gut. Die Jungs hatten sie trotz ihres gefährlich wirkenden Aussehens mit einer humorvollen Art überrascht. So verunsichert Ruby am Anfang wegen der seltsamen Freundschaft ihrer Cousine zu diesen zwielichtigen Gestalten gewesen war, so gut konnte sie sie nun nachempfinden. Sie hatte schon seit Ewigkeiten nicht mehr so viel gelacht. Die drei hatten es geschafft, sie auf andere Gedanken zu bringen, und die Befürchtungen bezüglich ihrer Zukunft verdrängt. Für eine kurze Zeit hatte sie sich wie eine ganz normale Frau gefühlt, die zusammen mit Freunden in einer Bar saß, Spaß hatte und sich keine Sorgen darüber machen musste, was der morgige Tag brachte.

Als sie nach knapp zwei Stunden vor dem Haus ihrer Tante Violet stand, ging es Ruby zum ersten Mal seit ihrer Ankunft in Korit Valley gut. Kein nagender Kummer, ob sie das Richtige getan hatte, als sie New York den Rücken gekehrt hatte. Keine Ängste, dass sie hier nicht Fuß fassen könnte. Innerhalb weniger Tage hatte sie einen Job und neue Freunde gefunden. Jetzt fehlte nur noch ihre kleine Wohnung, und vielleicht konnte sie irgendwann doch ein paar Kurse belegen, um sich das Fotografieren anzueignen.

Als Ruby am nächsten Morgen erwachte und nach unten ging, hörte sie ihre Tante in der Küche werkeln. Ruby wurde das Gefühl nicht los, dass Violet es sich zur Aufgabe gemacht hatte, sie zu mästen. Jeden Tag bekam sie ein opulentes Frühstück vorgesetzt, wie Ruby es nur von Bildern kannte. Für einen Moment betrachtete Ruby die Köchin. Violet besaß dieselbe Statur wie ihre Mom. Klein, zierlich und mit demselben hellen Hautton ihrer Familie. Das schulterlange Haar trug sie meistens zu einem Pferdeschwanz gebunden. Ihre Augen strahlten Wärme aus, und ihre Mimik war offen und freundlich. Auf ihrer Stirn lag nicht eine Sorgenfalte.

»Guten Morgen, Liebes. Ich hoffe, du hast großen Appetit.«

»Morgen, Tantchen«, begrüßte Ruby sie und umarmte Violet kurz. »Das sieht köstlich aus. Hast du noch mehr Gäste eingeladen?«

»Nein, nur wir zwei.« Violet deutete auf den liebevoll gedeckten Tisch. »Setz dich. Der Kaffee ist fertig, und die Rühreier sind auch gleich so weit.«

»Puh, da haben wir aber was vor uns.«

»Ich freu mich so, dass du da bist. Seit Lyra ausgezogen ist, ist es hier oft leer und still. Das gefällt mir nicht.«

Violets Mann hatte sie verlassen, als Lyra mit ihrem Studium angefangen hatte. Lyra war kaum auf dem College, da hatte er verkündet, dass seine zwanzig Jahre jüngere Geliebte ein Kind von ihm erwarte. Tante Violet hatte ihn zum Teufel gejagt und seitdem nie wiedergesehen. Lyra hatte den Kontakt ebenfalls aufs Nötigste beschränkt.

»Nun erzähl. Wie war der gestrige Abend? Hattest du Spaß?«

»Absolut. Die Jungs sind wirklich in Ordnung.«

»Isaac ja. Bei Romeo bin ich mir manchmal nicht so sicher. Er sieht mit dieser Kriegsbemalung auf der Haut gefährlich aus.« Tante Violet schaltete den Herd ab, kam dann mit der Pfanne zum Tisch und stellte sie ab. »Nun, jedenfalls schön, dass du so schnell einen Job gefunden hast. Ich hoffe allerdings, dass du dir mit einer Wohnung Zeit lässt. Ich weiß, dass du unbedingt auf eigenen Beinen stehen willst. Das kann ich nachvollziehen, aber lass mich dich noch ein wenig verwöhnen. Auch wenn es dir schwerfällt.«

»Ich bin es nicht gewöhnt, so viel Hilfe zu bekommen. In New York gab es kaum jemanden, der uns wohlgesonnen war.«

»Das weiß ich, Liebling.« Violet griff nach Rubys Hand und tätschelte sie. »Deine Mom war eine so stolze, unabhängige Frau. Sie wollte keine Hilfe. Von niemandem. Ich habe ihr so oft angeboten, hierher zurückzukehren, in ihre Heimat, aber sie meinte immer, New York sei jetzt ihr Zuhause. Obwohl ich nie den Eindruck hatte, dass sie dort sonderlich glücklich war. Erst recht nicht, wenn ich daran denke, in welcher Gegend ihr leben musstet. Hätten wir euch nur öfters besucht und …«

»Mach dir keine Vorwürfe, Tante. Mom wollte es so. Sie wollte nicht, dass ihr erfahrt, wie schlecht es uns geht. Sie wollte dir nicht noch mehr Sorgen bereiten.«

Früher, als Ruby und Lyra klein gewesen waren, hatten sie sich alle paar Monate gesehen. Meistens waren sie zu ihnen nach New York gekommen. Ruby konnte sich nicht daran erinnern, vorher jemals in Korit Valley gewesen zu sein. Obwohl es ein Foto gab, auf dem sie und Lyra als Kleinkinder im Garten vor Tante Violets Haus spielten. Aber dann wurden die Besuche weniger. Zum einen, weil Rubys Mutter mehr arbeiten musste, und zum anderen, weil Lyras Vater sich die Kosten für den Flug nicht leisten konnte.

»So haben wir alle unser Päckchen im Leben zu tragen. Niemand bleibt von Kummer und Sorge verschont. Aber nach jedem Regentag kommt auch wieder Sonnenschein.«

»Mom hat das auch des Öfteren zu mir gesagt.« Ruby schluckte. Die Erinnerungen holten sie mit einer brutalen Wucht ein. »Ich vermisse sie. Jeden Tag. Ich möchte stark sein, genau wie sie. Doch manchmal habe ich das Gefühl, es nicht zu schaffen. Die Kraft aufzubringen, nach vorne zu sehen. Loszulassen.«

Ein weiteres Mal drückte ihre Tante ihre Hand. »Ich weiß, mein Schatz. Das tue ich auch. Deine Mom hatte ihr Leben trotz aller Widrigkeiten fest im Griff. Sie war eine bemerkenswerte Frau. Nicht jeder besitzt solch eine Kraft wie sie, und das ist okay. Ich, wir sind für dich da, Liebes. Immer. Du musst es nur zulassen.«

»Das weiß ich«, wisperte sie.

»Wage den Neustart, Ruby. Die letzten Jahre haben dir so viel abverlangt, mit der Pflege deiner Mom, den Geldsorgen.«

Trotz des Kloßes in ihrer Kehle schaffte sie es, zu antworten. »Das werde ich.«

Jared stellte das benutzte Wasserglas auf seinen Schreibtisch und hoffte, die Aspirintablette vertrieb bald die pochenden Schmerzen hinter seinen Augenlidern. Zum Teufel, er hätte gestern gehen sollen, als es Zeit dafür gewesen war. Stattdessen hatte er mit Don und Chase ein weiteres Bier getrunken und sich gewünscht, dieses verdammte Gefühl in seinem Magen, das ihn stets beim Anblick von Ruby und den Biker-Jungs wie ein Schlag traf, möge damit verschwinden. Doch Fehlanzeige. Jedes verfluchte Mal erreichte es ihn erneut und katapultierte seine Laune noch weiter in den Keller.

Don und Chase hatten nicht mitbekommen, dass er immer wieder zu dem anderen Tisch gesehen und Ruby dabei beobachtet hatte, wie sie sich köstlich amüsierte. Die Frage, ob sie mit einem der beiden zusammen war, hatte sich in sein Hirn eingebrannt. Doch Anzeichen dafür hatte er nicht gefunden. Dennoch. Der Zweifel blieb.

»Morgen.« Chase trottete in die Polizeistation, hängte den Motorradhelm an den Ständer und öffnete den Verschluss seiner Lederjacke.

Jared brummte ebenfalls ein »Morgen« und klappte die Akte auf, die seine Kollegin Megan auf seinen Schreibtisch gelegt hatte. Ein einziger Blick verriet ihm, dass es schon wieder um die Familie McSean ging. »Was ist es diesmal? Anzeige wegen häuslicher Gewalt?«

»Dieses Mal betrifft es wohl nicht den alten Säufer, sondern seinen ältesten Sohn Paul.« Chase hatte seine Lederjacke ausgezogen und betrat Jareds Büro. »Der Apfel fällt nicht weit vom Stamm.«

»Wenn das so weitergeht, können wir bald beide in den Knast stecken.« Jared hasste den Gedanken, dass Paul ebenso wie sein gewalttätiger Vater enden könnte. Seit Jared und seine Brüder im Dienst waren, hatten sie oft genug zur McSean-Farm fahren, unzählige Male den Vater mit aufs Revier nehmen und über Nacht in eine Ausnüchterungszelle sperren müssen. Viel zu oft hatten sie gehofft, seine Frau würde endlich Anzeige gegen ihn erstatten. Übersät mit blauen Flecken hatte sie ihn am nächsten Morgen abgeholt und nie den Mut aufgebracht, gegen ihn auszusagen. Das gesamte Team hatte versucht, sie zur Vernunft zu bringen. Vergebens. Selbst als die Kinder für eine Weile bei Pflegeeltern untergebracht waren, hatte sie nichts dagegen unternommen. Lediglich die Anrufe waren weniger geworden und die Gewalttaten unauffälliger.

»Ich fahr nachher raus und rede mit Lizzy.«

»Tu das. Ich habe die Hoffnung noch nicht aufgegeben, dass Paul die Kurve bekommt.« Chase blieb am Türrahmen stehen.

Jared hatte sich bereits dem Fall gewidmet, doch die Anwesenheit seines Bruders machte ihn unruhig. »Ist was?«

»Womöglich hebt eine Stippvisite bei den Biker-Jungs ja deine schlechte Laune.«

Sowohl Jared als auch seine zwei Brüder fuhren ein Motorrad, welches Sac und Romeo umgebaut hatten, und waren daher Kunden in ihrer Werkstatt.

»Mein Motorrad fährt sich einwandfrei. Ich wüsste nicht, warum ich dort hinsollte.« Jared schob die Akte beiseite und sah zu Chase, der ein dämliches Grinsen aufgesetzt hatte.

»Glaub mir, du *willst* ihnen oder eher ihrer neuen Mitarbeiterin einen Besuch abstatten.«

Das Pochen in Jareds Schläfen hatte noch immer nicht aufgehört, und seine Laune tat ihr Übriges dazu, dass er Chase' blödem Geschwafel nicht folgen wollte und ihn daher mit einem kalten Blick bedachte.

»Ich habe es dir gesagt. Komm nachher nicht zu mir und beschwer dich.« Chase war kurz davor, sich umzudrehen und zu verschwinden.

»Scheiße, Chase. Ich habe höllische Kopfschmerzen, komm doch einfach auf den Punkt.«

»Warum die schlechte Laune? Hast du zu wenig Schlaf gehabt, oder was ist los?«

»Sag einfach, was du zu sagen hast, und dann verzieh dich an deinen Schreibtisch«, knurrte Jared, rieb sich den Nacken und schloss kurz die Augen. Die gute Laune seines Bruders ging ihm gehörig gegen den Strich.

Chase hob die Schultern. »Na gut. Dann eben die Kurzfassung: Ein Vögelchen hat mir gezwitschert, dass Ruby – so heißt sie doch, richtig? – ab heute für Isaac und Romeo arbeitet.«

Chase wartete nicht auf Jareds Antwort, sondern schlenderte hinüber zu seinem eigenen Büro.

Jared runzelte die Stirn und sah seinem Bruder nach. Von wem wusste er, wo Ruby arbeitete? Warum dachte er, dass ihn das interessierte? Jared würde einen Teufel tun und zu der Werkstatt fahren. Wie kam Chase auf die Idee?

Vielleicht weil deine Beobachtungen gestern im Blues *nicht unbemerkt geblieben sind*, meldete sich seine innere Stimme. Jareds Miene gefror. Das Hämmern in seinem Kopf verstärkte sich. Er stieß einen derben Fluch aus. In diesem Zustand konnte er sich nicht konzentrieren. Erst recht nicht, als ihm auch noch Rubys himmelblaue Augen und ihre wilde Lockenmähne in den Sinn kamen. Er musste raus. Jared schnappte sich die Schlüssel des Dienstwagens und marschierte hinüber zu Chase' Büro. Ohne anzuklopfen, trat er ein. »Ich fahre zu den McSeans.«

Chase hob noch nicht einmal seinen Kopf, als er sagte: »Mach das. Wenn Lizzy«, das war die arme Frau des gewalttätigen Ehemanns, »alleine ist, dann red noch mal mit ihr. Okay? Vielleicht hört sie ja auf dich.«

Das bezweifelte Jared, schließlich hatte er oft genug versucht, sie zur Vernunft zu bringen. »Bis später.«

Jared war gerade im Begriff, die stickige Luft des Büros gegen frische einzutauchen, doch er hielt inne, als sein Blick auf die Fotografie in dem silbernen Bilderrahmen auf Chase' Schreibtisch fiel. Sie zeigte alle drei Brüder, wie sie mit knapp fünf und sechseinhalb Jahren im Garten ihres Elternhauses standen. Hinter ihnen ihre hochschwangere Mom in einem wehenden Sommerkleid und Dad, der ihr seinen Arm um die Schultern gelegt hatte und ebenso glücklich in die Kamera lächelte. Es war ein Bild aus sorglosen Tagen. Eines, das sich für immer in Jareds Kopf gebrannt hatte, und eine der wenigen Erinnerungen, die ihm von seinem Dad geblieben waren. Der Duft blühender Blumen, Vogelgezwitscher und die Stimme seines Dads, die, kurz bevor der Auslöser gedrückt wurde, meinte: ›Und jetzt bitte alle recht freundlich in die Kamera blicken, und wir sagen Money Honey.‹

Nach all den Jahren vermisste er ihn noch immer. Schon als Kind seinen Vater auf so tragische Art zu verlieren, hinterließ Narben. Lange Zeit war Jared auf jenen anderen

Mann, der seiner Mutter den Ehemann und den Kindern den Vater gestohlen hatte, unsagbar wütend gewesen. Seine Schwester Jocy hatte ihren Vater nicht einmal kennenlernen dürfen. Selbst heute erfasste ihn dieses Gefühl des Öfteren, und er beneidete seine Mom, die immer wieder sagte: ›Dieser Mann, der eurem Vater das Leben genommen hat, hatte Probleme mit Alkohol und Drogen. Wir müssen Gott danken, dass euer Dad in unserem Leben war, wenn auch nur für kurze Zeit. Für den Mann, der den Tod eures Dads auf dem Gewissen hat, sollten wir beten. Ihm verzeihen.‹

Jared pfiff darauf. Weder die Alkohol- noch die Drogensucht dieses verdammten Mannes hatte Barmherzigkeit verdient. Wenn es nach ihm ginge, konnte dieser Drecksack im Knast versauern und anschließend in der Hölle schmoren. Er würde ihm nie verzeihen. Jared stand für Gerechtigkeit und Ordnung ein, und ein Mensch, der einem anderen das Leben stahl, hatte keine Gnade verdient. Nicht von ihm. Genau das war auch der Grund, warum Jared und seine Brüder allesamt in die Fußstapfen ihres Vaters getreten waren. Für Gerechtigkeit und Ordnung zu sorgen, war zu ihrer Aufgabe geworden.

Das Telefon in Chase' Nähe klingelte und riss Jared aus seinen Gedanken. Er nickte seinem Bruder kurz zu und marschierte zu den Fahrzeugen. Dabei fiel sein Blick auf sein Motorrad, das direkt neben dem von Chase parkte, und sofort musste er wieder an Ruby denken. Was war nur los mit ihm?

Die Frage begleitete ihn während der gesamten Fahrt zur Farm der Familie McSean, und als er dort ankam, den Motor abstellte und sich umsah, wurde ihm bewusst, dass er gut daran täte, Ruby entweder näher kennenzulernen oder sie aus dem Gedächtnis zu streichen. Zufrieden mit diesem Plan stieg er die morschen Holzstufen der Veranda empor und klopfte ein paarmal an die ramponierte Tür. Über dem Riss in der Fensterscheibe klebte Pappe. Am Rahmen blätterte die Farbe ab, und ein umgeworfener Schaukelstuhl lag auf dem Boden. Jared wollte sich gar nicht vorstellen, was letzten Abend passiert sein mochte.

Er lauschte dem Wind, der durch die Bäume fuhr, vernahm das Gackern der Hühner und machte sich auf den Weg in Richtung Stall. Lizzy musste da sein. Sie ging nur montags zum Einkaufen. Die restliche Zeit verbrachte sie mit der Arbeit auf der Farm. Er musste nicht lange suchen, bevor er sie im Rinderstall entdeckte, wo sie gerade dabei war, einen verdammt großen Heuballen zu verrücken. Jared hasste es, mit anzusehen, wie sie sich abmühte. Seit er ihr das letzte Mal begegnet war, musste sie mindestens acht Pfund abgenommen haben. Die alte Hose schlotterte um ihre Beine, und das Flanellhemd hatte früher sicherlich ihrem Vater, dem einstigen Besitzer der Farm, gehört.

»Morgen, Lizzy«, begrüßte er sie und trat zu ihr, um ihr zu helfen.

»Jared.« Überrascht zuckte sie zusammen, ließ es aber zu, dass er den Heuballen verschob, und meinte dann: »Danke schön.«

»Die Arbeit ist zu schwer für dich«, konnte er sich nicht verkneifen zu sagen. »Wo steckt Noah?«

Er wusste es. Auch ohne dass sie ihm antwortete. Noah, ihr Mann, schlief seinen Rausch aus. Jared studierte Lizzy. Abgemagert, mit leblosen Augen, einem viel zu hellen Teint und stumpfem Haar erinnerte nichts mehr an die ehemalige Abschlussballkönigin. Ein Anblick, der ihn traurig stimmte. Er hatte Fotos von ihr und Noah gesehen, dem Star der Footballmannschaft, dem eine große Karriere als Profi-Spieler bevorgestanden hatte. Allerdings hatte er eine derbe Verletzung erlitten, von der er sich nie ganz erholt hatte, und damit hatte sich das Leben der beiden für immer verändert. Zwar hatte Noah danach eine Ausbildung zum

Bauarbeiter gemacht, doch das war nie gut genug für ihn gewesen. Er hatte zu trinken begonnen, seinen Job verloren und Lizzy mit den vier Kindern ins Elend gestürzt.

»Wie geht es dir?«, hakte Jared vorsichtig nach und sah ihr zu, wie sie den Rindern Heu hinwarf.

»Es geht mir gut«, log sie und erledigte weiterhin geschäftig ihre Arbeit. Dabei blickte sie sich immer wieder alarmiert um. Er wusste, dass sie Angst hatte, Noah könnte sie hier mit dem Cop vorfinden.

»Hat er aufgehört, dich zu schlagen? Sich zu besaufen?«

»Noah musste viel durchmachen.«

Jared hasste es, wie sie ihn jedes verdammte Mal in Schutz nahm. Dabei waren es die Kinder und auch sie, die tagtäglich so viel bewältigen mussten.

»Er trinkt weniger als früher«, murmelte sie und kehrte das Heu in die Raufe.

»Aber einen Entzug will er immer noch nicht machen, richtig?« Wie selbstverständlich griff er sich die Heugabel und führte die schwere Arbeit fort.

Sie schüttelte den Kopf.

Er drehte sich zu ihr und sprach sanft auf sie ein. »Lizzy, du weißt, dass wir alles tun, um dir und den Kids zu helfen. Du musst nur endlich gegen ihn aussagen!«

»Und dann? Dann muss er ins Gefängnis und wird nie wieder einen Job bekommen.«

»Solange er sich täglich den Verstand wegsäuft, wird er auch keinen bekommen.« Er blickte in ihre traurigen Augen. »Lizzy, bitte. Denk an deine Kinder. Paul macht in der Schule Schwierigkeiten. Er hat eine Lehrerin bedroht, und Don konnte sie gerade noch davon abhalten, Anzeige gegen ihn zu erstatten. Wenn das aber so weitergeht, wird er zu einer Pflegefamilie gebracht, und du verlierst das Sorgerecht.«

Eine Träne bahnte sich den Weg über ihre Wange.

»Er wird sich etwas antun, wenn ich ihn verlasse. Das hat er mir schon so oft angedroht. Dabei liebe ich ihn, trotz allem, Jared.«

»Ich verspreche dir, wir werden es nicht zulassen.«

Er spürte, wie sie ihm glauben wollte, doch etwas hinderte sie daran. Sie öffnete den Mund, wurde dann aber von einem »Was zum Teufel hat der da zu suchen, Lizzy?« unterbrochen.

Jared drehte sich langsam um und sah Noah auf sie zutorkeln. Er wirkte um Jahre gealtert. Sein Haar war ergraut, seine Augen blutunterlaufen, und seine Haut hatte eine seltsame Farbe angenommen. Tiefe Furchen zogen sich über seine Stirn. Er war dünner als beim letzten Mal, und doch wusste Jared, dass er noch immer genügend Kraft besaß.

»Bitte sag ihm nichts von Paul«, flüsterte Lizzy ihm zu.

Jared nickte. Nichts anderes hatte er vorgehabt.

»Noah«, begrüßte er ihn tonlos. »Ich dachte, es ist mal wieder Zeit, euch zu besuchen.«

»Deine Besuche sind hier nicht erwünscht«, knurrte Noah und kam noch näher. Jared konnte den Alkohol in seinem Atem riechen.

In dem Zustand schien Noah zu allem fähig, daher zog Jared es vor, wieder zu gehen. In der Hoffnung, Lizzy würde diesem Albtraum endlich ein Ende setzen.

»In dem Fall werde ich wohl besser verschwinden.« Jared nickte Lizzy zu, bevor er an Noah vorbeiging und dessen mörderischen Blick ignorierte. Am liebsten hätte er ihn geschnappt, in seinen Wagen verfrachtet und dann auf direktem Weg in eine Ausnüchterungszelle gefahren. Aber dazu hatte er im Moment nicht das Recht. Obwohl es ihm in den Fingern juckte, sich darüber hinwegzusetzen. Er wollte diesen Kerl endlich zur Vernunft bringen. Er wollte, dass Lizzy und ihre Kinder in Ruhe leben konnten. Mit ansehen zu müssen, wie Noah ihnen die Zukunft verbaute, kotzte

Jared an. Der Besuch bei den McSeans hatte seine Laune noch weiter sinken lassen, und es gab nur eines, was den Tag noch einigermaßen erträglich machen konnte. Oder es ruinierte ihn endgültig, sollte es sich bewahrheiten, dass Ruby mit einem der Jungs in einer Beziehung steckte. Er würde es herausbekommen. Jetzt.

7

as hatte Ruby sich dabei nur gedacht, diesen Job anzunehmen? In den letzten drei Stunden hatte sie hundert verschiedene Begriffe gehört, und allesamt klangen sie wie eine Fremdsprache. Nun saß sie hinter ihrem Schreibtisch, vor sich einen Ordner, in den sie die herumliegenden Rechnungen einsortieren wollte, da hörte sie, wie die Tür des Verkaufsraums geöffnet wurde.

Isaac hatte sich vor knapp dreißig Minuten bei ihr abgemeldet, um ein liegengebliebenes Motorrad einzusammeln. Romeo schraubte an irgendeiner Fat Bob herum. Wie Ruby nun wusste, handelte es sich dabei ebenfalls um ein Motorrad.

Notgedrungen musste sie den Besucher empfangen und betete, dass er nur gekommen war, um einen Termin für die Werkstatt zu vereinbaren. Langsam ging sie durch ihr kleines Büro. Zufrieden stellte sie fest, dass es nicht mehr ganz so chaotisch aussah. Isaac war damit einverstanden gewesen, dass sie alles so ordnete, wie sie es haben wollte.

Ruby trat in den Verkaufsraum, spähte zu dem Mann, der ihr den Rücken zugekehrt hatte und eingehend eine der Ausstellungsmaschinen betrachtete. Sie stockte. Ihr einstudierter Satz schaffte es nicht, ihren Mund zu verlassen. Rubys Augen klebten an der Uniform des Mannes und an seinen breiten Schultern. Just in diesem Moment drehte er sich zu ihr um.

»Hallo Ruby«, begrüßte er sie mit einem Lächeln, das ihre Knie weich werden ließ und ihr Herz zum Schnellerklopfen animierte. Breitbeinig, selbstbewusst und durch und durch wie ein Mann, der sich seiner selbst mehr als bewusst war, sah er auf sie herab. Er erwartete eine Antwort. Sicher. Aber hatte er ihr auch eine Frage gestellt? Ruby wusste es nicht. Es war schwer, ihn nicht anzustarren. In ihr kollidierten verschiedene Emotionen. Verwirrung, Neugierde und der Wunsch, sich ihm an den Hals zu werfen.

»Jared, hey«, murmelte sie und rief sich zur Vernunft. Zumindest ihren Begrüßungssatz sollte sie von sich geben. »Kann ich etwas für dich tun?«

Unentwegt sah er sie an, und sie wusste nicht recht, ob sie es sich nur einbildete oder ob ihr Satz tatsächlich ein leichtes Funkeln in seinen Augen ausgelöst hatte.

»Oder bist du dienstlich hier?«, hakte sie nach und spähte unauffällig zu der großen Glasfront, hinter der Romeo sich in der Werkstatt befand.

»Nicht direkt.« Jared war ihrem Blick gefolgt. »Zumindest hat Romeo meines Wissens nichts verbrochen, nicht wahr?«

Eilig schüttelte sie den Kopf. »Nicht, dass ich wüsste. Ich kenne ihn und Isaac erst seit ein paar Tagen und ...«

Erhellte sich seine Mimik gerade?

»Sprich ruhig weiter«, meinte Jared so lässig, dass es schon wieder unecht wirkte. Was hatte er nur?

»Ich habe dank Lyra einen Job hier bekommen und mache die Büroarbeit.« Sollte sie noch mehr sagen? Was aber, wenn Jared hergekommen war, um sie auszuhorchen? Vielleicht hatte ihr neuer Boss sie gar nicht angemeldet, und nun ermittelte die Polizei wegen Schwarzarbeit und ... Ruby biss sich auf die Lippen. Sie nahm sich vor, dazu nichts weiter verlauten zu lassen. Zumindest nicht, ehe Isaac oder Romeo bei ihr waren.

»Dann kennst du dich mit Bikes aus?«, wollte er wissen und strich mit seinen Fingern leicht über den Lack der Maschine, die er eben noch betrachtet hatte. »Fährst du?«

»Nein, überhaupt nicht, und ich gedenke nicht, je auf einer dieser Maschinen zu sitzen.« Ruby verschränkte die Arme vor der Brust und betete, Romeo möge endlich mitbekommen, dass sich ein Kunde im Laden aufhielt.

»Sind das nicht schlechte Voraussetzungen für diesen Job und wenn du hierbleiben willst?«

Verflucht, dieses Gespräch entwickelte sich immer mehr zu einem Verhör. »Ich habe nicht gesagt, dass ich vorhabe, hierzubleiben. Vielleicht ist es ja nur eine Zwischenstation für mich.«

»Dann hast du keine festen Zukunftspläne?« Beständig ruhten seine Finger auf dem Tank der Harley, und sie fragte sich, wie es sich wohl anfühlen mochte, wenn es ihr Körper wäre, auf dem diese Hand lag.

»Ich habe gemerkt, dass es keinen Sinn macht, Pläne zu schmieden.« Das hatte sie mehr als nur einmal gelernt.

Wissend nickte er. »Das Schicksal entwickelt seinen eigenen Plan.«

»Exakt.«

Eine kleine Ewigkeit sah er sie an, bevor er seine Hand von der Maschine nahm. »Was aber nicht bedeutet, dass du dir eine Spritztour entgehen lassen solltest. Schließlich musst du wissen, wovon eure Kunden reden, oder nicht?«

Um seine Mundwinkel zuckte es. Es war ein hinreißendes, schwindelerregendes Lächeln. Das Flattern in ihrem Bauch verstärkte sich. Schon lange hatte sie kein Mann mehr so angesehen. Sie wusste nicht recht, wie sie damit umgehen sollte.

Reiß dich zusammen, befahl sie sich.

»Hilfreich wäre es bestimmt, allerdings glaube ich, dass weder Romeo noch Isaac zu den Männern gehören, die gerne in Schrittgeschwindigkeit die Straße entlangtuckern.«

»Wohl eher nicht.« Er rieb sich den Nacken. »Aber ich wüsste da jemanden, der sicher kein Problem damit hat.«

Ungeduldig trat Ruby von einem Fuß auf den anderen. Jared machte sie auf eine Art und Weise nervös, die nicht gut für sie war. »Ach ja? Und wer ist dieser Jemand?«

»Ich.«

Ihr blieb der Mund offen stehen. Schon wieder. Sie wusste nicht genau, wie der Kommentar gemeint war. Jared hatte ihr einen Vorschlag unterbreitet, der sie für den Bruchteil einer Sekunde glauben ließ, dieser sexy Cop hätte tatsächlich Interesse an ihr. Eilig verdrängte sie diesen Gedanken.

»Das musst du nicht tun«, brachte sie irgendwie heraus.

»Wenn ich es aber will?« Er trat einen Schritt auf sie zu. »Wie wäre es mit morgen Abend gegen sechs Uhr? Ich hol dich ab. Wo wohnst du?«

Das waren zu viele Fragen auf einmal. Ihr Gehirn schien leergefegt zu sein. »Ich arbeite bis achtzehn Uhr.«

Es war nicht so, dass nie ein Mann mit ihr hatte ausgehen wollen. Nein, in New York, bevor ihre Mom krank geworden war, hatte sie einige Dates und auch drei Beziehungen gehabt. Aber keiner der Männer kam an diesen *einen* heran.

»Dann hole ich dich hier ab.«

Wie konnte Ruby Nein sagen, wenn er sie so ansah? »Okay.« Sie nickte. »In Ordnung.«

Sie hatte es dreimal bestätigt, womöglich nur, um sich bewusst zu machen, dass dieser überaus attraktive, sexy Officer tatsächlich Zeit mit ihr verbringen wollte. Mit *ihr*. Dem Mädchen von nebenan. Einer Frau, die sich nicht in aufreizende Kleidung zwängte so wie Zoe. Die ihr Haar nicht mit teuren Pflegeprodukten stylte und nicht einmal genügend Geld besaß, um sich eine eigene Wohnung leisten zu können. Letzteres wusste Jared ja nicht mal.

Der deutete mit dem Daumen auf die Eingangstür. »Ich muss zurück aufs Revier. Womöglich wartet schon der nächste Fall auf mich, bei dem ich mein Leben riskieren muss. Eine Katze vom Baum retten oder einer Großmutter das Mittagessen vorbeibringen.«

Er scherzte, und Rubys Nervosität legte sich.

»Dann viel Spaß dabei.«

Er verdrehte gespielt die Augen, bevor er wieder ernster wurde. »Bis morgen. Ich hol dich hier ab.«

»Ja, bis morgen.«

Jared stiefelte hinaus, und Ruby sah ihm nach, wie er in seinem Dienstwagen davonfuhr. Es gab eindeutig Schlimmeres, als von einem superheißen Cop durch Korit Valley chauffiert zu werden. Auch wenn das bedeutete, auf einer dieser wuchtigen Maschinen sitzen zu müssen. Aber an Jareds starken Rücken gelehnt, konnte ihr kaum etwas passieren. Zumindest körperlich. An ihre aufkeimenden Gefühle für ihn wollte sie jetzt nicht denken. Tief zog sie die Luft in ihre Lungen. Ihr Herz pochte noch immer einen Takt zu schnell. Sie musste sich ablenken, wenn sie sich nicht weiter wie ein aufgescheuchtes Huhn fühlen wollte.

Sie musste mit Lyra sprechen, oder ihr zumindest eine kurze Nachricht schicken.

Ruby ging zurück ins Büro, schnappte sich ihr Handy und tippte drauf los.

›Du glaubst nicht, wer gerade bei mir war.‹

Lyras Antwort kam bereits ein paar Minuten später. ›Sag nicht, Bradley Cooper hat schon wieder vorbeigeschaut?‹

Bradley Cooper? Ernsthaft. ›Ich wusste gar nicht, dass der in Korit Valley wohnt.‹

›Tut er auch nicht. Das war ein Scherz.‹

Ruby hätte es wissen müssen. Sie seufzte und schrieb

schnell weiter. ›Jared war eben hier, und halt dich fest: Er holt mich morgen ab, um mit mir eine Motorradtour zu machen.‹

›JETZT BIST DU ES, DIE MICH AUFS KREUZ LEGT, ODER?‹

Beleidigt schob Ruby die Unterlippe vor. ›Nein, das ist mein Ernst.‹

Es dauerte keine zehn Sekunden, da rief Lyra an. »Jared Turner holt dich zu einer Motorradtour ab? Ernsthaft?«

Ruby spähte aus der Tür. Ihr Boss war nicht in Sicht. Obgleich sie mit Sicherheit sagen konnte, dass Isaac und Romeo nichts gegen ein Privatgespräch hätten, wollte sie dennoch nicht gleich an ihrem ersten Arbeitstag dabei ertappt werden.

»Ja, ernsthaft. Obwohl ich mich bei deiner Reaktion gerade frage, ob es eine gute Idee war, zuzustimmen.« Sie hatte gehofft, Lyra würde ihr die Nervosität nehmen. Stattdessen fachte sie sie nur weiter an.

»Süße, natürlich ist das eine gute Idee. Ich bin nur ein wenig überrascht. Ich meine, lass mich überlegen. Ich habe keine Ahnung, ob Jared Turner mal irgendwann eine feste Freundin hatte. Zumindest ist mir nichts bekannt.«

»Hallo?« Ruby schnaubte aus. »Ich habe nicht vor, eine Beziehung mit ihm einzugehen.«

Nein, hast du nicht?, fragte ihre innere Stimme lauthals. Schnell, um ihre eigene Stimme und auch die Lyras zu unterbrechen, fügte sie hinzu: »Er holt mich lediglich ab, um mir das Motorradfahren näherzubringen. Schließlich werde ich die nächsten Wochen genug Kunden treffen, die wegen ihrer Bikes kommen. Da sollte ich schon ein wenig mitreden können.«

Frustriert stellte sie fest, dass sie genau das Gleiche wie Jared sagte, und jetzt, wo sie darüber nachdachte, klang das selbst in ihren Ohren unglaubwürdig.

»Ja, klar, verstehe ich total. Ich meine, du solltest beim Rechnungenschreiben und der Terminvergabe schon wissen, wie das Motorradfahren so ist.« Lyras unterdrücktes Lachen war ihr deutlich anzumerken.

»Du bist bescheuert.«

»Nein, Süße. Ich finde es nur amüsant, und ehrlich, ich freu mich für dich, dass du so schnell Anschluss hast. Wenn das mit dir und Jared gut läuft, dann bin ich noch glücklicher«, versicherte ihre Cousine, und ihre Stimme wurde ernster. »Das Einzige, was ich nicht möchte, ist, dass du enttäuscht wirst. Die letzten Jahre hast du genügend durchmachen müssen. Ich möchte, dass dein Neustart in Korit Valley nicht mit einem gebrochenen Herzen einhergeht. Was nicht bedeutet, dass ich dir die Sache ausreden will. Es ist nur so, Jared und eine feste Beziehung – das ist wie Feuer und Wasser.«

»Wer sagt denn, dass ich eine Beziehung anstrebe?«, verteidigte sie sich. »Vielleicht will ich einfach nur ein wenig Spaß, und so wie du Jared beschreibst, ist er dafür genau der Richtige.«

Ruby hasste den kleinen aufkeimenden Schmerz in ihrer Brust, der ihr klarmachte, dass sie sich nicht auf eine Beziehung einlassen würde. Auf keinen Fall. Nicht mit Jared und auch sonst mit keinem. Nicht, solange sie den Verlust ihrer Mutter noch nicht verkraftet hatte. Sie war nicht bereit, schon wieder jemanden, der ihr etwas bedeutete, zu verlieren. Egal, auf welche Art und Weise. Bis sie das nicht konnte, würde sie niemanden zu nahe an sich heranlassen. Und erst, wenn diese unsagbare Leere tief in ihrem Herzen mit Spaß und Freude gefüllt sein würde – mit der Verwirklichung ihrer Träume –, erst dann konnte sie sich Gedanken über eine feste Beziehung machen.

»Was hältst du davon, wenn wir heute Abend ins *Blues* gehen und das bei einer Runde Darts ausdiskutieren?«

Ruby hatte noch nie Darts gespielt. Aber was konnte schon so schwer daran sein.

»Das können wir gerne tun, aber nur unter der Bedingung, dass wir das Thema Jared Turner nicht anschneiden.«

»Abgemacht.«

Jared ging auf die Knie, zog seine Taschenlampe hervor, knipste sie an und spähte in deren Lichtschein unter die große Eichenvitrine. »Es tut mir leid, Mrs. Duffy, aber ich kann wirklich nichts entdecken.«

»Von wegen! Ich habe es doch gehört, Junge«, blaffte sie und vermittelte ihm wie so oft das Gefühl, völlig ungeeignet für diesen Job zu sein. »Du musst besser hinsehen.«

Jared seufzte auf und richtete das Licht seiner Lampe in den hintersten Winkel unter dem Möbelstück. »Da ist noch immer nichts.«

Theatralisch schnaubte sie, klopfte mit ihrem Gehstock zweimal auf den frisch gewachsten Holzboden und zischte: »Nutzloser Junge. Alles muss man hier selber machen.«

Jared hätte am liebsten ebenfalls geschnaubt, doch das wagte er in der Gegenwart seiner alten, mürrischen Lehrerin nicht. Langsam erhob er sich, und da er ahnte, dass sie nicht eher Ruhe gab, bevor er sich um den ›Fall‹ gekümmert hatte, zückte er sein Notizheft, um ihre ›Aussage‹ aufzunehmen. Dabei warf er einen flüchtigen Blick auf die Uhr. In weniger als dreißig Minuten wollte er mit Don und Chase eine Partie Darts im *Blues* spielen. Wenn ihn aber Mrs. Duffy mit ihren wilden Fantasien weiterhin auf Trab hielt, konnte er die Verabredung streichen. Das wollte er unter allen Umständen vermeiden. Zum Teufel damit. Er würde sich ganz sicher nicht von der alten Schreckschraube den Abend verderben lassen. Je schneller sie besänftigt war, desto früher konnte er abhauen und dann hoffentlich auch

Ruby aus seinem Kopf verbannen. Wenigstens für ein paar Stunden.

Seit er heute in der Werkstatt gewesen war, drehte sich in seinem Gehirn alles nur noch um sie. Der Gedanke an ihre Tour – sie hinter ihm auf seinem Bike, ihr Körper an seinen gepresst, die Arme um seinen Bauch gelegt – spornte ihn nur noch mehr an. Er musste daran denken, wie Ruby ihn angestarrt hatte, als er im Laden gestanden war. Wie ihre himmelblauen Augen gefunkelt und ihr Duft nach süßer Kirsche ihn umweht hatte. Ihre wilde Lockenmähne hatte sie zu einem Zopf geflochten. Obwohl er völlig fasziniert von ihrem offenen Haar war, fand er ihr Gesicht ebenso anziehend, von dem er dank der Frisur etwas mehr zu sehen bekommen hatte.

»Noch mal von vorne, Mrs. Duffy. Sie haben erst Stimmen gehört, dann, wie die Tür aufging und jemand ins Haus kam, richtig?«

Die alte Dame mit den wachsamen grauen Augen nickte.

»Danach haben Sie eine Person in dunkler Kleidung gesehen, die die Kommode hier geöffnet hat, und als besagter Jemand, dessen Gesicht Sie nicht erkennen konnten, Sie erblickte, ist er abgehauen und hat dabei mit dem Fuß etwas unter dieses Möbelstück«, er deutete auf die Holzvitrine, »geschoben. Ist das so korrekt?«

»Du hast nicht richtig zugehört, Turner-Junge, aber das ist ja nichts Neues. Schon in der Schule hast du ständig auf deinen Ohren gesessen.« Sie kam näher, inspizierte seinen Block, auf dem er sich ein paar Notizen gemacht hatte, und meinte: »Das da hast du auch falsch geschrieben.«

Himmel, wenn der Herr sie nicht bald ins Grab brachte, dann würde das irgendwann ein anderer tun – womöglich sogar er selbst.

Er ignorierte die Kritik an seiner Rechtschreibung und fuhr fort: »Was habe ich verwechselt?«

Sie starrte noch immer auf sein Notizbuch, erpicht darauf, weitere Unvollkommenheiten zu entdecken.

»Mrs. Duffy?« Jared drehte seine Hand so, dass ihr eine ausführlichere Inspektion verwehrt blieb.

»Was?«

»Sie haben gesagt, ich hätte nicht richtig zugehört. Also, wo liegt der Fehler?«, hakte er nach.

»Das habe ich nicht ausgesprochen«, blaffte sie, und für eine Sekunde bekam er den Eindruck, sie wollte ihm seinen Block aus der Hand reißen. Dann aber fiel ihr Blick auf seine Dienstmarke, und alleine die Tatsache, dass sie sich nicht mit einem Cop anlegen wollte, schien sie davon abzuhalten.

»Was haben Sie denn dann gesagt?« Langsam verlor er die Geduld. Er kannte Mrs. Duffy zu gut. Er wusste genau, dass dies alles wieder ein Akt der Verzweiflung war. Wie so oft hatte sie angerufen, einen der Officers herzitiert und ihm die wildesten Fantasien aufgetischt. Und das nur, weil die arme Frau so sehr unter der Einsamkeit litt. Da sie keine Verwandten in der Nähe hatte, musste der öffentliche Dienst herhalten. Er hatte schon keinen Überblick mehr, wie oft sie im letzten halben Jahr die Feuerwehr, Polizei und den Notarzt angerufen hatte.

Sie ignorierte seine Frage und deutete mit dem Stock auf die Eingangstür. »Von der Tür ist er gekommen. Hast du denn bereits Fingerabdrücke genommen?«

Fingerabdrücke? Von einem Geist? Ernsthaft? Chase wäre alles andere als begeistert, wenn er wieder Material verschwendete.

»Das werde ich gleich noch tun«, log er und wandte sich dem Ausgang zu. Seine Rettung war zum Greifen nah. »Jedenfalls ist unter dem Möbelstück nichts. Keine Wanze oder dergleichen.«

Als ob irgendwer scharf darauf wäre, die alte Mrs. Duffy abzuhören. Im Leben nicht.

»Willst du Bengel mir etwa sagen, dass ich mir das Ganze nur eingebildet habe?« Sie hob ihren dunklen Gehstock und fuchtelte gefährlich nahe vor ihm herum. Der Schreckschraube wäre zuzutrauen, dass sie ihn damit traf. Unabsichtlich, versteht sich.

»Selbstverständlich nicht, Mrs. Duffy. Wir nehmen Ihr Anliegen natürlich sehr ernst.«

»Das hast du beim letzten Mal schon gesagt, und was hat es gebracht? Nichts. Gar nichts. Der Kreis in meinem Garten ist noch immer da.«

Mit dem ›Kreis‹ meinte sie die Ufolandestation oder etwas in der Art.

»Wir gehen jedem Ihrer Anliegen zu hundert Prozent nach«, versprach er und trat unauffällig den Rückzug an. Nur noch wenige Schritte trennten ihn von der Tür.

»Das sehe ich. Nichts habt ihr Bengel bis jetzt herausgefunden«, blaffte sie, und ihr Doppelkinn wackelte gefährlich.

»Wir geben unser Bestes.« Drei Schritte, zwei, einer und …

»Halt!« So schnell ihre alten Beine es zuließen, war sie bei ihm. »Die Fingerabdrücke. Was ist mit denen, hä?«

»Wollte ich gerade erledigen.«

Ihre grauen Augen musterten ihn eindringlich, und erst als er die Sachen aus seiner Tasche hervorzog und sich ans Werk machte, schien sie etwas besänftigt. Wie lange jedoch, war die andere Frage.

Er spürte, wie sie jeden seiner Handgriffe bis ins kleinste Detail beobachtete. »Im Fernsehen sieht das anders aus. Machst du das auch richtig?«

»Selbstverständlich, Mrs. Duffy.« Er versuchte wirklich, ruhig zu bleiben. Aber diese alte Schreckschraube machte es ihm nicht einfach.

»Also, ich weiß ja nicht«, murrte sie und schob ihn zur Seite.

Doch bevor sie mit ihrer Zurechtweisung fortfahren konnte, unterbrach Jared sie: »So, ich bring das hier gleich aufs Revier, und sobald wir nähere Informationen zu dem, äh …«, beinahe hätte er ›Geist‹ gesagt, konnte sich aber noch zusammenreißen, »... Dieb haben, werden wir uns wieder bei Ihnen melden.«

Jared trat den Rückzug an. Er ignorierte, wie Mrs. Duffy ihre Brille zurechtschob. »Und wie lange dauert das?«

»Schwer zu sagen. Vielleicht ein paar Tage.«

»Ein paar Tage. Als ob ihr in eurem Labor so viel zu tun habt. Esst doch dort nichts weiter als Donuts, hab ich im Fernsehen gesehen, und Kelly erzählt mir immer, dass ihr euch mit ihren Süßigkeiten vollstopft.«

Das war zu viel für seine Nerven. Jared ergriff die Flucht.

»Ich muss los, es wurde ein Mord gemeldet!« Vielleicht hätte er dazu erst mal auf sein Handy sehen müssen, damit es glaubwürdig war, aber immerhin schien Mrs. Duffy für einen Moment verwirrt. Diese Sekunde reichte Jared, um zu seinem Dienstwagen zu hechten und sich hinter das Lenkrad zu werfen.

»Ja, ja, Mord«, rief ihm die alte Dame hinterher. »Donutmord! Das ist ja eine Frechheit. Was, wenn der Kerl wieder auftaucht und …« Mrs. Duffy klopfte gegen seine Scheibe.

Jared ließ das Fenster herunter und startete den Motor. »Dann informieren Sie uns erneut. Einen schönen Abend, Mam.«

Ihr Mund klappte auf, das Kinn zitterte gefährlich, als sie wie ein Fisch nach Luft schnappend sagte: »Aber, aber. Ich bin noch nicht fertig.«

»Aber ich«, flüsterte er, ließ den Motor aufheulen und tat so, als ob er sie nicht mehr verstehen könnte. »Bis dann, Mrs. Duffy.«

8

Ruby nippte an ihrer kalten Cola light und warf einen genervten Blick auf die Uhr. Wo um alles in der Welt blieb Lyra? Sie waren seit knapp zehn Minuten verabredet, und es fehlte jede Spur von ihr. Allmählich wurde sie hibbelig. Nicht nur, weil immer mehr Besucher ins *Blues* strömten, nein, sie entdeckte auch Chase, der dicht gefolgt von Don die Bar betrat. Wenn Jared jetzt ebenfalls noch auftauchte, war sie geliefert.

Ruby griff in ihre farbenfrohe Handtasche, die sie von ihrer besten Freundin zum einundzwanzigsten Geburtstag geschenkt bekommen hatte, und zog ihr Handy hervor. Das Display zeigte nichts an. Keine Nachricht, kein Anruf.

›Wo steckst du?‹, schrieb sie an Lyra und taxierte das Gerät in der Hoffnung, es so zu einer schnelleren Antwort animieren zu können. Vergebens. Lyra reagierte nicht.

Zehn Minuten. Mehr würde sie ihrer Cousine nicht geben. Wenn sie bis dahin nicht aufkreuzte, suchte Ruby das Weite. Erschöpft lehnte sie sich auf ihrem Sessel zurück und vermied jeglichen Augenkontakt mit den anderen Gästen. Vielleicht konnte sie so unbemerkt bleiben. Aber da Korit Valley eine Kleinstadt war und die Leute sich allesamt verdammt gut kannten, zerplatzte diese Hoffnung bald. Das wurde ihr bereits zwei Minuten später bewusst, als jemand an ihrem Tisch stehen blieb.

»Dich kenn ich doch!«

Ruby drehte leicht den Kopf, starrte auf schwindelerregend hohe, lackrote Heels. Ihr Blick arbeitete sich an langen Beinen empor, die sich mehr oder weniger unter einem knappen schwarzen Stretchkleid versteckten, das keine Geringere als Zoe trug.

»Hey.« Notgedrungen begrüßte Ruby sie und umklammerte ihr Glas fester. Sie hatte absolut keine Lust auf eine Unterhaltung mit ihr. Bei ihrer letzten Begegnung hatte sie für Ruby nicht einmal einen müden Blick übrig gehabt.

»Lebst du jetzt hier?«

»Bitte?« Perplex sah sie zu ihr hoch.

Wie bei einem Milchvieh malmten Zoes Zähne auf einem Kaugummi herum. Dabei bot sie nicht nur Einblicke in ihren rot umschminkten Mund. Nein, auch die Farbe des Kaugummis konnte man leider deutlich erkennen.

»Ob du hier in Korit Valley lebst«, wiederholte sie, als wäre Ruby entweder taub oder schwachsinnig.

»Ja. Extra aus New York angereist.«

»Du hast New York für Korit Valley verlassen?« Höhnisch lachte sie auf. »Warum denn das?«

»Ich hatte Lust dazu.«

Wo blieb Lyra? Ruby hatte kein Bedürfnis, in Zoes Gesicht zu blicken. Erst recht nicht, wenn sie wie jetzt ihren Kaugummi zwischen ihre Lippen schob und damit eine riesige Blase formte.

»Das versteh ich nicht.« Zoe stützte sich auf dem Tisch ab. Ihre langen Fingernägel klopften auf die Holzplatte, als ob sie ungeduldig auf etwas wartete. Allerdings war doch Ruby diejenige, die es herbeisehnte, erlöst zu werden.

»Ist eine längere Geschichte.« Ruby sah betont desinteressiert woandershin. Würde Zoe so kapieren, dass sie verschwinden sollte?

»Ich habe Zeit«, nuschelte sie und machte wahrhaftig Anstalten, sich auf den freien Stuhl zu setzen.

»Ich aber leider nicht«, platzte Ruby heraus. Wie penetrant konnte diese Frau noch werden?

»Bin ich dir nicht fein genug, oder was?« Schmatzend ließ Zoe ihren Blick an Ruby hinabgleiten. »Du siehst nicht wie jemand aus, der aus einer Großstadt kommt. Deine Klamotten sind alt und uncool.«

Uncool? Wie alt war Zoe? Sechzehn?

»Dann haben wir beide wohl nichts gemeinsam. Vielleicht ...«

Weiter kam Ruby nicht, denn im selben Moment trat jemand hinter sie. Sie spürte instinktiv, dass es nicht Lyra war. Nein, von diesem Jemand ging ein seltsames Kribbeln aus, das sich über ihren kompletten Körper ausbreitete. »Hey Ruby. Wir sitzen da drüben. Hast du mich nicht gesehen?«

Jared. Auch das noch. Den halben Tag hatte sie damit zugebracht, nicht an ihn und ihr morgiges Treffen zu denken. Und jetzt stand ausgerechnet er so dicht hinter ihr, dass sie sich einbildete, seine Wärme spüren zu können.

»Was?«, entfuhr es ihr. Kleinstadt hin oder her. Das hier war eine Verschwörung.

»Die Jungs und ich. Wir sind da drüben!«, betonte er und beugte sich zu ihr. So nahe, dass sie sein Shampoo riechen konnte. Augenblicklich spielten ihre Hormone verrückt, und der Schauer auf ihrem Rücken wurde noch intensiver. »Spiel einfach mit. Glaub mir«, flüsterte er mit heißem Atem, der sie am Hals kitzelte.

»Jared, wie schön, dich zu sehen«, mischte sich Zoes säuselnde Stimme ein.

»Hey«, meinte er knapp und sah Ruby auffordernd an. »Die Jungs warten. Komm schon!«

Er konnte doch nicht ernsthaft glauben, sie würde sich mit ihm an den Tisch seiner Brüder setzen. Alleine? So viel Testosteron konnte keine Frau ertragen.

Zoe nutzte den Moment, als Jared die Kellnerin abfing,

um bei ihr Bier zu bestellen, und zischte Ruby zu: »Unser Deputy ist dir wohl auch nicht gut genug, was?«

Anstatt einer Antwort erhob Ruby sich, schnappte sich mit einer Hand ihr Glas und mit der anderen Jareds Arm und nickte ihm zu, ihr den Weg zu zeigen. Zoe ließ sie einfach stehen.

Da die Tische so eng standen, musste sich Jared bald von ihr lösen und vorausgehen. Zielsicher und mit einer Anmut, die Ruby sich in ihren kühnsten Träumen nur ausmalte, marschierte er an den besetzten Plätzen vorbei und begrüßte die Leute. Sie hingegen fühlte die neugierigen Blicke auf sich, hörte trotz der lauten Musik das Getuschel. Na toll. Dabei war doch ihr einziges Ziel, einen ruhigen Start zu schaffen. Doch nahezu jeder schien dieses Vorhaben torpedieren zu wollen.

»Ist das nicht die, die dachte, Jared wäre ein Stripper?«, hörte sie eine weibliche Stimme wispern.

Was? Zum Teufel, woher wusste die Frau das? Rubys Blick huschte zu der Fremden, dann zu Jareds breitem Rücken, den sie nun am liebsten durchbohren würde. Nur sah sie im nächsten Moment automatisch auf seinen knackigen Hintern, der in seiner Jeans verdammt gut zur Geltung kam. *Verflucht sei dieser Mann!* Hatte er ihr nicht versprochen, das für sich zu behalten? Er hatte ihr sein Wort gegeben!

Ruby schaute sich um. Sowohl Don als auch Chase blickten ihr entgegen. Sie bemerkte das breite Grinsen auf dem Gesicht des älteren Turner-Bruders und die finstere Mimik des anderen. Lediglich das leichte Heben einer Augenbraue verriet Dons Überraschung. Shit. Sie würde einen Teufel tun und sich zu ihnen setzen. Nicht, solange sie nicht wusste, ob sie Jared erwürgen oder doch lieber laufen lassen sollte.

»Warte mal!«, schrie sie gegen den lauten Bass der Musik an und zupfte am Ärmel seines Pullovers. Sie musste mit ihm reden. Ungestört.

Jared blieb stehen und drehte sich zu ihr um. »Was ist los? Hast du Angst vor meinen Brüdern?«

»Ganz bestimmt nicht. Aber können wir kurz unter vier Augen reden? Irgendwo, wo es ruhiger ist?«

»Warum?«

»Weil es wichtig ist.«

Er zuckte kurz mit den Schultern und deutete auf eine Tür neben der Bar. »Da müsste noch nicht ganz so viel los sein.«

Ruby folgte ihm, ließ dabei seine Brüder außer Acht, die das Spektakel mindestens genauso interessiert verfolgten wie gefühlt alle anderen in der Bar.

Erst als sie das Nebenzimmer erreicht hatten, sah Ruby auf. Hier standen ein Billardtisch, eine alte, verstaubte Jukebox und ein paar aufeinandergestapelte Stühle. Die Rockmusik und die Stimmen der Gäste waren auch hier zu hören, allerdings etwas gedämpfter.

»Okay, dann raus mit der Sprache. Was musst du mit mir bereden?« Er fixierte sie und lehnte sich an den Billardtisch. Er hatte dieses Grinsen aufgesetzt, das bei ihr regelmäßig zu Schnappatmung führte.

Sie hasste es, wenn er sie so ansah. Doch noch viel mehr hasste sie, wie selbstsicher und attraktiv er dabei wirkte. Sie hingegen kämpfte damit, ihre Emotionen unter Kontrolle zu halten. Warum zum Teufel sah er so verdammt scharf aus? Und warum zum Teufel war er so nett zu ihr? Doch dann fiel ihr ein, weshalb sie hier in diesem muffigen Raum standen.

»Wieso weiß die Frau da, dass ich bei unserer ersten Begegnung dachte, du wärst ein Stripper?« Sie erwiderte seinen Blick und blieb gut zwei Armlängen von ihm entfernt stehen.

»Welche Frau?«, hakte er nach und sah an ihr vorbei in den Gastraum.

»Na, eine von da drinnen eben.«

»Da drinnen sind ziemlich viele Frauen.« Jareds Mund verzog sich zu einem Lächeln.

»Was du nicht sagst.« Himmel, er brachte sie noch zur Weißglut. »Warum hast du den Leuten davon erzählt, wo du mir doch versprochen hast, das Missverständnis für dich zu behalten?« Ruby wollte ihm keine Szene machen, aber ein Wort war ein Wort. Es war schon unangenehm genug, von den Leuten wie ein Auktionsgegenstand gemustert zu werden. Aber dass diese Kleinstädter von ihrem superpeinlichen Auftritt wussten, setzte allem die Krone auf.

»Ich habe mein Versprechen gehalten.« Er verschränkte die Arme vor seiner muskulösen Brust, die sofort Rubys Aufmerksamkeit auf sich zog. Doch sie war nicht gewillt, sich von ein paar Muskeln und einem verdammt attraktiven, selbstsicheren Mann aus dem Konzept bringen zu lassen.

»Hast du nicht. Irgendwem musst du es gesagt haben. Denn sonst«, sie deutete hinter sich in die Bar, »wüssten die da drinnen nichts davon.«

»Ich habe es lediglich meinen Brüdern erzählt, aber das war, bevor ich dich im Café traf. Da dachte ich noch, du wärst irgendeine engagierte Kostümträgerin, die nicht von hier ist.« Er zwinkerte ihr zu.

»Na toll«, sie warf die Hände in die Luft, »und deine Brüder haben es überall herumerzählt.« Auch wenn Ruby an der Tatsache nichts ändern konnte, war sie genervt.

»Don hat sicher kein Wort darüber verloren. Dazu müsste er ja erst mal mit jemandem mehr als fünf Sätze wechseln. Und Chase – nun, er hat es vermutlich Peggy-Sue, seiner Verlobten in spe, erzählt.«

»Verstehe. Und die hat es ihren Mädels erzählt und so weiter.« Ruby stöhnte laut. Es war zu spät, sie war das Gesprächsthema Nummer eins in Korit Valley.

Jared legte seine Hände auf die Holzumrandung des Billardtisches und stützte sich ab. Er konnte die Augen kaum von Ruby lassen. Sie stand nur einen Meter von ihm entfernt. Ihr Blick sprühte Funken. Sie war verärgert, keine Frage. Aber er wusste nicht genau, ob es daran lag, dass die Leute von der Verwechslung wussten, oder an Zoe, die wie so oft ihre Neugierde befriedigen und ihr Revier abstecken wollte. Was Zoe allerdings unter ihrem Revier verstand, konnte Jared nur erahnen. Er wusste, dass sie ein Auge auf ihn geworfen hatte. Den Sonnyboy der Turner-Brüder. Früher war es Chase gewesen, dem sie ihre Aufmerksamkeit gewidmet hatte, doch seit der mit Peggy-Sue zusammen war, galt Zoes Augenmerk blöderweise ihm. Vermutlich, weil sie vor Don Angst hatte.

»Es tut mir leid«, sagte er.

»Du siehst aber überhaupt nicht aus, als ob dir irgendetwas leidtäte.« Drohend deutete sie mit dem Finger auf ihn. »Dabei spielst du dich so gerne als Retter in der Not auf. Vorhin, als diese Giftschlange um mich herumgeschlichen ist und mich mit ihrem blöden Kaugummi fast in den Wahnsinn getrieben hat, und dann dein Vorschlag mit der Motorradtour. Ich weiß genau, dass du etwas im Schilde führst.«

Oh ja, und wie er was im Schilde führte. Vielleicht sollte er ihr ja zeigen, was in seinem Kopf vor sich ging.

»Dabei habe ich keine Ahnung, was du eigentlich vorhast. Hat Isaac irgendetwas ausgefressen, und ihr versucht, über mich an Informationen heranzukommen?« Aufgebracht trat sie einen Schritt auf ihn zu. »Oder musst du den guten Cop mimen, der sich um die Neuankömmlinge hier kümmert, damit sie keinen Ärger machen?«

Er hatte schon gemerkt, dass sie ihr Herz auf der Zunge trug, und das gefiel ihm. Sehr sogar.

»Weder noch.« Er löste den festen Griff von dem glatten Holz.

»Was ist es dann?« Sie ließ ihren ausgestreckten Zeigefinger sinken, mit dem sie bis jetzt auf ihn gedeutet hatte. »Denn so ganz werde ich aus dir nicht schlau.«

Er blöderweise auch nicht. Seine Gefühle für sie waren ihm völlig fremd, und warum er das alles tat, überraschte ihn. Ja, er wollte mit ihr ausgehen. Er wollte sie küssen und mit ihr schlafen. Aber da war noch mehr, und dieses Mehr ließ ihn komplett anders handeln als sonst. Normalerweise hatte er kein Problem damit, eine Frau um ein Date zu bitten. Er hatte kein Problem damit, zu sagen, dass er Sex mit ihr wollte. Trotzdem war bei Ruby alles komplizierter. Auf eine gute Art.

Auffordernd sah sie zu ihm auf. Sie erwartete eine Antwort. Doch statt etwas zu erwidern, ergriff er ihren Arm und zog sie in einer schnellen Bewegung zu sich. Eine Hand ließ er in ihren Nacken gleiten. Er wollte tun, worauf er schon seit geraumer Zeit Lust hatte. Er küsste sie. Ruby schnappte nach Luft, und Jared nutzte den Moment aus, machte sich ihre geöffneten Lippen zunutze. Ihr Mund war weich, und sie schmeckte köstlich. Ein Seufzer entwich ihr, was er als Aufforderung deutete, weiterzumachen. Vorsichtig ließ er seine Zunge in ihren Mund gleiten und wurde von ihr begrüßt. Sie verwickelte ihn in ein süßes Spiel und riss ihn tiefer in einen Sog aus Gefühlen, die ihn fast schwindelig werden ließen. Jared vergrub seine Finger in ihrem Haar, zog sie enger an sich. Er spürte seine wachsende Erektion, die Lust, die durch seinen Körper pulsierte, und wie sich die Hitze immer weiter in ihm ausbreitete. Er war dahin. Nichts war ihm wichtiger, als die Kontrolle zu behalten, und hier verlor er sie. Ruby raubte ihm mit ihrem süßen Mund, dem weichen Leib und ihrer fordernden Zunge den Verstand. Er konnte an nichts anderes denken als daran, sie hier und jetzt auf der Stelle auf diesen Tisch zu legen und sie ganz spüren zu wollen, mit jeder Faser. Er wollte sie stöhnen und seinen Namen rufen hören. Seine Hand glitt von ihrer Hüfte unter ihr Shirt und liebkoste die nackte Haut. Sanft streichelte er mit seinem Daumen ihre Wirbelsäule entlang, während er sie küsste wie ein Ertrinkender.

»Ich sag es ja nur ungern, Bruder, aber ihr habt einen Haufen Zuschauer, die sich allesamt um die besten Plätze streiten.«

Fuck.

Ruby zuckte unter Chase' Stimme zusammen. Sein Bruder stand im Türrahmen und grinste dämlich.

»Ähm.« Ruby wollte zurücktreten, doch Jared war noch nicht bereit, sie gehen zu lassen. Nicht nach dem, was gerade zwischen ihnen passiert war.

»Danke für die Information, Chase. Du kannst ihnen sagen, dass die Show vorbei ist. Und mach die Tür zu.«

Chase nickte, bereit, zu gehen, aber nicht, ohne Rubys Rücken noch einmal genauer zu mustern. An seinem Blick konnte Jared erahnen, dass sein Bruder Ruby bereits zu seiner Schwägerin auserkoren hatte.

Er wartete, bis Chase verschwand, und ließ Ruby erst dann langsam wieder los. Er wusste, er musste etwas sagen. Schließlich hatte er sie geküsst und in Gedanken schon auf dem Billardtisch geliebt.

»Also, das war überraschend«, ergriff jedoch Ruby das Wort, berührte ihre Lippen, die von seinem Kuss leicht gerötet waren.

Er nickte. Shit. Er wusste nicht, was er sagen oder tun sollte. Die Sache warf ihn gerade komplett aus der Bahn.

»Überraschend gut oder überraschend schlecht?« *Was Plumperes fällt dir wohl nicht ein, was?*, schalt ihn seine innere Stimme.

Sie zögerte. »Gut?!«

Er grinste. Dämlich wie ein Trottel, doch es war ihm egal.

»Aber vielleicht sollten wir uns beim nächsten Mal ein

ruhigeres Plätzchen suchen?« Die Tragweite ihrer Worte schien ihr erst bewusst zu werden, als sie sie ausgesprochen hatte. Verlegen strich sie sich das Haar zurück. »Wie auch immer, ich muss los.«

Noch ehe er den Hauch einer Chance hatte, etwas zu erwidern, befreite sie sich aus seinen Armen und stiefelte davon. Einfach so.

9

Verwirrt und mit Gefühlen, die sie nicht in Worte fassen konnte, eilte Ruby durch die Straßen von Korit Valley. Das Herz pochte heftig, und ihr Magen fühlte sich an, als würden tausend Ameisen darin herumkrabbeln. Ruby hatte geglaubt, ihre Schwäche für Jared im Griff zu haben. Doch mit diesem Kuss hatte er diese kleine Schwäche in ein wahres Gefühlschaos verwandelt. Die Flut von Empfindungen, so mitreißend und intensiv, machte ihr Angst. Es war zu viel und zu früh. Nur deshalb war sie eben aus dem *Blues* gestürzt, hatte den ziemlich verwirrt dreinblickenden Jared einfach stehen lassen. Aber was hätte sie auch sagen sollen? Was tun? Wenn es nach ihr gegangen wäre, dann hätten sie den Kuss nie unterbrochen und noch ganz andere Dinge miteinander angestellt. Sie wollte sich gar nicht ausmalen, was geschehen wäre, wenn Chase nicht hereingeplatzt wäre. Mitten im *Blues*, mit Zuschauern. So etwas war ihr noch nie passiert. Noch nie hatte sie eine solche Leidenschaft gespürt, alles um sich herum vergessen. So, als ob dieser Kuss sie in ein anderes Universum geschleudert hätte.

Ruby lief weiter, bog in die Straße zu Tante Violets Wohnung ein und achtete nicht auf die Umgebung. Nach einer gefühlten Ewigkeit erreichte sie das Gebäude und schloss die Tür. Zum Glück war Tante Violet heute bei ihrem Strickclub.

Sie zog Jacke und Schuhe aus und ging in ihr Zimmer,

um sich frische Sachen zu holen und dann zu duschen. Vielleicht half das, um wieder klar denken zu können.

Gerade als sie nach ihrer bequemen Wellnesshose griff, hörte sie, wie die Eingangstür erneut geöffnet wurde. Ruby spähte aus dem Raum und sah Lyra, die wie ein kleiner Tornado durch das Haus fegte, direkt auf sie zu.

»Ich fass es nicht. Du hast mit Jared Turner rumgemacht. Mitten im *Blues*.«

»Was? Aber woher …? Du warst gar nicht da.« Oder etwa doch? Hatte Ruby ihre Cousine übersehen?

Lyra warf ihre Handtasche auf das Bett und ließ sich hinterherfallen. Dabei grinste sie mindestens genauso dämlich wie ein paar der Gäste im *Blues*, als sie an ihnen vorbeigerannt war. »Das musste ich auch nicht, ich habe es so erfahren.« Demonstrativ klopfte sie neben sich auf die Bettdecke. »Ich will alles wissen. Komm her und berichte.«

»Wer hat dir davon erzählt?« Was würde sie jetzt dafür geben, in New York zu sein. Irgendwo, wo die Leute sich nicht das Maul über einen zerrissen. Dort interessierte es niemanden, wer mit wem etwas hatte.

»Zoe? Oder war es doch Peggy-Sue?« Lyra winkte ab. »Keine Ahnung. Ich bin gekommen, kurz nachdem du wie ein Verbrecher aus dem *Blues* geflüchtet bist, und da habe ich gehört, wie jemand sagte: ›Wer ist diese Ruby, die sich Jared an den Hals geworfen hat?‹ Ich meine, dann hat Zoe gesagt, dass du aus New York bist und jetzt hierbleibst. Mensch, du hättest ihr Gesicht sehen sollen. Sie hat ausgeschaut, als hätte ihr jemand ihr Lieblingsspielzeug geklaut.«

»Oh mein Gott.« Ruby fasste sich an die Stirn und schloss die Augen. »In was für eine Misere bin ich da nur reingeraten?«

»Also, als Misere würde ich einen Kuss mit Jared nicht bezeichnen. Sag mir nicht, dass es so schrecklich war.« Lyra warf ihr einen fragenden Blick zu. Da Ruby nicht gleich antwortete, hakte sie nach. »War es echt so schlimm?«

Ruby schüttelte den Kopf. »Nein, es war nicht schlimm. Es war nur ... überraschend und nicht geplant.«

»Das kann passieren. In der Highschool habe ich auch mal einfach einen Typen geküsst.« Lyra überlegte kurz und fuhr dann fort. »Okay, ich war leicht betrunken und etwas traurig, da mein Schwarm mich wie so oft nicht entdeckt hatte, und da habe ich mir spontan einen Jungen geschnappt und ihm meine Zunge in den Hals geschoben. Aber ich wette, dein Erlebnis vorhin war besser als meines damals.«

»Nicht ich habe die Initiative ergriffen, sondern Jared.« Noch immer hatte sie sich keinen Millimeter vom Fleck bewegt.

»Bitte was?« Lyra sprang auf. »Er hat vor allen anderen mit dir rumgemacht?«

»Wir haben nicht rumgemacht. Es war nur ein Kuss und –«

»Also, die Leute im *Blues* haben gemeint, es ging schon heiß her«, unterbrach Lyra sie zwinkernd.

»Quatsch. Es war nur ein kleiner Kuss. Nicht mehr.«

»Aber anscheinend musste Chase kommen, um euch auseinanderzubringen.«

Verflucht. Hatten die nichts Besseres zu tun, als alles herumzuposaunen?

»Argh. Verdammt noch mal. Das wäre nicht passiert, wenn Jared einfach nur seine Klappe gehalten und niemandem etwas von der Verwechslung erzählt hätte. Dann hätte ich nicht alleine mit ihm reden müssen und ... Da fällt mir ein, wo warst du überhaupt? Hättest du mich nicht sitzen lassen, dann hätte der Kuss nie stattgefunden.«

Lyra deutete auf sich. »Gibst du jetzt mir die Schuld daran? Okay, gerne. Glaub mir, es gibt genug Frauen da draußen, die liebend gern vom Hottie-Officer geknutscht werden würden.«

Ihre Cousine wirkte überhaupt nicht beleidigt. Nein, vielmehr erheiterte sie die ganze Sache.

»Aber ich bin keine von den Frauen da draußen.«

»Und genau deshalb scheint unser Hottie dir so hartnäckig an den Fersen zu hängen. Was ist schlimm daran?« Lyra sprang auf.

»Nichts ist schlimm daran. Aber ich weiß nicht recht, ob ich das will. Ich meine, ich hatte noch nie eine Affäre.«

»Dann solltest du es herausfinden. Denn warst nicht du es, die gesagt hat, dass so etwas vielleicht genau das ist, was dich ablenken könnte? Du solltest morgen bei eurer Spritztour da weitermachen, wo ihr vorhin aufgehört habt.«

»Verflucht, die Motorradtour. Stimmt, die ist ja morgen«, platzte Ruby heraus. Sie seufzte. »Womöglich wird Jared gar nicht aufkreuzen.«

»Das, meine Süße, glaubst auch nur du.«

»Ach verflixt, Lyra.« Ruby warf ihr langes Haar zurück. »Ich bin es nicht gewöhnt, einen Typen wie Jared zu verführen. Normalerweise interessieren sich nur die Langweiler für mich. Aber Jared ist das krasse Gegenteil von einem Nerd.«

»Und alles andere als alltäglich«, fügte Lyra breit grinsend hinzu und griff nach ihrer Handtasche, die sie vorhin auf das Bett geworfen hatte. »Ich wäre dafür, dass du dir etwas Spaß gönnst, und unser heißer Officer ist genau der Richtige für dieses Vorhaben.«

Daran hegte Ruby nicht den geringsten Zweifel. »Noch mal zu dir«, lenkte sie ab. »Wo warst du? Warum bist du zu spät gekommen?«

Zufrieden lächelte Lyra. »Gut möglich, dass ich heute einen neuen Auftrag an Land gezogen habe. Zwar nur eine kleine Party mit ungefähr sechzig Personen, aber allesamt sehr einflussreich. Übermorgen werde ich mich mit der Dame treffen und alles Weitere besprechen.«

Ein kräftiges, tiefes Dröhnen erfüllte am nächsten Tag den Abendhimmel von Korit Valley, vermischte sich mit Rubys pochendem Herzschlag. Es war das Röhren eines schweren Motorrads. Ruby ahnte, wer da anrollte. Schon den ganzen Tag hatte sie sich wie ein Zombie gefühlt. Der Kuss, ihre Empfindungen, die wie eine Welle über sie geschwappt waren, hatten sie komplett aus der Bahn geworfen. Und nun war sie noch immer verwirrt. Sie blickte rasch zur Uhr. Es war nach Feierabend. Die Wahrscheinlichkeit, dass es irgendein anderer Biker war, der angefahren kam, war gering. Dabei hatte Ruby den ganzen Tag darauf gewartet, dass Jared absagte. Oder erst gar nicht kam. Kurz überlegte sie, zu den Jungs in die Werkstatt zu flüchten. Doch so wie sie Jared einschätzte, würde er sie dort aufspüren. Kneifen galt nicht.

Unruhig trat sie von einem Fuß auf den anderen, starrte auf die mattschwarze Maschine, die näherkam, und auf den Fahrer, der sie geschickt auf den Parkplatz lenkte.

Himmel, sein Anblick machte sie ganz schwindelig. Jared trug eine dunkelbraune Lederjacke, verwaschene Jeans und Lederboots. Seine Augen verdeckte er mit einer Pilotensonnenbrille. Keine drei Meter vor Ruby bremste er ab, brachte den Motorradständer in Position und stieg ab, während die Maschine weiterhin ratterte und dröhnte. Rubys Blick wechselte von dem wuchtigen Monster zu Jared. Dachte er wirklich, sie nähme auf diesem kleinen Teil Platz, das wohl der Sitz sein sollte? Wo um alles in der Welt war der Panikgriff?

»Hey«, grüßte er lässig. Anscheinend hatte er keine Schwierigkeiten mit der Situation. Sie hingegen hatte absolut keinen Schimmer, wie sie sich verhalten sollte.

»Bereit?« Mit einem Lächeln, das sie noch mehr aus der Fassung brachte, reichte er ihr einen zweiten Helm.

Zögernd nahm sie ihn entgegen. »Ich weiß nicht recht. Das da«, sie deutete auf den hinteren Sitz, den man – wie sie heute gelernt hatte – Sozius nannte, »sieht nicht vertrauenserweckend aus.«

Jareds Mundwinkel zogen sich amüsiert noch weiter nach oben. Kein Wunder, dass die Damenwelt so auf den heißen Cop abfuhr. Mit diesem Grinsen konnte er jede Frau um den Verstand bringen. Sie eingeschlossen. »Hast du etwa Angst?«

Ja, zum Teufel, das traf es ganz genau. Die Frage war nur, ob es wegen des Bikes war oder ihrer bescheuerten Hormone, die in Jareds Gegenwart verrücktspielten.

»Ich habe vor nichts Angst«, brachte sie mit einer solchen Überzeugungskraft hervor, dass Ruby es plötzlich selbst glaubte. Sie griff nach dem Motorradhelm, den er ihr noch immer entgegenstreckte.

Einen Moment länger als nötig hielt er den Riemen fest. »Alles andere hätte mich auch gewundert.« Erst dann ließ er ihn in Rubys Hände sinken. Verflixt. Warum musste sie jetzt an den Kuss denken?

Die Intensität seines Blickes ignorierend setzte sie den Helm auf. Doch dabei wurden Haarsträhnen in ihr Gesicht geschoben, sodass sie wie ein Vorhang herumbaumelten. Sie pustete genervt dagegen.

»Warte.« Er beugte sich so dicht zu ihr, dass Ruby den Geruch von Leder vermischt mit seinem herben Aftershave deutlich riechen konnte. Geschickt machten sich seine Finger an ihr zu schaffen, und er zog sanft den Motorradhelm von ihrem Kopf. Ruby starrte auf sein Kinn, das ihrem Gesicht so verdammt nah war, dass sie es fast spüren konnte. Sein Atem kitzelte ihre Nase. Himmel, diese Lippen.

»Darf ich?«, fragte er mit erstickter, leiser Stimme und nickte zu ihren wilden Locken. Er war ihr nahe. So gottverflucht nahe. Wenn sie sich noch weiter vorbeugte, dann würde ihre Stirn seine Brust berühren.

Mayday, Mayday. Ihr Herz raste.

»Sicher«, schaffte Ruby es, mit halbwegs normaler Stimme zu sagen. Sie wagte kaum zu atmen, als seine Hand behutsam nach ihrem Haar griff, um es zurückzuhalten. »So müsste es besser gehen.«

Definitiv. Solange er sie so ansah, konnte es gar nicht besser gehen. Nur würde sie mit ihren zitternden Händen vermutlich nicht einmal den Helm halten können. Während ihr Herz wild klopfte, schien Jared völlig unbeeindruckt zu sein. Hitze breitete sich in ihr aus, und obwohl er nur ihr Haar zurückhielt, hatte sie das Gefühl, die Wärme seiner Finger auf ihrer Haut spüren zu können.

Völliger Schwachsinn, tadelte sie sich im Stillen und zog rasch den Helm über. Dieses Mal gelang es ihr ohne nervige Haarsträhnen vor dem Gesicht.

»Danke.«

»Jederzeit wieder.« Jared schmunzelte vielsagend und nahm auf seinem Bike Platz. Was bei ihm einfach aussah, gestaltete sich bei näherer Betrachtung schwierig. Wo sollte sie sich festhalten? Sie hatte keinen Lenker vor sich, auf dem sie sich abstützen konnte. *Ach Shit, was solls.* Es würde sie schon nicht umbringen, wenn sie sich kurz an seiner verdammt breiten Schulter anlehnte. Gesagt, getan. Doch als sie das kühle Leder unter ihren Händen spürte, die Muskeln, die sich darunter verbargen, war sie sich nicht mehr ganz so sicher, wie sie das überleben sollte. Bei Gott. Sie würde ihm gleich noch näher sein. Sie sollte aus dieser winzigen Berührung keinen Elefanten machen.

»Nimm deine Füße hier auf den Fußraster. Dort lässt du sie auch während der Fahrt.«

»Geht klar.« Ruby befolgte Jareds Anweisung und schwang sich auf die Maschine. Was in Wahrheit viel leichter war als gedacht. Sie fühlte das Vibrieren unter ihrem Hintern, Jareds Hüften an ihren Oberschenkeln. Sie war ihm so verdammt nah, dass sie die Wärme seines Körpers bemerkte. Nur noch wenige Zentimeter trennten ihren Oberkörper von seinem Rücken. Sie musste sich nur etwas vorlehnen und ...

»Halt dich an mir fest!« Seine große, warme Hand legte sich um ihre Finger und führte sie zu seinem Bauch. Hitze breitete sich in ihr aus, und in diesem Moment verfluchte sie seine Lederjacke. Wie Jared sich wohl darunter anfühlte? Himmel, sie musste ihre Schwäche für Jared Turner unbedingt in den Griff bekommen. Obwohl ›Schwäche‹ der falsche Ausdruck für das war, was sie für ihn empfand. Eher war es Verlangen.

»Bereit?«

»Wofür?«

Jared lachte. »Für unsere Spritztour.«

»Sicher doch«, log sie. Sie war alles andere als bereit. Ihr verräterischer Körper wollte sich noch enger an ihn schmiegen. Noch mehr von seinen herrlich starken Muskeln spüren. Sein männliches Aroma einatmen.

Langsam fuhr er an, verließ den Hof und lenkte sein schweres Bike auf die Straße. Mühelos, geschickt. Sie spürte den Fahrtwind auf ihrem Gesicht, roch den Duft von frisch geschnittenem Gras, und obwohl sie die Strecke in das Stadtzentrum schon ein paarmal gegangen war, nahm Ruby sie ganz anders wahr.

In gemächlichem Tempo bog er ab. »Wie fühlst du dich?«

»Verdammt gut.« Sie musste gegen das laute Motorengeräusch anbrüllen.

»Das wollte ich hören.« Er lachte auf.

Sie tuckerten an den wenigen Geschäften vorbei. Ruby

spürte die neugierigen Blicke der Einwohner, die Jared begrüßten und sie musterten. Mit Sicherheit würden die Leute sich noch mehr das Maul zerreißen.

Bevor sie sich darüber Gedanken machen konnte, verließen sie das Zentrum und fuhren auf die Straße, die aus der Stadt hinausführte. Sie wartete auf das mulmige Gefühl beim Anblick der geraden Piste. Gleich ließen sie die Stadt hinter sich. Das bedeutete, Jared würde wesentlich mehr Tempo aus seiner Kiste holen können. Doch die Angst kam nicht. Nein, viel eher spürte sie Vorfreude in sich aufkeimen, die nichts mit der Horror-Vorstellung eines möglichen Sturzes zu tun hatte.

Sie lehnte sich enger an Jared und schrie: »Wohin fahren wir?«

»Das liegt ganz bei dir. Wenn du in diesem Tempo weiterfahren möchtest, müssen wir eine Straße nehmen, auf der wir die anderen Verkehrsteilnehmer nicht behindern. Da bleibt fast nur die Stadt. Wenn du aber Lust auf etwas Abenteuer hast, können wir zu dem Bergsee ein paar Meilen östlich fahren. Es ist nicht weit, vielleicht fünfzehn Minuten. Allerdings muss ich dich warnen, es gibt einen kurvenreichen Abschnitt. Ich verspreche dir, vorsichtig zu fahren. Aber es ist deine Entscheidung.«

»Abenteuer. Eindeutig.«

»Gute Wahl. Halt dich gut fest!«

Ruby umklammerte Jareds Oberkörper ein wenig enger, und als er beschleunigte, presste sie sich automatisch dichter an ihn. Die Maschine unter ihnen donnerte, der Wind peitschte ihr ins Gesicht. Häuser, Wiesen, Bäume, alles flog an ihr vorbei. Unzählige Gerüche strömten in einer so kurzen Zeit auf sie ein, dass ihr fast schwindlig wurde. Sie spürte das Adrenalin durch ihren Körper jagen, aber noch viel mehr spürte sie dieses unsagbare Gefühl, richtig atmen zu können, trotz des kalten Windes, der ihr ins Gesicht schlug. Oder vielleicht gerade deswegen? Da war nichts um sie herum. Nur das Motorrad und der Mann vor ihr, der es geschickt in die Kurven lenkte. Das Tempo drosselte, wieder aufnahm, und zum ersten Mal seit Langem hatte sie den Eindruck, alle Anspannung, all der Schmerz, der sich in sie gebrannt hatte, verschwand mit jeder Sekunde, die sie auf dieser Maschine saß. Es war berauschend, überwältigend, ein absolutes Gefühl von Freiheit. Eine längst vergessene Empfindung. All die Jahre hatte sie sich aufopfernd um ihre Mom gekümmert. Ihr eigenes Leben, ihre Träume hintangestellt. Aus Liebe zu ihrer Mom. Doch der unaufhaltsame Krebs hatte nach und nach den Körper ihrer Mutter und auch Rubys Leben zerstört. Ihr alles genommen, was für sie von Bedeutung war.

Und nun saß sie hier, auf dieser Höllenmaschine, und verspürte endlich wieder Hoffnung und Glück. Absurderweise. Denn nie in ihrem ganzen Leben wäre ihr in den Sinn gekommen, Motorrad zu fahren. War es Zufall oder Schicksal? Ruby wusste es nicht. Doch was sie eindeutig sagen konnte, war, dass sie nun jeden einzelnen Motorradfahrer auf diesem Planeten verstand und wusste, warum er sich auf seine Maschinen schwang.

Der kleine Bergsee mit dem kristallklaren Wasser und den hohen Felsen, die sich schützend um das kühle Nass ausbreiteten, war schon lange kein Geheimtipp mehr. Im Sommer, wenn die Touristen zum Wandern nach Korit Valley kamen, war der See eines der beliebtesten Ziele. Jared stellte den Motor ab und wartete, bis Ruby abstieg.

Während der Fahrt hatte sie keinen Mucks von sich gegeben. Er hatte das Tempo angepasst, die Kurven langsam genommen, um ihr nie das Gefühl zu vermitteln, Angst haben zu müssen. Ob es ihm gelungen war, wusste er nicht. Aber das würde er sofort ändern.

Mit einer einzigen Bewegung schwang er sich von seinem Bike, setzte den Helm ab und hängte ihn an das Lenkrad.

Ruby hatte ihm den Rücken zugekehrt und starrte schweigend auf den See.

»Möchtest du deinen Helm absetzen?«, hakte er nach und wartete, dass sie sich umdrehte. Doch das tat sie nicht. Gedankenversunken stand sie da und betrachtete den See. Sein Instinkt sagte ihm, dass irgendetwas anders war. Vielleicht hätte er umsichtiger fahren sollen?

»Ruby?«, versuchte er es ein weiteres Mal und trat einen Schritt auf sie zu.

»Ja?«

»Deinen Helm, möchtest du ihn absetzen? Soll ich dir dabei helfen?«

»Quatsch. Das schaff ich. Aber danke für das Angebot.« Ihre Stimme war belegt.

Er sah ihr zu, wie sie ihren Kopf befreite. Wilde Locken fielen auf ihre Schultern.

Zum Teufel. Schon wieder überkam ihn der Wunsch, in ihre Mähne zu greifen. So wie vorhin, als er ihr beim Aufsetzen des Sturzhelmes geholfen hatte.

»Dieser See, diese ganze Kulisse ist atemberaubend. Wie auf einer Postkarte.« Sie drehte sich zu ihm um. »In New York gibt es so etwas nicht.«

»Dafür den Central Park und die Freiheitsstatue.«

»Stimmt. Aber das kann man nicht mit diesem Ort hier messen.« Sie deutete auf das blaue Wasser, das glitzernde Funkeln der Sonne. »Es ist atemberaubend. Zum Verlieben.«

Verdammt richtig. Er starrte sie an. Es war immens schwer, sie nicht an sich zu ziehen. Was er danach tun würde, war nicht ganz klar.

»Du schaffst es wirklich, mich von den Füßen zu hauen«, sagte sie plötzlich. Sein Blick verfing sich in ihrem. Sie schlug die Augen nieder und fügte dann eilig hinzu: »Also, was das Motorradfahren angeht, natürlich, und diesen Ort.«

»Natürlich.« Breit grinsend verschränkte er seine Arme vor der Brust, sah auf sie hinab und spürte ihre Nervosität. Röte überzog ihr Gesicht, und er konnte ziemlich sicher sagen, dass diese nichts mit der auffrischenden Brise zu tun hatte, die durch die Baumwipfel strich.

»Hör auf zu grinsen!«, befahl sie.

»Tue ich das?« Unsicher sah er sie an. Als sie gestern fluchtartig das *Blues* verlassen hatte, war er sich vorgekommen wie ein begossener Pudel, und dieses Gefühl hatte ihn den restlichen Abend über begleitet. Er fragte sich, was ihr der Kuss bedeutete. Hatte sie gefühlt wie er? Sich völlig darin verloren? Oder war es für sie nur ein netter Schmatzer gewesen? Womöglich nicht einmal das? Was dachte sie nun über ihn? Zum Teufel. Er wollte dieses Gefühl nicht. Er wollte die Kontrolle haben, wie bisher auch. Doch er spürte, dass genau diese ihm in Rubys Gegenwart immer mehr entglitt.

»Oh ja, und diesen Hundeblick kannst du dir ebenfalls sparen.« Sie sah an ihm vorbei. »Du weißt genau, dass ich nicht dich mit ›von den Füßen hauen‹ gemeint habe.«

»Dann ist dein Spitzname für mich also nur ein Kompliment aus Mitleid? Wie war der noch gleich? Hottie?« Jared hatte nie einen Kosenamen gehabt. Zumindest nicht, dass er wüsste.

Genervt schnaubte Ruby aus. »Jetzt fängst du schon wieder damit an. Ich dachte, das Thema wäre durch.« Sie trat von einem Bein auf das andere. Ihre himmelblauen Augen funkelten ihn an. »Man könnte ja meinen, du hättest ein Aufmerksamkeitsproblem, was dein Äußeres angeht.«

Ihr Blick glitt zu seinem Mund. »Leider muss ich dich enttäuschen, Hottie, ich kann dir widerstehen.«

»Wollen wir es herausfinden?« Er machte einen Schritt

110

auf sie zu, sodass sie noch weiter zu ihm aufblicken musste. »Denn wenn ich mich recht entsinne, hat der Kuss dich gestern auch nicht ganz kaltgelassen.« Genau wie ihn.

»Sehr witzig.«

Er griff nach ihrer Hand. Diese sanfte Berührung jagte ihm pure Hitze durch die Adern. »Mir fallen mehrere Begriffe dafür ein, aber ›witzig‹ zählt nicht dazu.« Sie wollte ihm ihre Hand entziehen, doch Jared war nicht bereit, sie einfach so gehen zu lassen. Nicht bevor er … Ja, was eigentlich? Sie geküsst hatte? Erneut. Verdammt, ja. Genau das wollte er tun.

Ruby starrte erst ihn, dann seine Hand an, die auf ihrem Unterarm lag. Fragend blickte sie zu ihm empor, öffnete den Mund, um etwas zu sagen, doch er kam ihr zuvor. Ihr zitternder Atem streifte seine Wange. Er presste seine Lippen auf ihre. Erneut geriet seine Welt ins Wanken, und er verlor sich in einem Kuss, der immer inniger wurde und ihn tief bewegte. Ihn erschütterte. Seine Hand wanderte zu ihrem Nacken. Er zog sie näher zu sich, sie lehnte sich an ihn, und er wusste, er war geliefert. Genau wie am Abend im *Blues*.

10

uby ließ es geschehen. Erneut. Zaghaft legte sie die Hand auf seine breite Brust und wurde von einer Flut intensiver Empfindungen mitgerissen. Jared förderte mit seinen Küssen eine ganz neue Seite an ihr zutage. Sehnsucht breitete sich in ihr aus. Sie sammelte sich in jeder Faser ihres Körpers, bis sie an nichts anderes mehr denken konnte, als ihn zu berühren und von ihm berührt zu werden. Keuchend und mit brennender Haut neigte sie den Kopf zur Seite, vertiefte den Kuss. Jareds Zunge umspielte ihre. Sanft und fordernd zugleich. Sie stöhnte auf. Er verstärkte den Druck, und sie gab ihm nach, nahm sich, was sie brauchte. Ihre Muskeln zitterten vor Verlangen, ihr schwindelte, und doch zog sie sich zurück, gab seinen Mund widerstrebend frei. Das, was sie für ihn empfand, war zu viel. Zu früh. Die Intimität erschreckte sie und machte sie ebenso neugierig. Er hatte sie beinahe bewusstlos geküsst. Oder sie ihn? Ruby wusste es nicht. Sie rang nach Luft, öffnete die Augen und sah zu ihm empor.

»Du kannst das nicht tun.« Sie löste ihre Hand von seiner Brust und berührte stattdessen ihre Lippen, die von seinem Kuss ganz empfindlich waren. »Du kannst mich nicht einfach küssen, wenn dir danach ist.« Und wie er konnte. Und zum Teufel noch mal, sie wollte es so.

Er sah sie an wie ein Mann, der ganz genau wusste, was seine Küsse bei einer Frau bewirkten. »Hat es dir nicht gefallen?«

Sie trat noch einen Schritt zurück, ließ ihre Hand von ihrem Mund sinken. »Das tut nichts zur Sache.«

Sie musste aufhören, ihn anzusehen, sonst lief sie Gefahr, etwas Dummes zu tun.

»Ich denke schon. Wenn ich nicht komplett auf dem Holzweg bin, dann empfindest du wie ich.«

»Ach ja? Und was soll ich deiner Meinung nach empfinden?« Ihr Puls beschleunigte sich, während sie mühsam um Beherrschung rang. Himmel, sie war restlos verwirrt.

»Leidenschaft«, half er ihr auf die Sprünge und trat einen Schritt auf sie zu, um ihre Hand zu ergreifen. Aber Ruby zuckte zurück. Ja, okay, sie hatte tatsächlich mit dem Gedanken gespielt, mit diesem Mann eine flüchtige Affäre einzugehen. Etwas Spaß zu haben. Trotzdem spürte sie, dass ihr Herz gerade einen ganz anderen Weg einschlug. Wenn er nur Leidenschaft empfand, waren seine und ihre Gefühle überhaupt nicht kompatibel.

»Du verwirrst mich. Ich meine, du bist beinahe ein Fremder für mich, und dieser Kuss gestern im *Blues* kam so überraschend ... Ich weiß nicht recht, was ich davon halten soll. Ich kenne dich nicht, weiß nicht, wer du bist.« Verunsichert sah sie zu ihm auf.

»Ein Fremder?«

Himmel, selbst in ihren Ohren klang das ziemlich bescheuert.

»Soll ich dir vielleicht meinen Lebenslauf zukommen lassen?«

Ruby verdrehte die Augen. »Mach dich ruhig lustig über mich, aber das habe ich damit nicht gemeint.«

Seine Brauen zuckten fragend nach oben.

»Vielleicht sollten wir darüber reden«, stotterte sie.

»Darüber, dass ich dich gerne küsse, weil du eine verdammt attraktive Frau bist und deine Lippen mich süchtig machen? Auch wenn du mich mit dieser Grimasse gerade eher vom Gegenteil überzeugen möchtest?«

Jared fand sie attraktiv? *Natürlich, du Dummi, sonst hätte er wohl kaum Mandelhockey gespielt*, ermahnte sie sich im Stillen

»Oder willst du darüber reden, dass ich dich gerne näher kennenlernen möchte?«

Wie nah konnte sie sich sehr gut vorstellen. Komplett nackt, unter ihm liegend und die Beine um ihn geschlungen, um ... Ernsthaft? Dachte er gerade nur an Sex?

»Vielleicht sollten wir uns ein wenig den See ansehen«, murmelte sie. »Oder lieber gleich zurückfahren.«

»Ist es dir unangenehm, darüber zu reden?«

»Unangenehm nicht, nur bin ich Männer wie dich nicht gewöhnt.« Und in Gedanken fügte sie hinzu: *und die Wirkung, die du auf mich ausübst.*

»Männer wie mich?«

Sie nickte. »In New York hat mich kein fremder Mann mal eben auf einen Kaffee eingeladen, geschweige denn angeboten, mich auf seinem Bike durch die Gegend zu kutschieren, und mir solche Orte gezeigt.« Sie deutete zu dem kristallklaren Wasser. Zu den hohen Felsen, die sich schützend um den See versammelten. »Das soll jetzt nicht deprimiert klingen, ich bin es bloß nicht gewöhnt.«

»Verstehe. Deine Bekanntschaften mit Männern beschränkten sich eher auf die Sorte Vollpfosten.«

»Nicht unbedingt. Es gab auch ein paar nette Kerle, aber mit denen wusste ich umzugehen.« Shit, hatte sie das eben tatsächlich laut ausgesprochen? Wie bitte klang das denn?

»Und mit mir nicht?« Einige Sekunden lang sah er sie an, wartete auf eine Antwort.

›Doch, sicher‹, konnte sie nicht sagen, bekanntermaßen wäre dies die reinste Lüge. Sie hatte absolut keine Ahnung, wie sie mit ihm umgehen sollte. Jedes Mal, wenn Jared sie küsste oder nur ansah, liefen die Rädchen in ihrem Kopf langsamer. Verflixt, sie wünschte, sie hätte mehr Erfahrung, wie sowas ablief. Aber die wenigen Beziehungen, die sie bisher geführt hatte, hatten sich anders ergeben. Zumal die Typen, mit denen sie sich getroffen hatte, nicht annähernd so heiß waren wie Hottie.

Ihren ersten Freund hatte sie während der Highschool-Zeit. Er hieß Ben, war in derselben Stufe wie sie und ebenfalls in der Foto-AG. Sie teilten die Leidenschaft fürs Fotografieren, tauschten sich immer wieder aus und wurden Freunde. Irgendwann entwickelte sich aus dieser Freundschaft dann mehr. Oder zumindest der Wunsch, nicht als einzige Fünfzehnjährige keinen Freund vorweisen zu können. Es war eher so etwas wie eine Zweckbeziehung gewesen. Ihr nächster Freund, Liam, war der große Bruder einer ihrer früheren Freundinnen. Mit ihm hatte sie, bevor es zu einem Kuss kam, erst ein paar nette Gespräche und zwei Dates. Liam war der erste Junge, in den sie sich wirklich verknallt hatte. Und ein paar Monate lief auch alles wunderbar. Doch dann wechselte er auf ein College, das sich am anderen Ende von Amerika befand, und ihre Beziehung ging in die Brüche.

Danach hatte Ruby lange keine Beziehung mehr. Sie hatte die Trennung von Liam nicht so gut weggesteckt wie er und ihm endlose Monate nachgeweint. Bis sie schließlich an einem verregneten Herbstmorgen ihren neuen Arbeitskollegen Sebastian kennenlernte. Sebastian war witzig, sah gut aus und brachte sie auf andere Gedanken. Bei ihm war es ziemlich ähnlich wie mit Ben. Sie verstanden sich gut, und Ruby merkte relativ schnell, dass sie für Sebastian viel mehr war als nur eine Arbeitskollegin. Irgendwann fragte er sie, ob sie nicht mit ins Kino gehen wollte. Ruby hatte zuerst gezögert, denn ihre Gefühle für Sebastian waren nicht ganz die seinen. Doch sie gab ihm eine Chance und versuchte,

Gefühle zuzulassen. Leider stellten sie sich nie so ein wie bei Liam. Nach einem guten halben Jahr beendete sie die Beziehung. Das waren ihre bisherigen Erfahrungen. Nichts davon war mit Hottie vergleichbar.

»Ruby?« Jared riss sie aus ihren Erinnerungen.

Sie schluckte. »Im Moment ist alles neu für mich. Ich bin das Kleinstadtleben nicht gewöhnt. Hier grüßen einen die Leute, und wildfremde Menschen drücken einem ein Gespräch aufs Auge. Das überfordert mich.«

Sie versuchte das Thema zu umgehen, in der Hoffnung, dass es ihr gelang. Fehlanzeige. Jared gab nicht so schnell auf. »Wir könnten dem Abhilfe schaffen. Was hältst du davon, wenn wir irgendwo eine Kleinigkeit essen gehen? Ich kenne ein nettes Lokal, ein paar Meilen von hier entfernt. Dort könnte ich dir ungestört ein Gespräch aufs Auge drücken, sozusagen zur Übung.«

Ruby starrte ihn an. Das hier war verrückt. Völlig verrückt. Ruby war alt genug, um zu wissen, dass diese Art von Leidenschaft, von der er gesprochen hatte, gefährlich war. Es war wie ein Katz-und-Maus-Spiel, und welche Rolle Ruby dabei verkörperte, war ihr mehr als bewusst. Jareds Jagdinstinkt war nur deswegen angestachelt, weil sie ihn gerade zum zweiten Mal von sich geschoben hatte. Sobald er hatte, was er wollte, würde er das Interesse verlieren. Schließlich hatte er seinen Ruf, und dank Lyra kannte sie diesen. Nein, sie würde nicht mit ihm ausgehen.

Jared legte den Kopf leicht schräg. »Ist dein Schweigen ein Ja?«

»Ich habe keinen Hunger«, erwiderte sie halbherzig.

Doch diese fadenscheinige Ausrede ließ er nicht gelten. »Wir können auch noch ein wenig weiterfahren und danach essen gehen.«

»Danach? Ähm ... Da habe ich schon was zu tun.«

»Was zu tun?«

»Zu tun eben«, beharrte sie.

Jared ignorierte Chase' breites Grinsen, der ihm gegenüberstand und an seinem Sportgetränk nippte, während er selbst die Hantelstange nach oben drückte. »Mehr hat sie dazu nicht gesagt?«

»Nein, zum dritten Mal«, knurrte er mit zusammengebissenen Zähnen und Muskeln, die vor Anstrengung zitterten. Zu dem Job eines Cops zählte auch, sich fit zu halten. Deshalb ging er mindestens dreimal wöchentlich zum Sport. Bevorzugterweise alleine, weil er dann ungestört seine Übungen absolvieren konnte, ohne wie jetzt von seinem Bruder mit Fragen gelöchert zu werden. Seit er Ruby vor dem Haus ihrer Tante abgesetzt hatte, ohne zu wissen, woran er bei ihr war, hatte sich seine Laune dermaßen verschlechtert, dass er seinen Kopf nur noch mit Sport freibekam. Zu seinem Leidwesen hatte Chase gesehen, wie er zuhause angekommen war, und die Gunst der Stunde genutzt, um ihn wie einen Schweizer Käse zu löchern. Jared hatte gehofft, ihn mit der Ausrede, dass er ins Fitnessstudio wolle, loszuwerden. Fehlanzeige. Bereitwillig hatte er zugestimmt, ihn zu begleiten. Was war Jared nur für ein Glückspilz.

»Und nun? Wie geht es weiter?«, wollte Chase wissen, stellte seine Getränkeflasche ab und legte mehr Gewichte auf seine eigene Bank.

»Keine Ahnung. Ich habe sie bei ihrer Tante abgesetzt, und wir haben uns verabschiedet.« Er schwitzte wie verrückt. Schweiß rann an seiner Stirn entlang, und wenn es eins gab, was gerade ganz oben auf seiner Liste der Dinge stand, die er nicht tun wollte, war es reden.

»Was hat sie gesagt?«

Jared kniff die Zähne zusammen, stemmte das Gewicht hoch und hängte es ein. »Bis dann, oder so was in der Art.«

»Und du hättest gerne gehört, dass sie mit zu dir kommt, richtig?«

Jared griff nach dem Handtuch und wischte sich den Schweiß von der Stirn. »Sicher nicht.«

»Wenn der Grund für deine miese Laune nicht eine verpatzte schnelle Nummer ist, was ist es dann?« Chase legte sich auf die Bank und drehte den Kopf so, dass er zu ihm sah. »Vielleicht die Tatsache, dass du eher ein Dinner im Sinn hattest und sie das ausgeschlagen hat?«

Darauf würde er ihm keine Antwort geben. Es ging weder Chase noch sonst jemanden etwas an, was gerade bei ihm verkehrt lief. Er wusste nur, dass Ruby ihn fast verrückt machte. Ihre Küsse schmeckten nach so viel mehr, doch was dieses Mehr alles beinhalten könnte, konnte er zu seinem Leidwesen nicht definieren. Er hatte keine Kontrolle über sein Handeln. Schon wie er sie gestern geschnappt und im *Blues* geküsst hatte, ohne darauf zu achten, dass sie eine Schar Zuschauer hatten, war völlig unüblich für ihn. Und dann auch noch das Gespräch am See. Er wollte wissen, was sie dachte. Warum er sie verwirrte. Was das für Typen in New York waren, von denen sie erzählt hatte.

»Seid ihr also nur zum See gefahren, habt kurz geredet und dann wieder zurück?«

Chase konnte einfach nicht aufhören.

»So in etwa«, brummte Jared und legte ebenfalls ein paar zusätzliche Gewichte auf.

»Ich sehe schon, dein Ego hat durch dieses kleine Date einen Kratzer abbekommen.«

»Herrgott, Chase, halt die Klappe, okay? Das alles hat nichts mit meinem Ego oder sonst etwas zu tun. Ich bin verwirrt, und das gefällt mir nicht. Verstanden!«

Chase griff nach der Stange und stemmte sie nach oben. Fünf Durchgänge, ehe er sich eine kurze Pause gönnte und meinte: »Verwirrt zu sein, muss nichts Schlimmes heißen.

So wie du im *Blues* über sie hergefallen bist, glaube ich, dass diese Verwirrtheit auf etwas ganz anderes hinausläuft.«

Jared verdrehte die Augen. »Okay, Onkel Psycho, und auf was?«

»Du stehst auf die Kleine. Du willst mehr als nur eine schnelle Nummer, und gerade bist du verwirrt, weil du deine Kontrolle, die dir immer so verdammt wichtig ist, nicht verlieren willst.«

Jared starrte ihn an. Der Geruch von Schweiß hing im Fitnessstudio, und er ignorierte die anderen Trainierenden. »Völliger Schwachsinn.«

»Das dachte ich bei Peggy-Sue und mir auch. Aber hey, gegen Gefühle ist man machtlos. Das musst ebenfalls du kapieren.«

Jared fixierte Chase, der weitersprach: »Ich gebe dir einen Tipp. Leg dich etwas mehr ins Zeug und gib ihr nicht das Gefühl, dass du nur das eine von ihr willst. Denn so ist Ruby nicht.«

»Ach ja, und wer sagt dir das?«

»Das muss mir niemand sagen, das weiß ich.«

»Heilige Scheiße, wann bist du nur unter die Liebes-Coaches gegangen?«, knurrte er.

Chase stemmte erneut die Gewichte hoch, machte einen weiteren Durchgang, bevor er dann antwortete: »Außerdem hat deine Kleine gerade andere Sorgen.«

»Die da wären?« Für seinen Geschmack hatte Chase schon genug von sich gegeben. Noch mehr von diesem Gerede konnte er kaum ertragen.

»Wusstest du, dass ihre Mom gestorben ist?«

Jareds Kopf drehte sich so schnell zu Chase, dass er fast befürchtete, ein Schleudertrauma zu bekommen.

»Bitte was? Woher weißt du das?«

»Die Leute reden«, lautete seine einfache Erklärung dafür.

11

Ruby griff nach der Tasse mit der dampfenden Flüssigkeit und führte sie an ihre Lippen. Der Duft von frisch aufgebrühtem Kaffee stieg ihr in die Nase, und obwohl dieser Geruch sie sonst beruhigte, trug er heute nicht dazu bei, dass sie ihren Kopf freibekam. Jared war in ihren Gedanken, raubte ihr die Konzentration. Was auch ihrem Chef nicht entging. Jener stapfte nun zum zweiten Mal innerhalb von zehn Minuten in ihr Büro und legte die Rechnung, die sie ihm eben gereicht hatte, vor ihr auf den Schreibtisch. Fuck, anscheinend war sie schon wieder nicht richtig. Der Tag war einfach eine Katastrophe, und sie hatte noch gut zwei Stunden vor sich.

»Alles klar bei dir?«, fragte Isaac und bedachte sie mit einem Blick, der irgendwo zwischen besorgt und verärgert lag.

Ruby griff nach der Rechnung und sah sie sich an. »Was habe ich falsch gemacht?«

Sac nahm auf der Kante des Schreibtisches Platz und verschränkte die Arme. Ruby erhaschte einen Blick auf seine tätowierten Unterarme und lenkte ihr Augenmerk schnell auf das Papier vor sich. Jetzt war nicht die Zeit, um die Bilder auf Isaacs Armen zu betrachten.

»Du hast vergessen, die Spiegel aufzuführen.«

»Shit, tut mir leid. Ich ändere das gleich.« Verdammt, sie musste sich nun wirklich zusammenreißen und aufhören, ständig an Hottie und seine Küsse zu denken. Sie öffnete die

Datei, sah die Position mit dem Betrag in der Tabelle nach und ergänzte sie dann auf der Rechnung. Keinen weiteren Gedanken würde sie an den sexy Cop verschwenden. Zumindest nicht, solange sie arbeitete. Der Job war verdammt wichtig, und sie wollte ihn gut machen.

Isaac räusperte sich. »Wie war deine Tour mit Jared gestern?«

Na toll. Wie sollte sie Jared ignorieren, wenn prompt jemand nach ihm fragte?

»Nett.« Ruby tippte den Betrag ein und überprüfte die Rechnung und den Auftrag erneut.

»Wo seid ihr hingefahren?«

»Zu einem Bergsee«, erwiderte sie betont desinteressiert und klickte auf Drucken. Das veraltete Ding ratterte, und Ruby richtete sich auf, um das Blatt zu holen, zu falten und dann ihrem Boss in die Hand zu drücken. »So, jetzt müsste alles passen.«

Isaac nahm die Rechnung, warf einen kurzen Blick darauf und nickte dann. »Gut.«

Langsam erhob er sich, ging aber nicht. Irgendetwas schien er sagen zu wollen, und sie hoffte, dass es keine Ermahnung wegen ihrer unkonzentrierten Arbeitsweise war.

Ruby hatte das Gefühl, sich entschuldigen zu müssen, doch bevor sie das konnte, ergriff ihr Boss das Wort. »Lyra hat mich vor ein paar Minuten angerufen und gebeten, dich heute eher gehen zu lassen.«

»Was?« Entgeistert starrte sie ihn an.

»Sie nahm an, du bräuchtest etwas Ablenkung wegen gestern.«

Sie war entsetzt. »Was hat sie gesagt? Warum?«

Isaac zuckte nur mit den Schultern. »Woher soll ich das wissen? Sie meinte, das ist so ein Frauending.«

Ruby schnaubte. Was hatte Lyra ihm erzählt? Hatte sie

etwa gepetzt, dass Jared sie tags zuvor erneut geküsst und mit ihr hatte essen gehen wollen? Wieso ließ sie Lyra nicht einfach dumm sterben? Da wollte man nicht ständig das Gesprächsthema Nummer eins in der Kleinstadt sein, und dank Lyra war sie es sogar auf der Arbeit. Das war schlichtweg unprofessionell! Sie konnte doch nicht eher Feierabend machen, nur weil ihr ein Mann nicht mehr aus dem Kopf ging. Wenn es wenigstens ein Schnupfen wäre!

»Kommt nicht in Frage. Ich brauche keine Ablenkung.«

»Nach dem Morgen und den Missgeschicken zu urteilen wäre es wohl besser.« Für ihn schien das keine große Sache zu sein. Doch für sie war es das.

»Das mit der Tasse tut mir leid. Ich werde selbstverständlich für den Schaden aufkommen.« Vorhin, als Ruby einen Karton mit neuen Motorradhosen ausgeräumt hatte, hatte sie versehentlich Isaacs volle Kaffeetasse umgeworfen, direkt über die Hosen. Wie sie das hingekriegt hatte, war ihr ein Rätsel, doch nun war die Ware im Eimer.

»Dafür haben wir eine Versicherung«, meinte er gelassen.

»Okay, aber ich werde trotzdem bleiben und weiterarbeiten.«

»Wie du meinst, klärt ihr das. Ich bin jetzt jedenfalls in der Werkstatt, und falls Lyra noch einmal anruft, verweise ich sie an dich.«

»Ich kümmere mich darum«, versprach sie und sah zu, wie ihr Boss das Büro verließ.

Sobald er außer Sicht- und Hörweite war, griff sie sich ihr Smartphone und rief Lyra an, die bereits nach dem ersten Freizeichen abnahm.

»Warum sagst du, dass ich Ablenkung brauche und Isaac mir für heute freigeben soll?«, platzte Ruby heraus.

»Ja, sorry, die Notlüge musste sein.« Weshalb auch immer, aber ihre Cousine klang mindestens genauso durch

122

den Wind, wie Ruby sich fühlte. Sie hörte, wie Lyra umherwanderte, und wie es schien, trug sie irgendetwas.

»Eine Notlüge wofür?«

»Ich … Verdammt, ist das schwer. Wart mal kurz.« Ein Knarren, gefolgt von einem dumpfen Knall, war zu hören. So, als ob gerade etwas heruntergefallen wäre. Na, wenigstens war Ruby nicht alleine damit.

»Was machst du denn?«

»Ein paar Sachen für einen neuen Auftrag zusammensuchen. Zumindest hoffe ich, dass es einer wird.«

»Schön«, murmelte Ruby und fragte sich, wann sie zum eigentlichen Punkt des Anrufes kamen. »Und?«

»Die Kundin ist – sagen wir es mal so – speziell. Sie erwartet einiges, und ich bin gerade dabei, meinen Deko-Ordner zu holen.« Lyra klang, als hätte sie alle Hände voll zu tun. Womöglich wäre es sinnvoller, wenn Ruby später mit ihr sprach.

»Okay, dann werde ich dich jetzt nicht länger stören. Wir quatschen ein andermal.«

»Auf keinen Fall!«, rief Lyra durch das Telefon. »Ich brauch dich, Ruby.«

»Ich arbeite, falls dir das entgangen ist.«

»Nein, tust du nicht. Sac war einverstanden, dass du mir hilfst.«

»Er hat nichts von helfen gesagt, sondern vielmehr, dass wir beide so ein Frauendings da machen müssen.«

»Ja, kapiert. Ich hätte ihn nicht anlügen sollen. Aber es ist wirklich extrem wichtig und außerdem auch nicht ganz umsonst.«

»Beim letzten Mal hast du mich in ein Peniskostüm gesteckt!« Schnell verdrängte sie die Erinnerung an das Desaster und nippte an ihrem Kaffee.

»Ach, jetzt fang nicht wieder damit an. Ich gebe ja zu, dass es peinlich war. Nein, diesmal ist es wirklich lukrativ, auch für dich. Die Kundin braucht einen Fotografen, und dabei habe ich sofort an dich gedacht.«

Ruby zuckte zusammen. Ja, sie liebte es, zu fotografieren. Blumen, Wiesen, Bäume und Flüsse. Sie liebte es, das Farbenspiel der Bäume im Herbst einzufangen. Die Schneeflocken im Winter und das Erwachen der Blumen im Frühling. Das alles tat sie lediglich für sich. Ihre einzige Ausbildung bestand aus einem Kurs in der Foto-AG der Highschool und Internetvideos. Wie konnte Lyra nur mit dem Gedanken spielen, ihr so eine Verantwortung aufzudrücken?

»Das geht nicht«, widersprach Ruby. »Es ist lieb, dass du an mich gedacht hast, nichts desto trotz bin ich der Aufgabe nicht gewachsen.«

Das war sie wirklich nicht. Ja, es war ihr Traum gewesen, professionell zu fotografieren, damit Geld zu verdienen. Aber nicht alle Träume im Leben erfüllten sich, und bei manchen war es einfach besser, sie als Hobby zu betrachten statt als Berufung. Im Moment lag ihr Hauptaugenmerk auf einer eigenen Wohnung. Das war ein Ziel, auf das sie hinarbeitete, und wichtiger als alles andere. Sie hatte keine Energie und keine Nerven für noch mehr. Nicht jetzt.

»Es tut mir leid, Lyra, aber du musst dir jemand anderen suchen.«

»Aber ich habe niemanden. Zumindest nicht auf die Schnelle. Ich habe der Kundin gesagt, dass ich eine Fotografin mitbringe. Wie unprofessionell ist es denn, wenn ich dann ohne auftauche? Bitte, Ruby, ich brauch diesen Auftrag.«

Verflucht, sie spürte, wie sie schwach wurde. Lyra klang völlig verzweifelt.

»Du hast auch was gut bei mir«, bettelte Lyra. »Schon wieder. Ich weiß, ich verlange viel von dir, aber ich würde es nicht machen, wenn ich diesen Job nicht so verdammt dringend bräuchte. Bitte, Süße. Tu es für mich. Bitte!«

»Unter einer Bedingung.«

»Und die wäre?«

»Du sagst Sac die Wahrheit. Dass ich früher freimachen muss, um dir den Arsch zu retten.«

»Okay, einverstanden. Das ist kein Problem.«

Dieses verfluchte Helfersyndrom. Gemeinsam mit Lyra stieg sie knapp fünfzehn Minuten später aus dem Wagen. Während Lyra mit zwei Ordnern und ihrer Laptoptasche unter dem Arm die Stufen zu dem großen, viktorianischen Haus emporstieg, kam Ruby kaum aus dem Staunen heraus. So ganz passte es nicht zu den anderen Gebäuden von Korit Valley. Es thronte auf dem Hügel wie ein kleines Schloss. Es war bezaubernd und erschreckend zugleich. Erschreckend, weil Ruby definitiv unpassend gekleidet war.

»Komm schon, du kannst später noch starren. Mrs. Duffy hasst Unpünktlichkeit.« Lyra deutete auf die Klingel. »Wärst du so nett. Ich habe leider keine Hand frei.«

Eilig erklomm Ruby die Stufen und drückte den Knopf. Dann fuhr sie sich durchs Haar, in der sinnlosen Hoffnung, es ein wenig zu ordnen.

Gerade als sie ihr Spiegelbild in der Scheibe der Tür begutachtete, wurde der kleine Vorhang zur Seite geschoben, und ein graues Augenpaar starrte missmutig nach draußen. Ruby zuckte zusammen, wich einen Schritt nach hinten und warf Lyra, die das Spektakel ebenfalls beobachtet hatte, einen Blick zu.

Der Vorhang fiel zurück, doch die Tür wurde nicht geöffnet.

»Sie hat uns gesehen und öffnet trotzdem nicht«, wisperte sie Lyra zu.

»Psst, nicht so laut.« Lyra beugte sich zu ihr und flüsterte leise. »Mrs. Duffy ist etwas schwierig. Sie war früher Lehrerin und nun ... Oh, hallo Mrs. Duffy.« Sofort wechselte

Lyras Mimik von angespannt zu freundlich, als eine kleine Frau um die achtzig nun doch die Tür aufmachte.

»Du bist spät dran, Lyra Williams.«

Mrs. Duffys eisige Stimme ließ Ruby frösteln. Sie klang wie ein bösartiger Geist aus diesen Horrorfilmstreifen, die sie früher mit ihrem Ex-Freund Ben hatte ansehen müssen.

»Das tut mir sehr leid, Mrs. Duffy. In der Stadt ist doch heute –«

»Völlig egal. Du bist zu spät!«, murrte die alte Dame, nicht bereit, sie in ihr Haus zu lassen. Stattdessen warf sie einen Blick auf die Armbanduhr an ihrem knochigen Unterarm. »Eine Minute und zwanzig Sekunden, um genau zu sein.«

Unsicher sah Lyra zu Ruby, so als ob sie einen Plan hätte, was als Nächstes zu tun sei. Da diese Unsicherheit so gar nicht zu ihrer Cousine passte, entschied Ruby sich dafür, das Wort zu ergreifen. »Guten Tag, Mrs. Duffy. Ich konnte leider nicht so schnell von der Arbeit weg, und Lyra musste auf mich warten. Nur deshalb sind wir nicht ganz pünktlich.«

Himmel, es war eine Minute und zwanzig Sekunden. Ruby mochte Zuspätkommen ebenfalls nicht, aber man konnte es auch gewaltig übertreiben.

»Und wer sind Sie?«

»Ich bin Rubina, die … Die Fotografin.«

Mrs. Duffy starrte sie an. »Sie sehen mir nicht aus wie eine Fotografin.«

Und wie bitte soll so jemand aussehen?, wollte Ruby fragen, verkniff es sich aber. Die alte Frau war eine Schreckschraube, und Ruby konnte sie nicht ausstehen.

»Rubina ist meine Cousine und erst vor ein paar Tagen von New York hierhergekommen.« Immerhin schien sich Lyra wieder gefangen zu haben.

»Deine Cousine, sagst du?« Die schlecht gelaunte Dame

trat einen Schritt auf Ruby zu und musterte sie eindringlich. »Väterlicher- oder mütterlicherseits?«

Was spielte denn das für eine Rolle? Keine Frage, die Frau hatte nicht nur schlechte Manieren, nein, sie war auch noch reichlich neugierig dazu.

»Mütterlicherseits. Wir haben –«

Ein weiteres Mal unterbrach die Alte Lyra. »Du bist Nicoles Tochter?«

Ruby verspannte sich. Es schmerzte sie, den Namen ihrer Mom zu hören. »Ja.«

»Ich dachte, sie wollte nie wieder hierherkommen, um dich zu schützen, und doch tut sie es nach all den Jahren?« Die Frau löste ihren Blick von Ruby und stierte auf einen Punkt irgendwo hinter Rubys Kopf. So, als ob dort irgendjemand wartete oder sie in Erinnerungen versank.

»Mich zu schützen?« Was redete sie da?

»Es wird ans Licht kommen. Es war ein Fehler, zu kommen, Kind. Deine Mutter und du, ihr solltet zurück nach New York gehen.«

»Meine Mom ist tot.« Ruby hatte das Gefühl, der Boden unter ihren Füßen wankte. Sie hörte, wie Lyra etwas zu Mrs. Duffy sagte, doch mit ihren Gedanken war sie weit weg. Weg bei ihrer verstorbenen Mutter und dieser Frau vor sich, die anscheinend etwas wusste, was ihr selbst vorenthalten blieb. Wie betäubt stand sie da. Sie wollte etwas antworten, aber ihr Kopf war wie leergefegt.

»Ruby?« Sie spürte Lyras Hand, die auf ihrem Unterarm lag und sie ins Jetzt zurückbrachte. »Sollen wir gehen?«

Rubys Blick wechselte von Lyra zu der alten Lehrerin. Sie sah in deren Augen, dass da mehr war. »Was wissen Sie über meine Mom?«

Mrs. Duffy krächzte: »Ich war einst ihre Vertrauenslehrerin. Ich wusste von ihrer frühen Schwangerschaft und habe ihr geholfen, Korit Valley zu verlassen.«

»Aber warum?« Ruby erschauderte. Sie las in der Mimik der Alten, dass irgendetwas vorgefallen sein musste. Etwas, das so schrecklich gewesen war, dass ihrer Mom nur die Flucht in eine andere Stadt, weit weg von Korit Valley, geblieben war.

Bestimmt schüttelte Mrs. Duffy den Kopf. »Du hast ein Recht, es zu erfahren. Allerdings nicht von mir.«

»Von wem dann?« Ruby verlor die Beherrschung. »Meine Mom ist tot, sie kann mir nichts darüber erzählen.« Am liebsten hätte sie die Alte geschüttelt, damit sie endlich mit der Sprache herausrückte.

»Sie nicht.« Die Frau zog die Augenbrauen zusammen, fixierte Ruby eindringlich und brummte: »Aber deine Tante. Sie weiß, was damals passiert ist und wer dein Vater ist.«

»Jared, hier ist deine Mutter. Ich wollte mich erkundigen, was es bei dir Neues gibt. Ich war heute Morgen auf dem Markt, und da habe ich gehört, wie Linda zu Molly sagte, du hättest eine Freundin! Findest du nicht, dass es angebracht wäre, mir diese Freundin vorzustellen? Immerhin bist du mein Sohn und –« Tutututut. Die Aufzeichnung auf seinem Anrufbeantworter wurde unterbrochen. Allerdings blinkte das Licht erneut, was ihm verriet, dass noch eine Nachricht auf seiner Voicemail war.

Jared verdrehte die Augen, warf seine Lederjacke auf die Couch und rief die nächste Meldung ab. »Dein Anrufbeantworter hat mich nicht aussprechen lassen. Nun, jedenfalls bitte ich dich, mich zurückzurufen.« Er stöhnte leise. »Heute!«

Damit war die Nachricht beendet und Jared verstimmt. Er und eine Freundin? Die Freundin, die viel lieber irgendwelche Ausreden erfand, statt mit ihm essen zu gehen? Ach was, sie hatte sich ja nicht mal die Mühe gemacht, irgendwas zu erfinden! Jene Freundin also, die seine Küsse komplett kaltließen? Die ihn einfach abservierte und mit Gefühlen zurückließ, die er selbst nicht deuten konnte? Na toll, seine Laune rauschte endgültig in den Keller. Dabei war er schon den ganzen Tag nicht gut gelaunt, aber wenn nun auch noch das Gerücht die Runde machte, er hätte eine Freundin, dann musste er sich jetzt überlegen, wie er diese Fake News aus der Welt schaffte.

Jared kratzte sich am Kinn, schlenderte zu seinem Kühlschrank und verstaute die Lebensmittel, die er eingekauft hatte. Gerade als er den Salat in das Frischefach legte, hörte er, wie die Hintertür geöffnet wurde. Jared hob den Blick und sah seine Mom mit einer Tüte hereinstapfen. »Ich habe Kuchen gebacken und dachte, ich bring dir welchen vorbei.«

Er wusste genau, dass es nur ein Vorwand war. In Wirklichkeit war sie gekommen, um ihn wie eine Zitrone auszuquetschen. Obwohl sie doch wissen müsste, dass sie die Letzte war, mit der er sein Liebesleben erörterte.

»Hey Mom.« Jared beugte sich zu ihr, um ihr einen Wangenkuss zu geben. »Warst du beim Friseur?«

Er wusste, dass sie es gerne hatte, wenn ihre Söhne ihr Komplimente machten oder ihnen Dinge wie ein frischer Haarschnitt auffielen. Seit dem frühen Tod ihres Mannes und dem Flüggewerden ihrer vier Kinder war sie oft einsam. Erst recht, als Jocy, die Jüngste der vier und das einzige Mädchen, auf die *Juilliard* gewechselt war und seitdem ihren Traum als Tänzerin lebte. Obwohl seine Mom Freundinnen hatte, bei einigen gemeinnützigen Tätigkeiten mitwirkte und noch immer in der kleinen Arztpraxis arbeitete, konnte keiner das ersetzen, was sie vermisste.

»Du bist der einzige meiner Söhne, dem das aufgefallen ist«, meinte sie und strich sich durch das kurze weißblonde Haar.

»Was daran liegt, dass es gegen Don Naturell ist, viel

zu sagen, und Chase den ganzen Tag damit beschäftigt ist, sich keinen Ärger mit seiner Peggy-Sue einzuhandeln. Sonst entpuppt sich sein schöner Schmetterling als reißende Hyäne.«

Tadelnd klopfte sie ihm auf den Oberarm. »Du wirst dich wohl nicht mehr an sie gewöhnen, oder?«

»Du etwa?« Er spähte in die Tüte mit dem noch warmen Kuchen.

Seine Mom seufzte. »Wenn Chase glücklich ist, bin ich es auch.«

»Diplomatisch wie eh und je.« Er sah sie an. Seine Mom war ein herzensguter Mensch, der in jedem immer nur das Beste sah. Selbst in Peggy-Sue und sogar in dem Mann, der eiskalt seinen Vater ermordet hatte. Aber daran wollte er nicht denken.

»Wer soll den Kuchen essen, Mom?« Der Duft von Apfelstücken und Zimt stieg ihm in die Nase, als er den Transportbehälter herausholte.

»Na du und deine neue Freundin vielleicht«, kam sie zum Punkt, trat einen Schritt zurück und sah sich in seinem Wohnzimmer um. »Sie war noch nicht hier, oder? Denn wenn ja, hätte sie vermutlich erst einmal aufgeräumt.«

Jared folgte ihrem Blick. Was sollte Ruby aufräumen wollen? Seine Jacke, die er eben auf die Couch hatte fallen lassen? Das Buch, welches er gerade las? Zugegeben, das benutzte Besteck von heute Morgen hätte er wegräumen können, allerdings hatte er es eilig gehabt, um zu seinem Dienst zu kommen.

»Wann hattest du vor, sie mir vorzustellen?« Seine Mom schmollte. »Als ich beim Obststand mitbekam, dass mein Junge eine neue Freundin hat, nach einer gefühlten Ewigkeit, dachte ich, ich höre nicht recht. Ich habe Chase angerufen und ihn gefragt, ob er etwas weiß, doch der war nicht da, und es ging nur Peggy-Sue ans Telefon.«

130

Er wollte gar nicht wissen, was die seiner Mutter erzählt hatte. »Mom, ich habe keine Freundin.«

»Aber anscheinend habt ihr euch im *Blues* geküsst, und gestern warst du mit ihr Motorrad fahren«, widersprach sie und lehnte sich an den Tresen. »Ich erwarte ja nicht, dass du sie morgen gleich zum Essen mitbringst, aber ein paar mehr Informationen wären nett.«

Genervt kratzte er sich am Kinn. »Mom, ich gebe dir mein Wort, sollte ich mich in naher Zukunft in einer Beziehung befinden, dann werde ich dir die Kandidatin vorstellen. Aber noch ist das nicht der Fall. Lass die Leute einfach reden.«

Nun war es seine Mom, die laut ausatmete, und ihn beschlich eine Vorahnung, was ihn als Nächstes erwartete. Das übliche Gerede darüber, sie mache sich Sorgen, ob bei der Erziehung irgendetwas falsch gelaufen sei. Ob er und Don deshalb nichts Festes eingehen konnten oder wollten, weil sie seit dem Tod ihres Vaters keine männliche Bezugsperson mehr gehabt hatten. Aber die Wahrheit sah einfach anders aus. Jared wollte keine Beziehung, die so ablief wie das, was Chase und seine Freundin ihm vorlebten. Er sah, wie sein Bruder unter ihrer Fuchtel stand, und diese Freiheit wollte Jared nicht aufgeben. Zumindest nicht so wie Chase.

Und dann war da noch die Tatsache, dass ihn keine Frau länger als ein paar Wochen interessierte. Don hingegen zählte vielmehr zu der Kategorie einsamer Wolf. Eine Gefährtin für ihn zu finden, schien die Herausforderung des Jahrhunderts zu sein. Denn welche Frau wollte schon einen miesepetrigen, ständig finster dreinblickenden Kerl?

Jared hörte sich zum tausendsten Mal die Sorgen seiner Mom an und reichte ihr kommentarlos ein Glas Wasser. Während sie redete, ließ er sich auf den Barhocker sinken, schnitt den Kuchen in mehrere Teile und aß.

12

Zielstrebig marschierte Ruby in das Haus ihrer Tante, direkt in die Küche, aus der Musik erklang. Sie sah, wie Violet gerade den Abwasch erledigte.

»Na, wie war dein Tag? Hattest du …«, wollte sie wissen, warf ihr einen Blick über die Schulter zu und verstummte.

Lyra, die mitgekommen war, blieb neben Ruby stehen und erwiderte: »Ihr Tag war beschissen, Mom.«

Lyra war mindestens genauso aufgewühlt wie Ruby. Während der Fahrt hatte sie immer und immer wieder gesagt, dass sie sich nicht vorstellen könne, dass ihre Mom etwas von Mrs. Duffys ominösem Gerede wüsste. Sie schwor Ruby, dass Mrs. Duffy in den letzten Jahren einiges an Verstand eingebüßt hätte. Dennoch, etwas sagte Ruby, dass die alte Lehrerin mehr wusste als sie selbst.

»Was ist denn passiert?« Tante Violet griff nach dem Handtuch, trocknete ihre Hände ab und sah Ruby mitfühlend an. Ruby hingegen musterte ihre Tante eindringlich, und als jene ihrem Blick auswich, wusste sie es. Die Schreckschraube hatte nicht gelogen.

»Wir waren bei Mrs. Duffy«, erwiderte Lyra anstatt ihrer. »Und sie hat behauptet, du weißt, wer Rubys Vater ist.«

Unter Lyras strengen Worten zuckte Tante Violet zusammen, und ihr Gesicht färbte sich aschgrau. Sie stützte sich an der Küchenzeile ab.

»Mom?«

»Ruby, Lyra, ich …«, stotterte sie, schlurfte zu der Sitzbank und ließ sich darauf sinken.

»Dann ist es also wahr?« Lyra schnaubte. »Du wusstest es all die Jahre und hast es verheimlicht?«

»Ich hatte keine Wahl, Lyra. Ich musste es Nicole versprechen«, rief Violet und sah zu Ruby. »Es tut mir so leid, wirklich. Ich habe so oft zu deiner Mom gesagt, sie muss dir erzählen, was passiert ist, damit du es irgendwann verstehst. Aber sie wollte nicht. Sie wollte dich beschützen. Ihre Liebe zu dir war unendlich tief. Du warst das Wichtigste in ihrem Leben.«

Die Augen ihrer Tante füllten sich mit Tränen, und Ruby, die von einem Sturm Empfindungen mitgerissen wurde, wusste nicht, was sie tun sollte. Sollte sie zu ihrer Tante gehen, sie in den Arm nehmen und sagen, dass es okay sei? Obwohl das nicht der Fall war? Oder sollte sie schreien und toben? Doch das schien ihr noch falscher. Sie hatte Mitleid mit ihrer Tante, die so geknickt dreinblickte, wie es nur jemand konnte, der etwas aufrichtig bereute.

Ruby setzte sich neben sie und griff nach ihrer Hand. »Was ist passiert, Tante Violet? Warum wollte Mom mir nicht sagen, wer mein Vater ist?«

»Ich weiß nicht, wo ich anfangen soll«, murmelte sie.

»Vielleicht ganz von vorne«, zischte Lyra, die ebenso einen Grund hatte, sauer zu sein. Schließlich hatte sie all die Jahre ebenfalls im Glauben gelebt, Rubys Vater wäre ein Unbekannter.

»Komm, Lyra, setz dich!«, forderte Ruby ihre Cousine auf, die mit verschränkten Armen dastand und ihre Mom anklagend ansah.

Notgedrungen kam sie der Aufforderung nach, allerdings verbarg sie ihren Unmut nicht. »Ich höre!«

»Nicole war jung, als sie deinen Vater auf einer Party kennenlernte. Sie war sofort bis über beide Ohren in ihn verknallt, und sie trafen sich heimlich, weil unsere Pflegeeltern nicht erlaubten, dass wir uns mit Jungs verabredeten.« Tante Violet hob den Blick. »Und mit Brad, so heißt dein Vater, wollten sie erst recht nichts zu tun haben. Er war damals fünf Jahre älter als Nicole, hatte schon mehrere Straftaten begangen. Diebstahl, Schlägereien, auch mit Drogen hatte er zu tun. Alles in allem kein Mann, den man sich für die kleine Schwester wünscht. Aber Nicole wollte nicht auf mich hören. Sie traf sich mit ihm, hatte Sex, und dann eines Abends passierte dieses schreckliche Unglück. Brad klaute mit zwei Kumpels einen Wagen. Er war betrunken, hatte Gras geraucht und fuhr viel zu schnell. Er verlor die Kontrolle über den Wagen und landete im Graben. Keiner von den dreien wurde schwer verletzt, dennoch hatte ein Zeuge die Polizei gerufen.« Sie stockte, sah Ruby und Lyra an und erzählte weiter. »Als die Officers kamen und Brad festnehmen wollten, muss er völlig ausgerastet sein. Er hatte eine Waffe dabei und ... um sich geschossen.«

Mit weit aufgerissenen Augen starrte Ruby ihre Tante an. »Hat er ... Wurde jemand verletzt?«

Violet nickte, und der betroffene Ausdruck auf ihrem Gesicht verstärkte sich. »Er hat einen Cop erwischt.« Sie verstummte und hielt zitternd Rubys Hand fest. »Eine schreckliche Tragödie.«

Ruby ließ die Hand ihrer Tante los. »Was ist mit dem Cop passiert?«

»Die Sanitäter brachten ihn in das nächste Krankenhaus, aber seine Verletzungen waren zu schwer«, meinte ihre Tante mit belegter Stimme.

»Mein Vater hat einen Menschen umgebracht?« Fassungslos starrte sie von Lyra zu Violet. »Einen Polizisten.«

»Ja.« Violet nickte wieder, schwieg einen langen Moment, bevor sie weitersprach. »Das war der Grund, warum Nicole von heute auf morgen abgehauen ist. Sie erwartete das Kind eines Mörders. In einer Kleinstadt kann man damit nicht leben. Bis auf Mrs. Duffy und ich wusste niemand von der Schwangerschaft. Lizzy, ihre beste Freundin, ahnte es, aber sie wusste es nicht mit Sicherheit.«

Benommen starrte Ruby ihre Tante an. Ihr fehlten die Worte. All die Jahre hatte sie sich gewünscht, mehr von ihrem Vater zu erfahren. Sie hatte sich gefragt, wer er war, wo er lebte und ob er vielleicht fühlte, dass er eine Tochter hatte. In ihrem Kopf hatte sie sich ausgemalt, wie er aussah, was er jetzt tat, wie er lebte. Doch nun entpuppten sich die Gedankenspiele um ihn als reinster Albtraum. Schlagartig hatte sich das Esszimmer ihrer Tante in eine stickige Höhle verwandelt, die ihr die Luft zum Atmen nahm.

»Liebes, das alles tut mir so leid. Ich wünschte, du hättest es früher erfahren. Ich wünschte, deine Mom hätte es dir gesagt, und ich hätte euch nicht all die Jahre belügen müssen. Aber ich musste mein Versprechen halten. Zu eurem Schutz.«

»Zu unserem Schutz?«, rief Lyra aufgebracht. »Es gibt immer einen anderen Weg, Mom, und das weißt du.«

»Sicherlich, den gibt es. Aber ... in diesem Fall hielt Nicole es für das Beste. Für alle.«

»Aber warum, Mom? Wieso habt ihr uns nicht davon erzählt? Wer war dieser Polizist, der getötet wurde?«

In Rubys Kopf drehte sich alles. Ihr Herz raste, und ihre Hände zitterten.

»Ich ... Entschuldigt mich.« Ruby sprang so schnell auf, dass der Stuhl nach hinten kippte. »Ich brauche frische Luft.« Sie sah, wie ihre Tante den Mund öffnete, noch etwas sagen wollte, doch Ruby wollte nichts mehr hören. Das war zu viel für sie. Ihre Füße trugen sie in den Garten. Fröstelnd schlang sie die Arme um ihren Körper und blickte hinauf in den sternenklaren Himmel, als ob sie dort eine Antwort auf das angerichtete Chaos finden könnte. Sie musste nicht nur verkraften, dass ihre Mom sie jahrelang belogen hatte, sondern auch die Tatsache, dass ihr Erzeuger ein Krimineller war, der einem Menschen das Leben geraubt hatte. Etwas in ihr zerbrach. Sie hatte keinen Vater. Nie gehabt. Und daran würde sich niemals auch nur ein Hauch ändern. Dieser Brad gehörte nicht zu ihr. Er war ein Fremder, aus dessen Samen sie zufällig entsprungen war. Nicht mehr. Mit keinem Wort wollte sie je wieder über ihn reden oder etwas über ihn erfahren.

Seit Jareds Motorradtour mit Ruby waren gerade mal vierundzwanzig Stunden vergangen, und doch nervte es ihn bis aufs Blut, dass er weder etwas von Ruby gehört, geschweige denn gesehen hatte. Das ein oder andere Mal hatte er mit dem Gedanken gespielt, unter einem Vorwand in die Werkstatt zu fahren, um sie wenigstens kurz zu Gesicht zu bekommen. Fuck, so schlimm war es um ihn bestellt. Er benahm sich wie ein Vollidiot, und Chase fachte das Ganze noch an, indem er ständig fragte, ob es was Neues vom Feld der Ehre, wie er es nannte, gab.

»Hier sind die Dienstpläne für nächsten Monat.« Chase gesellte sich zu Jared in den Aufenthaltsraum, wo dieser sich gerade einen Kaffee einschenkte. Ihm stand eine Nachtschicht bevor, und da er die letzte Nacht kaum ein Auge zugetan hatte, war er dementsprechend erledigt.

Jared warf einen kurzen Blick auf den Zettel und zog die Brauen hoch. »Hast du den mit deiner Liebsten abgesprochen?«

Peggy-Sue hasste es, wenn Chase Spät- oder Nachtdienst hatte, und laut dem Plan standen Chase im nächsten Monat einige davon bevor.

»Sie wird es verkraften müssen«, meinte Chase ausnahmsweise gelassen. Sonst war seine Laune nach den

136

Diskussionen mit ihr unausstehlich. Aber heute anscheinend nicht. Jareds Interesse war geweckt. Vielleicht würde ihn das Liebesleben seines Bruders ja kurzfristig von seinem eigenen ablenken.

»Ganz neue Töne.«

Chase öffnete den Küchenschrank, nahm sich eine Tasse heraus und zuckte mit den Schultern.

»Okay, raus mit der Sprache, was ist los?«

Chase grinste, und Jareds Alarmglocken schrillten. Dieses Lächeln verhieß nichts Gutes. Nein, etwas sagte ihm, dass der Tag gekommen war. Chase hatte vor, Peggy-Sue einen Ring an den Finger zu stecken und sich damit für den Rest seines Lebens an diese Frau zu binden. Eine Vorstellung, die Jared eiskalte Schauer über den Rücken jagte.

»Du hast einen Ring gekauft!?« Es war keine Frage, vielmehr eine Feststellung.

Chase schob Jared mit der Schulter beiseite und griff nach der Thermoskanne. »Sieht so aus.«

Mit Mühe verkniff Jared sich ein lautes Stöhnen. »Und wann hast du vor, ihr den Antrag zu machen?«

Er sah zu, wie sein Bruder langsam die schwarze Flüssigkeit in die Tasse laufen ließ. »Schon sehr bald.«

Jared deutete auf den Dienstplan vor sich. »Vermutlich, bevor du ihr den hier zeigst, richtig? Zur Besänftigung, sozusagen.«

»Gut möglich. Ein genaues Datum habe ich nicht. Ich stecke noch in den Planungen.«

Jared nippte an seinem Kaffee und wünschte sich, er könnte etwas Starkes, das sich Alkohol nannte, hinzufügen. Warum blickte sein Bruder nicht hinter die aufgesetzte Fassade seiner Freundin? Fiel ihm wirklich nicht auf, wie sehr sie ihn manipulierte?

»Weiß der Rest der Familie Bescheid?«

»Noch nicht. Ich werde es ihnen erst erzählen, wenn Peggy-Sue Ja gesagt hat. Zumindest Mom.«

»Warum sollte sie auch Nein sagen?«, erwiderte Jared und fügte in Gedanken hinzu: *Schließlich arbeitet sie seit Jahren darauf hin, ihre Zukunft und ihren hohen Lebensstandard bestehend aus Shoppen, Wellness und noch mal Shoppen zu erhalten.*

Chase zuckte kurz mit den Schultern. Er wirkte nervös.

»Warum erzählst du es dann mir?«

»Weil ich möchte, dass du mein Trauzeuge wirst.«

»Ich?« Beinahe hätte Jared den Kaffee wieder ausgespuckt. »Weiß das Peggy-Sue? Ich kann mir nicht vorstellen, dass sie von mir als Trauzeugen begeistert sein wird.« Schließlich war es kein Geheimnis, dass seine Abneigung auf Gegenseitigkeit beruhte. Im Gegensatz zu seinen Geschwistern hatte er ihr gezeigt, dass sie nie seine Lieblingsschwägerin werden würde.

Chase ging nicht darauf ein. Wie so oft, wenn Jared etwas über seine Freundin äußerte.

»Und, machst du es? Wirst du mein Trauzeuge?«

Jared biss die Zähne zusammen und überlegte fieberhaft, wie er aus der Nummer rauskam. Er wollte definitiv nicht Zeuge dieser desaströsen Ehe werden. Allerdings war Chase sein Bruder.

»Sicher doch, Mann.« Jared versetzte ihm einen Schlag auf die Schulter, der seinen Bruder nicht einmal zusammenzucken ließ.

»Das freut mich, wirklich.« Chase lächelte. »Lass uns bald im *Blues* ein Bier darauf trinken.«

»Klar, logisch«, stimmte Jared zu. Ein Abend mit seinem Bruder würde ihn sicherlich auf andere Gedanken bringen. Möglicherweise war Ruby ja ebenfalls da und … Fuck. Es fing schon wieder an. Er bekam sie einfach nicht aus dem Kopf. Zum Teufel mit ihm. Was war nur los?

»Ich mach mich an die Arbeit.« Jared deutete zu seinem Büro und dem Stapel Unterlagen, den er vor seinem Streifendienst noch bearbeiten musste.

»Sicher. Ich werde dann bald Feierabend machen und bei Don vorbeischauen. Möglicherweise sollte ich ihm ebenfalls von meinen Verlobungsplänen erzählen.«

»Tu das. Er wird sicherlich einiges dazu zu sagen haben«, meinte Jared lässig.

»Ein Brummen wird es schon werden.« Chase grinste und schien gerade aus dem Zimmer gehen zu wollen, blieb jedoch stehen, um Jared auf eine andere Art und Weise zu quälen, die nichts mit der Verlobung zu tun hatte. »Hast du Ruby heute gesehen?«

Jared schnaubte. »Wird das jetzt zur Tagesfrage?«

»Das ist also ein Nein.« Chase schmunzelte. »Vielleicht solltest du zu ihr fahren.«

»Um was zu tun? Sie erneut zu einem Dinner einladen und anschließend einen Korb kassieren? Sicher nicht.« Liebend gerne hätte er seinen Kaffee in ein anderes Getränk verwandelt. Eines, das sein Gehirn davon abhielt, ständig an Ruby und ihre Lippen zu denken. Allerdings hatte er die Befürchtung, dass dafür sehr viel Alkohol nötig war, und wie sollte er dann noch Auto fahren? Er schob sich an seinem Bruder vorbei und marschierte in sein Büro. Die Nachtschicht würde jedenfalls nicht langweilig werden. Jared hatte genug zum Nachdenken.

13

Ihr Leben war immer noch ein einziger Scherbenhaufen. Wut, Scham, Traurigkeit, Abscheu bestimmten ihren Tag. Das hatte ihr Mom all die Jahre ersparen wollen. Im Gegensatz zu Lyra, die ihrer Mom Vorwürfe machte, verstand sie die Beweggründe ihrer eigenen Mutter. Sie hatte sie schützen wollen, damit ihre Vergangenheit keinen Einfluss auf ihr Leben nahm, und doch lief Ruby jetzt Gefahr, dass genau das eintrat. Erst jetzt ergaben die Worte, mit denen sie Ruby so oft ins Bett gebracht hatte, wirklich Sinn. ›Ist eine Sache geschehen, dann rede nicht mehr darüber: Es ist schwer, verschüttetes Wasser wieder einzusammeln.‹

Ihre Mom hatte stets nach diesem chinesischen Sprichwort gelebt, und womöglich war Ruby gut damit beraten, es ihr gleichzutun. Allerdings wusste sie nicht, wie sie das anstellen sollte.

Ein zaghaftes Klopfen an ihrer Zimmertür riss sie aus den Gedanken. Seit ihre Tante es vor ein paar Tagen am Abend erzählt hatte, hatte Lyra es sich zur Aufgabe gemacht, sie auf der Arbeit mit Nachrichten zu bombardieren. Während ihre Cousine unaufhörlich das Thema besprechen wollte, wäre es Ruby viel lieber, es zu verdrängen. Sie wünschte sich nichts sehnlicher, als sich einfach nur die Decke über den Kopf zu ziehen und zu schlafen. Es war ihr völlig egal, ob Samstagabend war oder nicht.

Erneut klopfte es. Ergeben seufzte Ruby. »Herein.«

»Ich wollte mal nach dir sehen. Wie geht es dir?«

Ruby hätte sie am liebsten sofort weggeschickt. Sie wollte einfach alles vergessen und nicht wieder daran erinnert werden.

»Mir geht es genauso wie heute Morgen und heute Mittag und die letzten Tage auch«, spielte Ruby auf ihre zahllosen Nachrichten an.

»Verständlich.« Lyra ließ sich auf das Ende des Bettes sinken, griff nach der flauschigen Decke und starrte Ruby an. »Hast du mit meiner Mom noch einmal geredet?«

»Über die ganze Sache?«

Lyra nickte und biss sich auf die Unterlippe. Wenigstens war Ruby nicht die Einzige, die elend aussah. Lyra hatte ihr langes, mahagonifarbenes Haar unordentlich hochgesteckt und trug ausnahmsweise eine verwaschene Jeans und einen Strickpullover. Unter ihren Augen lagen dunkle Schatten, und ihr Teint war eine Spur zu bleich.

»Nein, und im Moment ist mir auch überhaupt nicht danach. Also tu mir bitte den Gefallen und fang nicht davon an.«

Lyra zuckte unter Rubys Bestimmtheit zusammen. »Aber ...«

»Kein Aber. Ich brauche mehr als ein paar Tage, um das alles zu verdauen, okay?«

»Ich versteh dich, aber –«

»Stopp. Hör auf. Ich will nicht darüber reden.« Streng sah sie ihre Cousine an. Lyra biss sich auf die Lippe, schien etwas sagen zu wollen, doch wenn sie nicht von Ruby aus dem Zimmer geworfen werden wollte, dann musste sie jetzt nachgeben.

Schweigend saßen sie da und lauschten den leisen Klängen aus dem Radio, das gerade einen alten Rocksong spielte, der von Alkohol, wilden Partys und Sex handelte.

Gedankenverloren hörte Ruby zu. »Die haben sich ihre Sorgen einfach weggesoffen.«

»Mit exzessiven Feiern und Frauen«, stimmte Lyra ihr zu und fixierte einen Punkt an der gegenüberliegenden Wand.

»Weißt du was? Lass uns das Gleiche tun! Zumindest, was Ersteres betrifft.«

»Du willst feiern gehen?« So wie Lyra das sagte, klang es fast nach einem Verbrechen.

»Ja, warum nicht? Ich habe die letzten Nächte wenig geschlafen, und wie es bei mir gerade aussieht, werde ich auch heute kaum ein Auge zubekommen.«

»Geht mir genauso.«

»Na dann, lass uns rausgehen. Etwas ablenken.«

»Irgendwie hört sich das aus deinem Mund seltsam an«, protestierte Lyra und schnitt eine Grimasse.

Ruby versetzte ihr mit dem Fuß einen kleinen Stoß gegen den Oberschenkel. »So spießig bin ich in deinen Augen?«

»Nein, das nicht. Aber du bist keine typische fünfundzwanzigjährige New Yorkerin.«

»Zum Glück. Sonst würde ich es hier wohl kaum aushalten.« Ruby schälte sich aus dem Bett. Mit Schlafen und Sich-unter-der-Decke-Verkrümeln musste sie noch warten. Nun galt es, ihren und – wie ihr schien – auch Lyras Kopf freizubekommen. Zumindest für ein paar Stunden.

»Du willst echt rausgehen? Jetzt?«

Ruby nickte. »Wann sonst?«

»Ich habe nichts Passendes an«, argumentierte Lyra halbherzig.

Ruby verdrehte die Augen. »Komm schon, bevor ich es mir wieder anders überlege. Ich merk nämlich, wie ich bereits ins Grübeln verfalle.«

»Na gut. Wie du meinst. Aber bis auf das *Blues* gibt es nichts, wo wir uns betrinken können. Allerdings könnten wir zum Supermarkt fahren und uns dort was kaufen.«

Zugegeben, Ruby gefiel der Gedanke, ins *Blues* zu gehen, ebenfalls nicht. Aber noch viel weniger wollte sie wie die Kids auf einer Parkbank sitzen.

»Du hast recht. Es war ein blöder Einfall. Lass uns hierbleiben oder zu dir fahren und irgendeine Schnulze ansehen. Noch besser einen Horrorfilm. Einen Liebesfilm kann ich gerade überhaupt nicht ertragen.«

Sofort dachte sie wieder an Jared und seine Küsse. Himmel, das *Blues* war eindeutig eine schlechte Idee. Sie konnte einen sexy Cop, der sie mit seinen Lippen und verdammt hübschen Augen um den Verstand brachte, nicht gebrauchen. Sie wollte gar nicht daran denken, was passieren würde, wenn er ebenfalls im *Blues* wäre. Auf der anderen Seite hatte er sich seit der Motorradtour nicht mehr gemeldet. Kein Wunder, schließlich hatte sie seine Einladung zum Dinner mit einer halbherzigen Ausrede in den Wind geschlagen.

»Nein, ins *Blues* gehen wir lieber nicht«, stimmte ihr Lyra zu. »Aber im Clubhaus findet eine Geburtstagsparty statt. Wir könnten dahin gehen.«

»Welches Clubhaus?«, hakte Ruby nach.

»Sac, Romeo und ein paar Jungs haben draußen am Waldrand ein kleines Haus, wo sie sich ab und an zu einem Bier treffen, über Motorräder quatschen und so weiter.«

»Ein Rockerclub?« In Rubys Vorstellung tauchten Bilder von grimmig dreinblickenden Kerlen auf, die mit ihren Kutten Unbehagen und Schrecken verbreiteten. Und da sollte sie hingehen? Sicher nicht.

»Nicht so, wie du denkst. Da rennen keine bösen Jungs in Montur rum.«

So ganz überzeugt war Ruby nicht, aber bei Isaac und Romeo hatte sie sich von ihren Vorurteilen leiten lassen und war schnell eines Besseren belehrt worden.

»Na gut. Wenn es keinen Spaß macht, können wir immer noch zu dir verschwinden.«

»Stimmt.«

Knapp dreißig Minuten später erreichten sie die Party. Ruby hatte mit einer Handvoll Leuten gerechnet, nicht mit den fast vierzig Personen, die sich sowohl im Haus wie auch draußen um ein Lagerfeuer tummelten. Es roch nach gegrillten Würstchen, Wald und Rauch. Eine Kombination, die ihr ein Lächeln auf die Lippen zauberte. Keine Ahnung, wann sie zuletzt eine Grillparty besucht hatte. In New York grillte kaum jemand.

Die Stimmung war ausgelassen. Es wurde gelacht, gefeiert, und wie es schien, floss der Alkohol in rauen Mengen. Lyra stellte sie einigen Gästen vor, und Ruby wurde so herzlich aufgenommen, dass sie sich gleich wohlfühlte. Sie hatten noch nicht einmal das Lagerfeuer erreicht, da wurde ihr schon eine Flasche Bier in die Hand gedrückt.

»Komm, lass uns zu den Jungs gehen.« Lyra deutete auf Romeo und Isaac, die an eine provisorisch aufgebaute Bar gelehnt standen und sich mit ein paar Leuten unterhielten.

Sie schlenderten zu der Gruppe, ließen sich von beiden in eine Umarmung ziehen und vom Gastgeber zu einem Whisky verleiten. Obwohl allein der scharfe Geruch Ruby fast die Tränen in die Augen trieb, nippte sie tapfer daran. Erstaunlicherweise schmeckte es gar nicht so übel. Als ihr Glas leer war, überredete Romeo sie zu einer anderen Sorte, und binnen kürzester Zeit hatte sie vier verschiedene Whiskeys probiert. Der Alkohol wärmte sie von innen heraus, und ihr Magen kribbelte leicht.

Je länger sie bei den Leuten stand, desto mehr entspannte sie sich. Lyra schien es genauso zu gehen, denn ihr bleicher Teint wurde langsam von geröteten Wangen verdrängt. Sie lachte über einen Witz des Gastgebers und stieß mit ihm an. Für eine Weile vergaß Ruby ihre Sorgen. Sie traten in den

Hintergrund und gestatteten ihr, das Leben zu genießen. Sie wollte sich nicht ständig vor Augen führen, wer ihr Erzeuger war und was er getan hatte. Sie wollte im Hier und Jetzt sein und sich keine Gedanken darüber machen, was passiert war oder was die Zukunft brachte. Sie tat das, was sich ihre Mom immer für sie gewünscht hatte. Einfach nur leben. Erneut nahm sie einen großen Schluck Whiskey, ignorierte das Brennen in ihrer Kehle und hieß die Wärme, die sich in ihrem Magen ausbreitete, willkommen.

Diese Wärme wurde mit jedem Glas stärker, und irgendwann – Ruby hatte den Überblick verloren, wie viel sie getrunken hatte – fühlte sie sich benebelt. Ihre Beine waren weich, und wenn sie sprach, klang das verzögert.

»Isch glaube, isch bin betrunken«, raunte sie Lyra zu, die ebenfalls einen seltsamen Blick aufgesetzt hatte.

»Willkommen im Club, Süsche.«

»Un jetzt?« Ruby hatte in ihrem ganzen Leben noch nie so viel Alkohol getrunken, dass ihr davon schwummerig geworden wäre.

»Gehen.« Lyra lehnte sich bei ihr an. »Sonst haschen wir unsch morgen dafür.« Lyra hakte sich bei ihr ein.

»Guter Plan«, stimmte sie zu.

»Ihr geht schon?« Isaac umarmte zuerst Ruby, dann Lyra. »Wie kommt ihr heim? Soll ich euch einen Fahrer organisieren?«

Und wieder mal stellte Ruby fest, dass hinter der harten Schale ihres Bosses ein verdammt weicher Kern steckte. Der Gedanke, so einen Mann an ihrer Seite zu haben, gefiel ihr. Obgleich Isaac dafür nicht in Frage kam. Definitiv nicht.

Lyra sah Ruby an. »Was meinscht du?«

»Ich hab nischts gegen nen Ausnüschterungsspazschiiiergang«, murmelte Ruby. Sie verabschiedeten sich von den anderen und wankten zum Parkplatz. Sie hatten ihn noch nicht einmal erreicht, da bereute sie ihre Worte bereits, denn ihre Beine schienen einen anderen Plan zu verfolgen. Ruby starrte auf den Boden und verfluchte die Steine, die ihr ihrer Ansicht nach den Weg erschwerten.

»Oh oh, das is nich gut.« Lyra, die sich noch immer bei ihr untergehakt hatte, zwickte sie leicht.

»Seh isch genauso. Die Steine sin ziemlich fies.«

»Davon red ich nich, sondern davon.« Lyra deutete nach rechts. Ruby folgte ihrer Bewegung, blinzelte und starrte dann direkt zu ihm. Jared. Er kam mit seinen beiden Brüdern unmittelbar auf sie zugeschlendert. Die Hände hatte er in seiner braunen Lederjacke vergraben. Er sagte irgendetwas zu Chase, der auflachte und von Don einen vernichtenden Blick kassierte. Sofort beschleunigte sich Rubys Herzschlag. Ihre Augen hefteten sich auf ihn, und sie sah zu, wie Chase nun Jared anstieß, etwas zu ihm sagte und dann direkt in Rubys Richtung nickte. Jared betrachtete sie einen langen Moment. Selbst aus der Entfernung konnte sie das flüssige Karamell in seinen Augen erkennen. Und sie bildete sich ein, ihn schmecken zu können. Seine Lippen noch auf ihrem Mund zu spüren.

»Scheiße«, riss Lyra sie aus ihrer Starre und stieß sie an. »Das ischt nicht gut.«

Ruby befahl ihren Augen, Jared nicht länger anzustarren, und richtete ihren Blick nun auf Lyra. »Was ist nicht gut?«

»Isch versteh nicht, was sie hier wollen«, raunte Lyra.

Rubys Herz galoppierte noch schneller. Wenigstens zitterten ihre Hände nicht mehr. »Das Gleiche wie wir.«

»Schon, allerdings sieht man Chase kaum noch weggehen.« Lyra brach ab, und irgendetwas an ihrem Tonfall ließ Ruby aufhorchen.

»Du meinscht, seit er mit diescher Peggy zusammen ist?«

Lyra nickte. Ruby betrachtete ihre Cousine. Bildete sie es sich nur ein oder wirkte sie schlagartig traurig? Hatte diese Traurigkeit etwa mit Chase zu tun? Hatte ihre Aussage von damals – ›Den Turner-Brüdern entkommt man nicht‹ – damit zu tun?

»Kennscht du Chase und seine Freundin?«, hakte Ruby nach.

»So wie man sich in einer Kleinstadt eben kennt«, wich Lyra dem Thema aus. »Wir tun so, als ob wir sie nischt gesehen hätten.«

»Ähm, das wird nicht funktionieren. Sie starren uns an.«

Jared konnte den Blick nicht von Ruby abwenden. Der Schein des Lagerfeuers betonte ihre Lockenmähne. Ihre himmelblauen Augen brannten sich förmlich in seine. Sie sah genauso sexy aus wie in seinen Erinnerungen. Mehr noch. Sie wirkte glücklich, gelöst, entspannt. All das, was sie bei ihrer letzten Begegnung nicht gewesen war.

Und der Grund dafür war er. Schließlich hatte sie ihm gesagt, gezeigt, dass sie mit Männern wie ihm nicht umzugehen wusste. Männer wie ihm? Verflucht, was hieß das überhaupt? Allein diese Floskel ärgerte ihn.

»Da hat wohl jemand zu tief ins Glas geschaut«, stellte Don trocken fest, als Lyra und Ruby wankend weitergingen.

»Sieht ganz danach aus«, brummte Jared und verspannte sich. Es ging ihn nichts an, was Ruby tat. Gewiss nicht. Aber in der Verfassung sollte jemand ein Auge auf die beiden haben. »Habt ihr Lyras Wagen gesehen?«

»So vernünftig ist sie, nicht in diesem Zustand zu fahren«, widersprach Chase und betrachtete die zwei.

Daran hegte Jared keinen Zweifel. Lyra hatte sich noch nie etwas zuschulden kommen lassen. Trotzdem. Die Tatsache, dass beide allein in Richtung Straße torkelten, gefiel ihm nicht.

»Ich fahr die zwei heim und komme dann wieder.« Ohne auf eine Antwort zu warten, stieg er in seinen Pick-up und startete den Motor, wendete und fuhr langsam vom Parkplatz. Bereits nach wenigen Metern hatte er sie eingeholt. Mit heruntergelassenem Fenster hielt er auf ihrer Höhe an. »Kann ich euch mitnehmen?«

»Wir bevorzugen es, zu laufen«, lallte Lyra hoheitsvoll. »Aber danke, Offischer. Geh auf die Party und amüschiere dich.«

Er wollte sich nicht amüsieren, und noch viel weniger wollte er Ruby und Lyra alleine auf einer abgelegenen Straße spazieren gehen sehen. »Ich bin ohnehin auf dem Rückweg«, log er und fing Rubys Blick auf. Ihre himmelblauen Augen strahlten, obwohl der Rest ihres Gesichts eher kalkweiß war. »Also los, steigt ein, und ich bring euch nach Korit Valley.«

Lyra schwankte und riss beinahe Ruby mit sich mit, als sie protestierte: »Nischt nötisch.«

»Sieht mir aber danach aus.«

Was war nur mit Lyra los? So störrisch kannte er sie gar nicht.

»Jared hat recht. Lass uns einsteigen«, brüllte Ruby Lyra ins Ohr. Also, flüstern ging eindeutig anders. »Isch hab Hunger! Mein Bauch grummelt! Außerdem brauchen wir doch ewig, bis wir da sind.«

Er grinste, wollte ihr sagen, dass dieses Grummeln nichts mit Hunger zu tun hatte, behielt es aber für sich.

»Meinetwegen«, stimmte Lyra widerwillig zu und stieg sogleich zu ihm nach vorne auf den Beifahrersitz. Zu seinem Leidwesen musste Ruby hinten Platz nehmen. Er wartete, bis sie sich angeschnallt hatten, und fuhr dann mit halb geöffnetem Fenster langsam los.

»Wie war die Party?«, versuchte er ein Gespräch in Gang zu bringen, sah in den Rückspiegel und fing Rubys Blick auf. Sie hatte ihn beobachtet.

»Ganz nett«, flüsterte sie, und dieses Flüstern genügte, um ihn sofort an den letzten Kuss zu erinnern.

Die Stimmung im Wagen war wie elektrisiert. Unentwegt spürte er, wie sie ihn ansah. Ihn musterte. Er bildete sich ein, in ihren schönen Augen einen Sturm der Gefühle zu erkennen.

Es war schließlich Lyra, die sich räusperte. »Also, etwas schneller kannst du schon fahrn, Jared.«

Er straffte die Schultern und lenkte seine Konzentration auf die Fahrbahn. Nach knapp zehn Minuten, die sie zum größten Teil schweigend verbracht hatten, bog er in die Straße ein, in der Lyra wohnte. Vor ihrem Haus hielt er an.

»Danke fürs Nachhausebringen, Jared.« Lyra löste den Gurt und öffnete die Tür, nicht aber, ohne Ruby noch einen Blick zuzuwerfen. »Du kannst bei mir schlafen, Ruby.«

Ihm entging nicht, wie verdutzt Ruby darauf reagierte. »Auf deiner kleinen Schlafcouch? Nein danke, ich will ins Bett.«

»Aber ...?«

»Keine Sorge, ich bring sie sicher nach Hause.« Warum benahm sich Lyra heute derart seltsam?

»Du bringst sie zu meiner Mom?«

»Wohin auch sonst?« Lyras Blick sagte, was sie dachte, und zugegeben, er hätte Ruby liebend gerne bei sich im Bett. Aber sicher nicht in diesem Zustand.

»Also gut«, gab Lyra schließlich nach.

»Bis dann.« Ruby winkte ihr zum Abschied zu. Erneut fuhr er los, und kaum dass Lyra außer Sichtweite war, begann Ruby zu grinsen. »Das war bizarr, oder?«

»Absolut, ich kam mir wie ein Verbrecher vor, so böse hat sie mich angesehen.«

»Find ich auch. Sie hat sich heute schon den ganzen Abend so seltsam benommen.« Ruby fächerte mit der Hand vor ihrem Gesicht herum.

Er war versucht, ihr zu sagen, das besser sein zu lassen, aber bei ihrem süßen Grinsen hielt er lieber die Klappe. »Du hattest vorhin ziemlich viel Spaß, oder?«

»Ja, doch. Es war nett. Das letzte Mal war ich auf einer Gartenparty, das war … Hm, keine Ahnung. vor ein paar Jahren? In New York gibt es das nicht so oft.«

»Möglich«, stimmte er zu.

»Aber die Leute hier sind wirklich ausgesprochen nett. Zumindest die meisten.«

»Ich hoffe, du zählst mich zu der Kategorie ›nett‹.« Er genoss die Lockerheit, mit der sie sprach. Auch wenn sie trotz des Alkohols leicht nuschelte.

»Das versuche ich noch herauszufinden«, konterte sie, und als er daraufhin erneut in den Rückspiegel sah, trafen sich ihre Blicke. Heilige Scheiße, sie konnte nicht so etwas sagen und ihn derart verführerisch ansehen.

»Was kann ich denn tun, um dir dabei zu helfen?« *Kumpel, du bewegst dich auf dünnem Eis*, ermahnte er sich im Stillen. Ruby war betrunken oder zumindest angetrunken. Er würde einen Teufel tun und das auf irgendeiner Art und Weise ausnutzen. »Vergiss die Frage. Ich stell sie dir, wenn du nüchtern bist.«

»Hey, bis eben warst du ziemlich süß, und jetzt verwandelst du dich in einen Arsch.«

»Sorry.«

»Vergeben. Aber um auf deine Frage zurückzukommen: Ich wüsste etwas, was disch auf der Skala nach oben bringt.«

»Und was?«

Sie zögerte, bevor sie dann sagte: »Ich möchte noch nicht zurück zu Tante Violet. Du könntest mir eine Kleinigkeit zu essen besorgen. Isch hab wirklich schrecklichen Hunger.«

Er warf einen Blick auf die Uhr. »Es ist verdammt spät. Wir könnten nach Mountypay fahren, aber das sind knapp zwanzig Minuten von hier.«

»Schlecht«, stimmte sie zu. »Und was ist mit deinem Kühlschrank?«

»Was soll damit sein?«, hakte er nach. Ruby würde sicher nicht mit zu ihm kommen wollen. Oder etwa doch?

»Ist da was Essbares drin?« Tatsächlich, sie meinte es ernst. Scheiße.

»Ich hab Kuchen von meiner Mom und ...«

»Perfekt, gekauft.«

Er fühlte sich leicht überfordert. Zuerst konnte Ruby nicht schnell genug von ihm wegkommen, und nun wollte sie mit zu ihm. In sein Haus. Was plante sie als Nächstes? Plante sie überhaupt? Was sollte er tun? Fuck. Er wusste es nicht.

Ruby interpretierte sein Schweigen falsch. »Wenn dir meine Gesellschaft nicht recht ist, dann kannst du es mir sagen, Jared. Ich verkrafte das.«

»Nein, überhaupt nicht. Kuchen klingt toll.« So viel zum Thema Kontrolle behalten. Ruby entriss sie ihm einmal mehr, und er sah machtlos zu.

14

ier lebst du also«, stellte Ruby fest, als sie vor einem Haus parkten, welches abgelegen am Rande von Korit Valley stand. Obwohl im Inneren kein Licht brannte, strahlte das Gebäude dennoch Wärme aus. Vielleicht lag es an den Bäumen, die dahinter aufragten, oder an dem kleinen Garten, der um das Haus lag. »Irgendwie habe isch dich mehr als den Wohnungstypen eingestuft.«

Fragend hob Jared eine Augenbraue. »Wie kommst du darauf?«

Ruby spürte, wie sie leicht errötete. Sie hatte vermutet, dass Jared eher eine Zweizimmerwohnung bevorzugte. Ausreichend Platz für einen Langzeitsingle, der nicht vorhatte, seine Zukunft mit vollen Windeleimern und herumtobenden Kindern auszufüllen. Denn das hier, dieses Haus, der Garten, ließ ihn automatisch in die Kategorie Familienmensch fallen, und das sagte ihr zu. Nein, als sie ihn auf der Party gesehen hatte, hatte sie wieder einmal gespürt, wie stark sie sich zu ihm hingezogen fühlte. Da war dieses Kribbeln, diese Spannung zwischen ihnen, die sie neugierig machte. Sie fragte sich, wie er wohl reagieren würde, wenn sie ihn jetzt küsste, sich erlaubte ihre Hand unter seinen Pullover wandern zu lassen, um seine Haut zu berühren. An Dinge dachte, die sie vielleicht besser sein lassen sollte. Doch ihre Sehnsucht war unbeschreiblich.

Ja, sie könnte es auf den Alkohol schieben, der allerdings

nicht ihren Verstand vernebelte, sondern sie nur lockerer werden ließ. Sie wollte alle Bedenken über Bord werfen. Sie war bereit, Spaß zu haben, ihr Leben zu genießen, und welcher Mann war für dieses Vorhaben besser geeignet als Jared? Er war doch auch nur auf Spaß aus. Die ganzen Tage zuvor war sie unsicher gewesen, hatte nicht gewusst, wie sie mit ihm umgehen sollte. Schlagartig sah sie klarer, hörte auf ihre innere Stimme.

»Erschreckt dich die Tatsache so sehr, dass ich nicht der Wohnungstyp bin, dass du jetzt nicht aussteigen willst?« Mit diesen Worten riss er Ruby aus ihren Gedanken. Oh Himmel, da war dieses Lächeln wieder, das sie ganz schwach machte. Diese Mischung aus jungenhafter Frechheit und Sexappeal. Dieses Grinsen, das selbst weitaus stärkeren Frauen Probleme bereitete. Aber das war nicht alles. Heute hatte er ihr bewiesen, dass er mehr als nur einen heißen Körper mit einem scharfen Verstand hatte. Seine Fürsorge, dieses Haus, alles bewies ihr, dass er eine ganz andere Seite hatte. Eine, die ihr ausgesprochen gut gefiel. Vielleicht zu gut.

Sein Lächeln ging ihr durch und durch. Erst jetzt wurde ihr richtig bewusst, dass sie noch immer auf der Rückbank saß und Jared ihr die Tür aufhielt.

»Nein, überhaupt nicht. Mir gefällt das. Isch hab dich nur anders eingeschätzt.« Eilig löste Ruby den Sicherheitsgurt und stieg mit leicht wackligen Beinen aus.

»Was nicht nur auf die Behausung zutrifft«, murmelte er. Ihr Torkeln entging ihm nicht, und er griff nach ihrer Hüfte. Sie stützte sich an seiner breiten Brust ab. Ihre Nase war nur wenige Zentimeter von seiner Halsgrube entfernt, und sie nahm seinen herben, männlichen Duft wahr. Mit schweren Lidern sah sie zu ihm auf, verfing sich in seinen dunklen Augen, die ihr Herz sofort in einen wilden Rhythmus verfallen ließen. Mit glänzendem, leidenschaftlichem Blick sah er auf sie herab, und sein Mund war so unfassbar nah. Sie musste sich nur auf Zehenspitzen stellen, dann würden ihre Lippen auf seinen liegen, und sie konnte dem Verlangen nachgehen, welches tief in ihr brannte. Sie starrte zu ihm hoch, auf den leichten Bartschatten und wieder zu seinem Mund. Sie musste sich nur etwas vorbeugen und …

»Ich hab dir einen Kuchen versprochen«, erinnerte er sie mit belegter Stimme, was Ruby nach Luft schnappen ließ. Verflucht, der Kuchen. Den hatte sie völlig vergessen.

»Hast du, richtig.«

»Dann sollten wir wohl besser reingehen«, murmelte er und deutete mit dem Kopf in Richtung seines Hauses.

»Genau.«

Sein Arm lag fest um ihre Taille, als er sie sanft, aber bestimmt zur Tür bugsierte. Dort angekommen, hielt er jene für sie auf, knipste das Licht an und gab Ruby den Vortritt. Dazu musste er sie loslassen, was ihren Körper augenblicklich protestieren ließ. Ruby ging an Jared vorbei und sah sich neugierig um. Sie hatte sich gefragt, wie er wohl lebte, welchen Einrichtungsstil er bevorzugte, und nun stand sie mitten in seinem Wohnzimmer und bekam einen weiteren Eindruck von ihm präsentiert. Hohe Holzdecken spannten sich über ihre Köpfe. Der Fußboden bestand aus hellen Fliesen und die Möbel allesamt aus warmem Nussholz. Es war gemütlich, ordentlich und dennoch, der überdimensionale Flachbildfernseher, die Ledercouch, die fehlende Dekoration zeugten davon, dass das Haus einem Single gehörte. Im Gegensatz zu dem riesigen Wohnzimmer war das Esszimmer samt der Küche spartanisch eingerichtet. Jareds Hauptaugenmerk lag eindeutig auf der Couch und dem Fernseher. Immerhin hatte sie sich dahingehend nicht in ihm getäuscht.

»Nett hast du es hier«, stellte sie fest und meinte es auch so. Sie fand, es fehlte ein wenig der letzte Schliff, eine weibliche Hand, aber sie war nicht hier, um ihm Einrichtungstipps zu geben.

»Danke schön.« Jared ging an ihr vorbei, zog seine Lederjacke aus und warf sie achtlos auf einen Barhocker. Er schlenderte zur offenen Küche. »Ich bin erst vor einem guten Jahr hier eingezogen. Weitgehend habe ich mit Chase und Don die Renovierungsarbeiten übernommen, deshalb sind auch längst nicht alle Räume perfekt.«

Ruby beobachtete ihn, wie er den Kühlschrank öffnete und eine Box herausholte. War es zu aufdringlich, wenn sie ihn fragte, welche Zimmer noch nicht fertig waren? Sie entschied sich dagegen und hakte nach.

»Im oberen Bereich sind nur das Schlafzimmer und das Bad abgeschlossen.« Jared zog zwei Teller heraus und verteilte jeweils ein Kuchenstück darauf.

»Was willst du denn mit den anderen Räumen machen?« Ruby ging zu ihm, legte ihre Handtasche auf seine Jacke und nahm Platz.

»Keine Ahnung. Mal sehen, was die Zeit bringt.«

»Dann wohl doch der Haus-Frau-Kind-Hund-Typ«, stellte sie fest und angelte sich den Teller, den Jared ihr zuschob. Oh, der Gedanke gefiel ihr.

»Möglich«, wich er ihrer Frage aus.

Ruby trennte mit ihrer Gabel ein Stück des Gebäcks ab und schob es sich in den Mund. Himmel, war der lecker. Der Geschmack von Apfel und Zimt breitete sich auf ihrer Zunge aus, was sie sofort dazu bewegte, mehr zu essen. Keine Ahnung, wann sie zuletzt so einen saftigen Kuchen probiert hatte. Sie schloss für eine Sekunde die Augen.

»Ist der gut.« Als Ruby sie wieder öffnete, stellte sie fest, dass Jared sie dabei beobachtete, und sie fügte hinzu: »Jedenfalls solltest du dir die Frau, die den Kuchen gebacken hat, warmhalten. Der ist so verdammt lecker.« Sie deutete mit ihrer Gabel darauf und grinste. »Oder hast *du* den etwa gemacht? Falls ja, muss ich auch meine restliche Theorie zu Jared Turner verwerfen. Du hast ein Haus, du denkst über Frau und Kind nach, und jetzt sag mir nicht, du hast schon eine potenzielle Gattin an der Hand. Wenn ja, musst du mir unbedingt erklären, warum dir Korit Valley den Ruf eines unverbesserlichen Weiberhelden andichtet.«

Noch immer starrte er sie an. Seine Augen waren auf ihren Mund geheftet, was sie leicht nervös werden ließ. »Den hat meine Mom für mich gebacken, oder vielmehr für dich.«

»Für mich? Wie? Warum?«, stotterte sie und hätte beinahe die Gabel fallen lassen.

»Sie hat gehört, wie die Leute über uns reden, uns als Paar bezeichnen. Sie hat mir den hier«, er wies auf seinen Teller, »nur zum Vorwand vorbeigebracht, weil sie wohl gehofft hat, dich hier zu treffen.«

»Oh ... okay. Verrückt. Backt sie für alle Flirts ihrer Söhne einen Kuchen?« Ruby sah, wie er sich rücklings am Tresen anlehnte, die Hände auf der Arbeitsfläche abstützte.

»Keine Ahnung. So viele musste sie die letzten Monate nicht backen.«

Rubys Herz machte einen kleinen Freudensprung, doch sie ermahnte sich, sich darauf nicht allzu viel einzubilden. Schließlich hatte Lyra ihr schon verraten, dass Jared lange mit keiner Frau aus Korit Valley mehr ausgegangen war. Was aber nicht hieß, dass er sich nicht in anderen Städten eine suchte. Erneut spießte Ruby ein wenig von dem köstlichen Backwerk auf. »Von mir aus kann sie ruhig weiter daran glauben, solange ich etwas von diesem herrlichen Kuchen abbekomme.«

Damit versuchte sie witzig zu klingen, alldem eine humorvolle Note zu geben, doch Jareds Mimik nach zu urteilen sah er das nicht so. Schweigend beobachtete er sie. Seine Musterung ging ihr durch und durch, ließ sie nervös auf

156

ihrem Stuhl herumrutschen. Anscheinend hatte er ihren Scherz nicht richtig verstanden. Vielleicht sollte sie besser das Gespräch auf etwas anderes lenken? Doch worauf? Vielleicht auf seine Arbeit? Seine Brüder? Dieses Haus? Erneut steckte sie sich ein Stück Kuchen in den Mund. Es tat gut, zu essen. Ihr Magen beruhigte sich, und auch das leicht benommene Gefühl in ihrem Kopf wurde besser. Die innere Hitze, die Jared mit seiner Taxierung in ihr auslöste, blieb.

»Warum?«

»Was warum?«

»Ich frag mich, warum du alleine hier lebst? Anscheinend ist deine Mom von der Idee, eine Schwiegertochter zu bekommen, ganz angetan, und du selbst hättest dir sicher kein so großes Haus gekauft, wenn du nicht irgendwann eine Familie gründen wollen würdest.« So, jetzt war raus, was ihr die letzten Minuten im Kopf herumgegeistert war. Sie wollte mehr über Hottie erfahren, nicht mehr länger um den heißen Brei reden.

Jared zuckte mit den Schultern. »Vielleicht weil ich die Richtige noch nicht gefunden habe?«

»Kaum vorstellbar, bei deinem Fanclub.«

»Der leidet gerade etwas unter Mitgliederschwund, neue Anwärterinnen sind jedoch willkommen.« Jared schien nicht beleidigt wegen Rubys Anspielung zu sein.

Sie lachte. »Das kann ich mir vorstellen.«

»Was ist mit dir? Warum hast du keinen Mann in deinem Leben? Du scheinst mir der konventionelle Typ Frau zu sein.«

»Wer behauptet denn, dass da keiner ist?«

Jareds rechte Augenbraue zuckte nach oben.

»Durchschaut, Officer.« Ruby aß den Rest des Kuchens auf und meinte dann: »Wahrscheinlich hört sich das für dich absolut bescheuert an, aber irgendwie hat es nie richtig gefunkt.« Sie schob den Teller von sich. »Ich kann es nicht genau beschreiben, doch kein Mann, mit dem ich je zusammen war, hat dieses Knistern in mir ausgelöst. Diese Anziehungskraft, dieses Gefühl, dass der Magen sich zusammenzieht, wenn der Mann meines Lebens mich berührt. Dieses Herzklopfen, das einen schwindlig werden lässt, dieses Vergessen, zu atmen, wenn er den Raum betritt.«

»Leidenschaft.«

Ruby nickte. »Genau. So etwas habe ich noch nie gespürt. Vielleicht ansatzweise, aber nie so in diesem Maße.«

Ruby sah zu, wie Jared sich vom Küchentresen abstieß und die wenigen Schritte, die sie trennten, überbrückte.

»Vielleicht sollten wir uns gemeinsam auf die Suche begeben.«

Mehr als ein Nicken brachte sie nicht zustande, denn seine karamellfarbenen Augen faszinierten sie. Ruby sah das Feuer darin, die Funken, die ihr unmissverständlich klarmachten, dass genau er diese Leidenschaft in ihr auslösen konnte. Eine prickelnde Spannung erfüllte den Raum.

Sie waren einander so nahe, dass Ruby kaum noch an etwas anderes denken konnte als an ihn. Ihr ganzer Körper schien sich in seine Richtung zu drängen. Seine Wärme erhitzte ihre Haut, obwohl er sie nicht einmal berührte. Ihr Mund war mit einem Mal völlig trocken.

»Ich sollte das hier vielleicht nicht tun. Du hast getrunken …« Jared legte sanft seine Hand in ihren Nacken. »Aber jedes Mal, wenn du in meiner Nähe bist, droht meine Kontrolle zu versagen. Ein Gefühl, das ich bisher nicht kannte.« Seine andere Hand berührte ihre Wange, sein Daumen streichelte über ihre zitternde Unterlippe. Sie hielt seinen Blick fest und sah eine so deutliche Sehnsucht in seinen Augen, dass sie glaubte, nur die Hand ausstrecken zu müssen, um sie anfassen zu können. Es war die gleiche Sehnsucht, die in ihren Adern pulsierte. In jedem Schlag ihres Herzens. In jedem Atemzug.

Einer Versuchung wie ihm hatte sie noch nie widerstehen müssen. Das wollte sie auch nicht. Mit einem einzigen Schritt überwand sie die letzten Zentimeter, die sie voneinander trennten, und küsste ihn. Kaum dass sich ihre Lippen trafen, wurde Ruby von vertrauten Empfindungen begrüßt. Sanft liebkoste seine Zunge die ihre, doch ansonsten bewegte er sich nicht. Wahrscheinlich sollte sie ihm zeigen, wie sehr sie ihn begehrte. Ihr Kuss wurde fordernder, und sie machte sich daran, sein Shirt aus der Hose zu ziehen. Ihre Hände glitten auf seiner nackten Haut hinauf zu seiner Brust. Sie spürte Jareds wild pochenden Herzschlag unter ihren Fingern, und zu wissen, dass sie dafür verantwortlich war, löste einen weiteren Sturm an Gefühlen in ihr aus.

Jared hatte ihr Signal richtig gedeutet. Er schlang seine Arme um sie und zog sie näher an sich. Seine Zunge streichelte sie, umkreiste und tanzte in ihrem Mund und entfachte einen Funkenflug in jeder Faser ihres Körpers. Seine starken Muskeln zuckten unter ihren Händen, als sie sie von seinem Bauch auf seinen Rücken wandern ließ. Sie spürte seine Erektion an ihrer Hose, ihre eigene Hitze zwischen ihren Schenkeln und das Verlangen, mehr von ihm zu wollen.

»Du raubst mir die Kontrolle, Ruby.« Er keuchte auf, als ihre Hüften sich leicht bewegten.

»Gut so«, gab sie zurück und legte ihre Hand nun auf seinen festen, knackigen Po. »Denn ich will dich, Jared.«

Mehr musste sie nicht sagen. Er dirigierte sie rückwärts in sein Wohnzimmer, bis sie sich auf die große Couch fallen ließ und Jared sich über sie beugte, um ihr Oberteil mitsamt dem BH auszuziehen.

»Du bist so wunderschön«, stieß er aus und streichelte mit seinem Daumen über ihre linke Brustwarze. Sie beugte den Kopf nach hinten und streckte sich ihm entgegen. Jareds Mund legte sich auf die empfindsame Stelle und saugte daran. Sie spürte seinen heißen Atem und stöhnte leise auf, als seine Zunge mit ihrem Nippel spielte. Dabei machten sich ihre Finger an seinem Hosenbund zu schaffen. Er half ihr, zog sich aus, und Ruby genoss den atemberaubenden Anblick, den Jared ihr bot, sein Körper muskulös und stark. Sie streckte ihre Hand aus, berührte seinen Bauch. Doch lange konnte sie das Spiel seiner Muskeln, seiner Haut unter ihren Fingern nicht genießen, denn ihr ganzer Leib schien vor Sehnsucht zu schreien. Sie wollte Jared spüren. Langsam erhob sie sich, um sich ebenfalls auszuziehen. Bis sie nackt vor ihm stand.

Sie fühlte jeden Zentimeter, den Jareds Blick an ihr hinabglitt. »Ich kann mich nicht an dir sattsehen. Du nackt, mit dieser Wahnsinnsmähne, du kannst dir gar nicht vorstellen, wie oft ich mir die letzten Tage dieses Bild ausgemalt habe.«

»Ich bin in deinem Kopf?« Stolz erfüllte sie. Sie war also in seinen Gedanken, ließ ihn nicht los. Dann war sie anscheinend nicht die Einzige, die so empfand, in Flammen zu stehen schien.

»Oh ja, Baby, jeden verfluchten Tag, seitdem du hier aufgekreuzt bist.«

›Schön‹, wollte sie sagen, doch seine Finger, die ihren Bauch hinabstrichen, ließen sie verstummen. Bebend vor Verlangen wand sie sich ihm entgegen, suchte seinen Mund, um ihn erneut zu küssen, und keuchte auf, als er sie an ihrer empfindsamsten Stelle berührte. In ihr erwachte eine dunkle, heiße, nie zuvor gekannte Lust. Nicht der Hauch eines Zweifels erfüllte sie noch. Sich Jared hinzugeben war vollkommen natürlich, unvermeidbar. Sanft, aber bestimmt löste sie sich von ihm und kletterte auf seinen Schoß. Ihn hart und heiß zwischen ihren Schenkeln zu spüren ließ sie erschaudern. Sie bekam nur am Rande mit, wie Jared ein Kondom überzog, bevor sie sich ihm dann vollkommen hingab und sich für ihn öffnete. Haltsuchend griff sie nach seinen breiten Schultern und klammerte sich daran fest, berauscht von dem Zauber dieses besonderen Moments. Langsam und gefühlvoll nahm er sie in Besitz, bewegte sich vorsichtig in ihr. Den Kopf in den Nacken gelegt, kostete Ruby jeden Augenblick aus, ihn in sich zu spüren. Keuchend vor Verlangen passte sie sich Jareds Rhythmus an und wurde von einem überwältigenden Gefühl gepackt, so heftig und intensiv, dass sie erzitterte. Jede seiner Berührungen, jede lustvolle Bewegung trieb die flammende Leidenschaft voran. Bis sie die Kontrolle verlor, von einer Welle an Empfindungen mitgerissen wurde und unter dem atemberaubendsten Höhepunkt ihres Lebens erbebte.

Jared genoss den Anblick, den Ruby in seinen Armen bot. Ihre Locken hatten sich auf seiner Brust ausgebreitet, und ihr Duft nach Honig, vermischt mit Mandeln und Vanille, stieg ihm in die Nase. Ein entspanntes Gefühl breitete sich in ihm aus. Nur das sanfte Licht des Mondes lag auf ihr, und er wünschte, dieser Moment würde ewig andauern. Er wickelte sich eine der langen Strähnen auf den Finger und flüsterte: »Ich kann nicht genug von diesen Locken bekommen.«

»Nur von meinen Locken?«, zog sie ihn auf und malte mit ihrer Hand kleine Kreise auf seinen Bauch.

»Nein, von dir als Ganzes.«

»Puh, dann habe ich noch mal Glück gehabt, denn mir geht es genauso.«

Jared hörte das Lachen in ihrer Stimme, spürte ihren heißen Atem auf seiner erhitzten Haut. Kommentarlos zog er sie an sich. Er genoss ihre Wärme, ihren Duft und diese berauschende Nähe. Nähe, die er so noch nie gefühlt hatte. Vielleicht sollte sie ihm Angst machen, weil es ein Zeichen dafür war, dass er die Kontrolle verlor, aber seltsamerweise störte ihn das nicht. Nicht, solange Ruby für dieses Gefühl verantwortlich war. Etwas an ihr war anders. Besonders. Er spürte, dass er im Begriff war, viel mehr für sie zu empfinden als angenommen. Chase' Worte kamen ihm wieder in den Sinn. ›Du merkst es einfach, wenn die Richtige vor dir steht.‹ Und so wie es aussah, war sie genau diese Person.

15

Als Ruby die Augen aufschlug und aus dem Panoramafenster sah, bedeckten graue Regenwolken den Himmel. Sie wusste, dass es zu spät war, um noch im Bett zu liegen, doch umhüllte sie Jareds Wärme wie eine sanfte Decke. Behütet und geborgen lag sie in seinen Armen. Genauso wie heute Morgen, als erste Tageslichtstrahlen ins Zimmer gefallen waren und sie ihm verkündet hatte, dass sie aufstehen müsse, um zu gehen. Damit war Jared überhaupt nicht einverstanden gewesen. Sachte hatte er angefangen, ihren Hals zu küssen, und ihr Verlangen war sofort aufs Neue erwacht. Ihr wurde ganz schwindelig bei dem Gedanken, wie zärtlich er sie verführt hatte, wie sie seinen Namen geschrien hatte und sie daraufhin eng umschlungen eingeschlafen waren.

Doch jetzt war es Zeit, aufzustehen. Sie musste sich bei Lyra melden.

Vorsichtig rollte sie sich aus dem Bett. Ihre nackten Füße berührten den Holzboden, und leise wie eine Katze schlich sie sich auf Zehenspitzen aus dem Zimmer. Ihre Klamotten mussten im Wohnzimmer liegen. Genau wie ihre Handtasche. Die Treppenstufen knarrten leicht, als sie nach unten ging, und für einen Moment hielt sie inne, weil sie befürchtete, Jared geweckt zu haben. Ihr Blick fiel auf die gerahmte Fotografie, die eine Familie mit drei Kindern vor einem Holzhaus zeigte. Neugierig beugte sie sich etwas vor, um sich das Bild genauer anzusehen. Keine Frage, die Personen darauf waren Jared, seine Brüder und seine Eltern. Alle strahlten glücklich in die Kamera. Jared war schon damals ein süßer Junge gewesen. Mit seinen großen braunen Augen und dem dunklen wuscheligen Haar, das ihm vom Kopf abstand. Er trug wie Don und Chase ein kariertes Hemd und eine Jeans, ihre Mom hingegen ein geblümtes Kleid, welches sich um den gerundeten Bauch spannte, und der Vater der Familie eine Stoffhose und ein kurzärmliges T-Shirt. Für den Betrachter erweckten sie den Eindruck einer Bilderbuchfamilie. Und vermutlich war das auch so gewesen. Zumindest bis zu jenem Augenblick, als der Vater starb.

Eingehend musterte Ruby Jareds Dad, blickte in seine gütigen braunen Augen. Was hatte Lyra ihr erzählt? Er war ebenfalls als Officer tätig gewesen. Oder nicht? Jared hatte nie ein Wort über ihn verloren. Erst jetzt fiel ihr auf, wie wenig sie überhaupt von Jared wusste. Über seine Vergangenheit, seine Träume, seine Pläne, und was er so dachte. Es war seltsam. Für gewöhnlich hatte sie die Männer, mit denen sie bisher das Bett geteilt hatte, recht gut verstanden. Und doch hatte sie bei keinem so eine tiefe Verbundenheit gespürt wie bei Jared. Obwohl sie ihn nur oberflächlich kannte.

Langsam stieg sie die Treppen hinunter und ging ins Wohnzimmer, um als Erstes Lyra eine kurze Mitteilung zu schreiben. Wie angenommen, hatte sie bereits zwei Nachrichten und drei Anrufe von ihr auf dem Display.

›Bist du gut angekommen?‹

›Wo steckst du? Sag mir nicht, dass du mit zu Jared gegangen bist! Ruby, bitte ruf mich an! Es ist verdammt wichtig.‹

Darauf folgten die Anrufe.

So ganz schlau wurde Ruby aus dem Verhalten ihrer Cousine nicht. Erst meinte sie, sie solle sich etwas ablenken, Spaß haben, und nun schrieb sie solche Nachrichten?

Ruby hörte, dass Jared nun im oberen Stockwerk umherging. Sie musste sich anziehen, wenn sie nicht völlig nackt vor ihm stehen wollte. Ihre innere Stimme sagte ihr zwar, dass Jared ihren Körper gestern ausgiebig unter die Lupe genommen hatte, doch es war etwas anderes, ob das im Dunkeln oder jetzt bei Tag geschah. Eilig tippte sie eine kurze Nachricht in ihr Handy.

›Es ist alles gut! Mach dir keine Sorgen! Ich ruf dich nachher an.‹

Jareds Schlafzimmertür wurde geöffnet. Ihr blieb nicht mehr viel Zeit. Ihre Klamotten lagen auf dem Fußboden verteilt. Wo zum Teufel war ihr Slip? Und ihr BH?

Zumindest Ersteren entdeckte sie neben dem Fenster. In Windeseile zog sie ihn an, just als Jared den Raum betrat.

»Willst du dich davonstehlen?« Seine Stimme war berauschend, jagte ihr einen Schauer über den ganzen Körper. Im Augenwinkel sah sie, dass Jared lediglich mit einer Sporthose bekleidet war, die ihm so verdammt verführerisch auf den Hüften hing, dass sie schlucken musste. Vorfreude breitete sich in ihren Adern aus, doch sie zwang sich dazu, ihre Aufmerksamkeit auf ihren fehlenden BH zu richten.

»Nein, ich wollte mich nur anziehen. Es ist schon spät und –« Weiter kam sie nicht, denn da wurde sie bereits von Jared an den Hüften gepackt. Mit einer einzigen schnellen Bewegung drehte er sie zu sich um, sodass ihre Brustwarzen seinen nackten Oberkörper streiften.

»Geh nicht!«, forderte er, vergrub eine Hand in ihren Locken und zog sie enger zu seinem Mund.

Es war unglaublich. So oft hatten sie einander geliebt, und trotzdem schmolz Ruby bei der kleinsten Berührung dahin. Und anscheinend ging es ihm genauso. Hart und heiß spürte sie den Beweis an ihrem Schoß.

»Du bist unersättlich«, murmelte sie. Ruby liebte das Lächeln, das sich daraufhin auf seinem Gesicht ausbreitete.

Sie wusste, sie war verloren. Sie war im Begriff, sich in ihn zu verlieben.

»Stimmt.« Er beugte sich vor, um sie zu küssen, doch Ruby wich aus. »Ich muss etwas essen, sonst kippe ich um.« Zum Teil war das gelogen. In erster Linie wollte sie sich Zeit verschaffen. Ruby musste herausfinden, wie Jared zu dem gestrigen Abend stand. Ob es dabei blieb oder ob sie möglicherweise die Chance hatte, aus ihrem One-Night-Stand mehr werden zu lassen.

»Das kann ich nicht verantworten. Was möchtest du essen?« Sichtlich widerstrebend ließ er sie los und sah auf sie herab.

»Ein Kaffee wäre toll. Und ist noch etwas Kuchen da?« Sie errötete unter seinen Blicken, die über ihren Körper wanderten.

Stumm nickte er, hauchte ihr einen Kuss auf den Mund und ging dann in seine Küche, um den Vollautomaten anzuwerfen. Sie seufzte leise, weil selbst das Spiel seiner Rückenmuskulatur beim Gehen sie faszinierte.

»Der Kuchen ist alle, aber ich kann uns Toast machen. Für viel mehr reichen meine Kochkünste nicht aus.«

»Ein Toast klingt wunderbar. Ich liebe Toast.« Sie zog ihre Jeans an und machte sich dann weiter auf die Suche nach dem Rest ihrer Sachen.

»Ich dachte immer, ihr Frauen steht eher auf Pancakes, Croissants und süßes Zeug.« Jared holte zwei Tassen heraus und stellte eine davon unter den Kaffeeautomaten.

»Ab und zu ja, allerdings nicht jeden Tag. Auch wenn ich zugeben muss, dass ich nichts gegen ein warmes mit Schokolade gefülltes Hörnchen einzuwenden habe. Aber mir fehlt schlichtweg das Geld, um mir diesen Luxus tagtäglich gönnen zu können.« Da war er ja, versteckt unter der Couch. Sie angelte ihren Büstenhalter hervor und zog ihn an.

»In einer Großstadt wie New York mag das sicher stimmen.« Er drückte den Knopf, und augenblicklich erfüllte das Aroma von frischem Kaffee den Raum. »Hier in Korit Valley sieht das anders aus.«

»Im Moment habe ich andere Prioritäten, mein Geld auszugeben.« Sie schlüpfte in ihr Shirt. »Sobald ich genug gespart habe, werde ich mir eine Wohnung suchen. Ich kann nicht auf Dauer bei meiner Tante leben.«

»Und wo wirst du dir dann eine Wohnung suchen?«, wollte Jared wissen und stellte die nächste Tasse unter den Auslauf.

»Darüber habe ich mir noch keine Gedanken gemacht. Aber dank meines Jobs bei Sac werde ich mich wohl hier umsehen.« Nun war sie vollständig bekleidet.

»Dann hast du nicht vor, zurück nach New York zu gehen?« Bildete sie es sich nur ein, oder interessierte Jared sich wirklich für ihre Zukunftspläne? Anscheinend ja, denn als sie nicht sofort reagierte, warf er ihr einen fragenden Blick zu.

»Ich vermisse New York nicht. Da ist niemand, der auf mich wartet, und auch kein Traumjob, der mich dort hält.«

»Und in Sacs Laden hast du diesen Traumjob gefunden?«, wollte Jared wissen, reichte ihr die Tasse mit der dampfenden Flüssigkeit. Ruby lehnte sich an den Tresen und beobachtete Jared dabei, wie er seinen Toaster aus dem Schrank kramte.

»Ich mag den Job. Sac und Romeo sind wirklich in Ordnung, und ich kann es gut leiden, in meinem kleinen Büro zu sitzen und dort Rechnungen zu tippen. Außerdem ist es abwechslungsreich, die Kunden nett, und wie du mir gezeigt hast, macht das Motorradfahren wahnsinnig Spaß. So wie es im Moment ist, bin ich zufrieden.«

Ruby entdeckte auf der Anrichte die Packung mit den Toastbroten und reichte sie Jared.

»Du bist recht bescheiden für ein Mädchen aus New York«, stellte er fest und steckte die zwei Scheiben in den Toaster.

»Findest du?« Sie nippte an ihrem Kaffee. »Für mich sind andere Dinge einfach wichtiger.«

»Die da wären?«

»Gesundheit, Freunde und Familie.«

Wissend nickte er. »Das gefällt mir.«

Ein paar Sekunden lang sahen sie sich einfach nur an. Sie spürte diese tiefe Verbindung, die sie nicht erklären konnte.

»Als meine Mom an Krebs erkrankte und dann nach jahrelangem Kampf starb, habe ich mir vorgenommen, zu leben. Zu träumen. Jetzt im Augenblick. Denn jeder Tag könnte der letzte sein.«

»Das mit deiner Mom tut mir sehr leid, Ruby.«

Die Toastscheiben hüpften heraus. »Danke. Es ist nicht einfach, aber ich werde damit klarkommen. Es müssen. Auch wenn es keinen Tag gibt, an dem ich nicht an sie denke.«

Wissend nickte er. »Ich verstehe dich. Erzähl mir ein wenig von New York.«

Kurz überlegte Ruby. Was wollte er hören? Sie war sich nicht ganz sicher, also sprach sie aus, was ihr zuerst in den Sinn kam. »Wir haben in einer winzigen Zweizimmerwohnung gelebt, in einem Viertel, das von Gewalt und Kriminalität beherrscht wird. Meine Mom hatte zwei Jobs, theoretisch hätten wir in eine bessere Gegend ziehen können, aber ich wollte unbedingt hauptberufliche Fotografin werden. Meine Mutter hatte vor, mir das zu ermöglichen, und wollte deswegen nicht umziehen. Es war ihr wichtig, dass ich einen guten Abschluss in der Schule bekam und danach aufs Collage gehen konnte. Doch mitten in meiner Highschool-Zeit wurde sie krank. All das Geld, was sie bis dahin gespart hatte, musste sie für die Medikamente und

Arztbesuche ausgeben. Sie verlor ihren zweiten Job, weil sie öfters zuhause bleiben musste. Nicht die Kraft zum Arbeiten hatte. Schon während meiner Highschool-Zeit habe ich nebenher gearbeitet. Wir brauchten das Geld für die Miete und zum Leben. Damals hatten wir geglaubt, Mom könnte den Krebs besiegen. Doch dem war nicht so. Er kam zurück. Noch aggressiver und mächtiger.«

Sie schluckte und wusste im ersten Moment nicht, wohin mit sich. Sie hatte das überhaupt nicht erzählen wollen. Und doch waren diese Worte aus ihr herausgesprudelt. Unsicher sah sie zu Jared und spürte, dass ihn ihre Worte nicht kaltließen.

»Deine Mom muss eine sehr starke Frau gewesen sein. Genau wie du es bist, Ruby.«

»Ich bin nicht ansatzweise so stark wie sie. Nach ihrem Tod dachte ich, in New York alleine zurechtzukommen. Doch dem war nicht so. Ich konnte die Miete nicht mehr bezahlen, weil wir wegen Moms langer Krankheit einen Berg Schulden hatten, und ich musste das einzige Zuhause, was ich je hatte, aufgeben und Tante Violets Angebot annehmen, nach Korit Valley zu kommen.«

Ruby nippte an ihrem Kaffee. Sie konnte sich immer noch nicht erklären, warum sie all das gesagt hatte. Aber mit Jared über ihre Geschichte zu sprechen, fühlte sich seltsam vertraut an. Obwohl sie ihn kaum kannte, war da ein stilles Band, das sie miteinander verknüpfte. Doch was, wenn nur sie das so wahrnahm? Das Gefühl, Jared mit ihrer Vergangenheit überfordert zu haben, wurde übermächtig.

»Tut mir leid, das war zu viel des Guten. Ich hätte dir nicht davon erzählen sollen.« Sie schenkte ihm ein, wie sie hoffte, unbekümmertes Lächeln und fuhr, noch bevor er etwas erwidern konnte, fort: »Nun bist du an der Reihe. Erzähl mir von dir! Lebst du gerne hier in Korit Valley? Bist du gerne als Officer tätig?«

Jared runzelte die Stirn. Ruby hatte so schnell das Thema gewechselt, dass er einen Augenblick brauchte, um das zu verarbeiten. Erst jetzt fiel ihm auf, dass er ihr noch immer nicht den Teller mit dem Toast gereicht hatte. »Hier!« Er deutete auf den Kühlschrank. »Ich müsste Wurst oder Käse dahaben.«

Er nutzte den Moment, um mit all den Empfindungen und dem Wissen zurechtzukommen, dass Rubys Vergangenheit von vielen Sorgen und Ängsten geprägt war. Sie hatte ihm einen Teil ihrer Gefühlswelt anvertraut, und er wollte nicht, dass sie dachte, es interessierte ihn nicht, was in ihr vorging. Das tat es nämlich sehr wohl. Er hatte ihre Verletzlichkeit, die Ängste förmlich spüren können. So intensiv, dass er für den Moment an nichts anderes mehr denken konnte, als ihr den Schmerz nehmen zu wollen. Er wusste, wie es sich anfühlte, einen geliebten Menschen zu verlieren. Einen Elternteil. Plötzlich war die Wärme, die unendliche Liebe, die man immer gespürt hatte, weg, und zurück blieben Trauer und Schmerz.

Er versuchte ihre Miene zu deuten. Doch Ruby schenkte nun ihre ganze Aufmerksamkeit dem leeren Toast. Er musste das Thema noch einmal auf ihre Vergangenheit lenken. »Was war mit deinem Vater? Wieso konnte er euch nicht helfen?«

Während er Wurst, Käse und Butter auf dem Tresen ausbreitete und Ruby betrachtete, entging ihm nicht, wie sie sich nun versteifte. »Ich kenne ihn nicht und möchte ihn auch nie kennenlernen.«

»Warum?«, hakte er nach. Normalerweise war er es gewohnt, den Leuten Informationen aus der Nase zu ziehen. Bestimmt, aber sanft. Nicht so bei Ruby. Hier schaffte er nur ein Warum.

Sie sah nicht auf, als sie sprach. »Ich habe dir schon viel zu viel von mir erzählt. Jetzt bist du am Zug.«

Sie wollte locker klingen, doch in ihrer Stimme hörte er deutlich die Unsicherheit. Vielleicht sollte er einfach mitspielen. Schließlich sagte ihm ihre ganze Körperhaltung, dass sie nicht bereit war, mehr über sich zu erzählen.

»Na gut.« Jared blieb stehen. Während Ruby auf dem Barhocker Platz nahm, stellte er sich ihr gegenüber. »Was wolltest du wissen? Ob es mir hier in Korit Valley gefällt? Die Antwort ist ja. Schon meine Urgroßeltern haben hier gelebt. Ich bin tief mit der Stadt verbunden.«

»So tief, dass du dich zum Hüter von Recht und Ordnung berufen fühlst?« Ruby sah zu ihm auf. Ihre blauen Augen schafften es jedes Mal aufs Neue, ihn zu verzaubern. Verzaubern? Himmel, woran dachte er denn?

»Ja, vermutlich«, stimmte er zu und bestrich seinen Toast mit Butter. »Kann auch an den Genen unserer Familie liegen. Mein Grandpa war schon Officer, dann mein Dad und nun wir. Es ist nicht immer einfach, das gebe ich zu, aber im Grunde mag ich meinen Job.«

»Hast du nicht manchmal Zweifel?« Ruby senkte die Lider, um kurz Luft zu holen und fortzufahren: »Angst, was dich erwartet? Du setzt jeden Tag dein Leben aufs Spiel und ...«

»Du meinst wegen meinem Dad?« Jared wusste, worauf sie anspielte. Es war ein ganz normales Verhalten bei den Leuten, wenn sie erfahren hatten, was seinem Dad passiert war und dass seine Söhne trotzdem die gleiche Laufbahn eingeschlagen hatten. »Es kann immer vorkommen, dass etwas geschieht, bei jedem Job und ja, der Beruf eines Polizisten ist nicht mit dem eines Bauarbeiters oder Bankers zu vergleichen. Dennoch ... Ich könnte mir keinen anderen Beruf vorstellen. Ich mag es, den Leuten zu helfen, für Recht und Ordnung zu sorgen, und das, was meinem Dad passiert ist, kommt zum Glück nicht allzu oft vor.«

Sie sah zu ihm auf, und er erkannte die Fragen in ihren Augen. Hatte er sich geirrt, und sie wusste nicht, was damals vorgefallen war? Wie sein Vater ums Leben gekommen war? Hatten Lyra oder ihre Tante sie nicht eingeweiht? Gut, demnach würde er das eben tun. Irgendwann erfuhr sie es ohnehin, warum also nicht jetzt, von ihm. Jared war damit aufgewachsen. So oft schon hatte er davon erzählt. Sich die Worte zurechtgelegt, sodass es selbst in seinen Ohren wie eine förmliche, gefühllose Berichterstattung klang. Und womöglich half es Ruby, wenn er genauso viel von sich preisgab wie sie von sich. Vielleicht wichen dann die Unsicherheit und die Abwehrhaltung wieder.

»Mein Dad kam bei einem Einsatz ums Leben. Er wurde von einem Jugendlichen angeschossen, der ein Auto geklaut hatte, damit zu schnell gefahren und im Graben gelandet war. Mein Dad starb an der Schussverletzung. Es war eine harte Zeit für uns. Ist es manchmal noch immer.« Er schwieg für ein paar Sekunden, zumal er nach den richtigen Worten suchte. »Wir vermissen ihn, und meine Mom lebt seitdem alleine. Vielleicht ist das der Grund, warum sie Don und mich gerne unter der Haube sehen möchte. Weil sie selbst oft sehr einsam ist. Sie versteht nicht, dass wir lieber ohne Freundin sind, als uns wie Chase an die Erstbeste zu binden, die uns nur penetrant genug schöne Augen macht.«

Nun folgten normalerweise Betroffenheit, Anteilnahme und mitleidige Blicke. Danach Verwunderung, warum er nach diesem Vorfall noch als Polizist arbeitete, und er würde sich erneut erklären. Er stellte sich darauf ein. Wartete, dass Ruby sich genauso verhielt. Vergeblich. Sie sagte nichts. Schließlich sah er auf, direkt in ihr Gesicht. Ihre Augen weiteten sich zu einem unausgesprochenen ›Auf keinen Fall‹.

»Wie ... Wie lange ist das her?«

Hä? Okay, dass Ruby anders war als die anderen, war ihm mittlerweile bewusst. Aber diese Frage war selbst für sie völlig untypisch. Er hob verwundert die Brauen. »Fünfundzwanzig Jahre. Wieso?«

Ihr Mund klappte auf. Mit einem Mal war sie kreidebleich, als ob sämtliche Farbe aus ihrem Körper gewichen wäre. »Fünfundzwanzig?«

Er nickte. »Jedenfalls träumt meine Mutter seither davon, dass wir alle hübsch vor einem Pfarrer das Glück unseres Lebens finden, aber das ist völliger Schwachsinn. Ich meine, nur weil sie mit unserem Dad so glücklich war, heißt das nicht, dass wir unser Glück zwangsläufig in einer Beziehung und nirgendwo sonst finden können und …«

Ruby öffnete den Mund, um etwas zu sagen, doch kein Wort kam heraus. Kreidebleich starrte sie zu ihm auf. Ihre Lippen zitterten.

»Was ist denn los?« Er kam um den Tresen herum, weil er befürchtete, sie würde jeden Moment umkippen. »Ist dir nicht gut?«

Sie hob abwehrend die Hände und gab ihm zu verstehen, ihr ja nicht näherzukommen. »Das mit uns war ein Fehler.«

Er brauchte ein paar Sekunden, um zu kapieren, was gerade passierte. Warum reagierte sie schlagartig so seltsam?

»Kannst du mir erklären, was das soll? Bis eben war doch alles okay und –«

»Nichts ist in Ordnung, Jared.« Sie rutschte von dem Barhocker, murmelte irgendetwas vor sich hin, was er nicht verstehen konnte. Erneut machte er einen Schritt in ihre Richtung.

Wie ein verschrecktes Tier wich sie weiter zurück. »Ich muss jetzt gehen. Sofort!«

»Ruby, was zum Teufel soll das?« Er wollte ihre Hand greifen, um sie aufzuhalten, doch sie war schneller. Sie schnappte ihre Tasche und stürzte zur Tür. »Was soll das?

Warte!« Er folgte ihr nach draußen, doch der eisige Wind, der ihm entgegenschlug, erinnerte Jared daran, dass er nichts als eine dünne Hose trug. »Ruby!«, brüllte er gegen den Luftstrom an und starrte ihr hinterher, sah, wie sie flüchtete. Vor ihm. Was zur Hölle war nur in sie gefahren?

16

Bis zu jenem Moment hatte Ruby nicht geglaubt, dass die Ereignisse ihr noch mehr Qualen bereiten könnten. Tja, sie hatte sich geirrt. Die Erkenntnis, wer Jareds Vater getötet hatte, traf sie wie ein harter, unbarmherziger Schlag. Ihre Füße trugen sie die Straße entlang. Tränen der Verzweiflung rannen ihre Wangen hinab, tropften von ihrem Kinn. Warum hatte sie nicht gleich eins und eins zusammengezählt? Warum hatte sie ihre Tante nicht gefragt, wer der Mann war, dessen Leben ihr Erzeuger geraubt hatte? Warum hatte sie die Augen verschlossen? Die schmerzhafte Vergangenheit verdrängt? Nun holte sie diese ein. Wie ein Bumerang flog sie zurück und verletzte sie genau an jener Stelle, wo sich ihr Herz befand.

Ruby keuchte auf, schlug sich die Hand vor den Mund und stolperte weiter. Sie hatte mit Jared geschlafen. Sie war bereit gewesen, ihr Herz zu öffnen, alle Bedenken über Bord zu werfen. Sie hatte den Tod ihrer Mom und die Angst, erneut einen geliebten Menschen auf welche Weise auch immer zu verlieren, verdrängt. Selbst wenn Jared in ihr nur eine Affäre gesehen hätte, hätte sie zugestimmt, sich darauf eingelassen, mit dem Keim der Hoffnung, dass er vielleicht gerade in ihr die Frau fand, die er in seinem Leben brauchte. Die Richtige, wie er es genannt hatte. Und nun hatte sie sich zu seinem größten Albtraum entwickelt. Jared würde sie hassen, dessen war sie sich sicher. Wie sollte sie ihm jemals wieder unter die Augen treten, ohne von Schuld zerrissen zu werden? Blindlings eilte sie weiter, achtete weder auf Passanten noch auf Autos. Ohne sich dessen bewusst zu sein, schlug sie den Weg zu Lyras Wohnung ein und betete, dass ihre Cousine zuhause war. Sie musste mit ihr reden. Sofort.

Ruby drückte auf die Klingel und wartete. Die Sekunden zogen sich schrecklich lange dahin. Tausend Gedanken jagten durch ihren Kopf. Was sollte sie tun? Wie mit der Erkenntnis umgehen, dass ihre und Jareds Vergangenheit so eng miteinander verknüpft waren?

»Bitte?«, ertönte es aus der Sprechanlage.

»Ich bin es, Lyra.«

Der Summer erklang, Ruby schob die Tür auf und eilte die Treppe empor in den zweiten Stock, wo ihre Cousine bereits auf sie wartete.

Sofort machte sie einen Schritt beiseite, um Ruby in die Wohnung zu lassen.

»Der Mann war Jareds Dad. Mein Erzeuger hat Jareds Dad …« Ruby brach ab, sie konnte es nicht aussprechen. Sie konnte nicht atmen, nicht reden. Übelkeit breitete sich in ihr aus.

Betroffen sah Lyra sie an. »Ich weiß, Süße. Es tut mir so leid. Ich wollte es dir sagen. Ein paarmal, aber du wolltest mir nicht zuhören. Bis zu jenem Abend, als Mom uns davon berichtet hatte, wusste ich nicht, wer dein Vater war und was er getan hat.« Die Tür fiel hinter ihnen ins Schloss, und zeitgleich zog Lyra sie in eine tröstende Umarmung. Aber nichts auf der Welt konnte dieses Gefühl tief in ihrer Brust wegnehmen. »Ich wollte dich warnen. Gestern als Jared uns mitgenommen hat, habe ich es ein paarmal versucht. Vergeblich, du wolltest nicht hören. Ich …«

»Ich mach dir keinen Vorwurf. Überhaupt nicht.« Sie schluchzte an Lyras Schulter. Verzweiflung breitete sich in ihr aus, raubte ihr den Atem. »Ich weiß nicht, was ich tun soll. Wenn Jared das rausfindet, wird er mich aus tiefstem Herzen hassen.« Die Worte purzelten aus ihr heraus. Ohne Kontrolle. »Ich habe die Nacht mit ihm verbracht. Wir haben uns geliebt und …« Sie schlug sich die Hand vor den Mund und schüttelte den Kopf.

»Ganz ruhig, Süße.« Sanft malte Lyra Kreise auf Rubys Rücken. »Wir werden einen Weg finden. Du bist nicht alleine!« Für eine Weile schwiegen sie. Ruby versuchte einen klaren Gedanken zu fassen, sich zu sammeln. Doch es gelang ihr nicht.

»Und wie soll dieser Weg aussehen? Ich kann es Jared nicht sagen. Nicht nach dem, was letzte Nacht passiert ist.« Ruby löste sich aus Lyras Umarmung. Sie hatte das Gefühl, kaum noch Luft zu bekommen. Unruhig ging sie ins Wohnzimmer, zu dem Fenster und schaute hinunter zur Straße. Bilder von Jared kamen ihr in den Sinn. Seine karamellfarbenen Augen, die sie so tröstend angesehen hatten, als sie ihm von New York erzählt hatte. Seine Hände, die so sanft zu ihr waren. Seine Küsse, seine Berührungen, die so viel mehr waren.

»Aber du musst es ihm sagen, Ruby. Er muss es erfahren.« Lyra ging zu ihrer offenen Küche, um Teewasser aufzusetzen. »Vergiss nicht, du bist nicht schuld an dem, was passiert ist.«

Ruby schloss die Augen, versuchte sich auf ihre Atmung zu konzentrieren. Auch wenn Lyra theoretisch recht hatte, so fühlte sie sich trotzdem schuldig. Das Blut eines Mörders floss durch ihren Körper. Das Blut des Mörders von Jareds Dad. Wie könnte sie das jemals vergessen? Wie damit umgehen? Sie war nicht so stark wie ihre Mom. Sie konnte die Vergangenheit nicht verleugnen. Selbst wenn sie es versuchen würde. Sie war ein Teil von ihr.

Ruby seufzte. »Warum ausgerechnet er? Warum nicht Romeo, Sac oder irgendein anderer Typ? Warum muss mein blödes Herz nur bei Jared schneller schlagen?«

»Weil das Herz entscheidet, wen wir lieben«, lautete Lyras schlichte Antwort.

Ruby wollte widersprechen und hob den Blick. Aber ihre Cousine sah genauso fertig aus, wie Ruby sich fühlte. Bereits gestern hatte sie eine Vermutung gehabt, als Lyra es seltsam gefunden hatte, dass Chase bei der Party war, und dann fiel ihr ein, wie Lyra vor ein paar Tagen gemeint hatte, den Turner-Brüdern entkäme man nicht. »Bilde ich mir das nur ein oder klingst du selbst wehmütig?«

Lyra zuckte unmerklich zusammen. Sie goss das heiße Wasser in die Teekanne und schwieg.

»Lyra?«

»Im Moment haben wir genug Schwierigkeiten mit Jared und dir. Mein verkorkstes Liebesleben lassen wir erst mal außen vor und kümmern uns darum, dass Jared nicht ausrastet, wenn er das spitzbekommt.«

»Ich sollte ihm am besten aus dem Weg gehen.«

»Und wie willst du das anstellen? Denn so wie er dich ansieht, wird er nicht einfach aufgeben.«

»Ich werde ihm sagen, dass ich keine Frau für eine Affäre bin. Jetzt hatte er seinen Spaß, und gut ist.«

»Glaubst du ernsthaft, dass das alles ist? Dass es ihm nur darum ging?«

Die Frage konnte sie nicht beantworten. Wie sollte sie auch? Jared war der erste Mann, mit dem sie geschlafen hatte, ohne mit ihm bereits zusammen zu sein. Sie wusste nicht, wie diese Art von Beziehung funktionierte. Machte man für seine Affäre Frühstück und erzählte ihr etwas über seinen verstorbenen Vater? Würde er das tun, wenn er nur auf Sex aus war?

»Ich weiß nicht, was ich denken soll. Aber was ich sicher

sagen kann, ist, dass ich Zeit brauche, um das alles zu verarbeiten. Zeit zum Nachzudenken. Und um Jared irgendwann davon zu erzählen. Nur will ich das nicht tun, während ich selbst noch damit kämpfe.«

»Ich weiß nicht so recht, Ruby. Was, wenn die alte Mrs. Duffy sich verplappert? Wenn sie mitbekommt, dass du und Jared«, Lyra machte eine wedelnde Handbewegung, »was am Laufen habt? Denkst du nicht, sie könnte ihm die Geschichte unter die Nase reiben?«

Ruby biss sich auf die Unterlippe. Verflucht. Daran hatte sie noch gar nicht gedacht.

»Du findest, ich sollte es ihm so schnell wie möglich sagen?«

»Absolut. Aber natürlich musst du den richtigen Zeitpunkt abwarten.«

Ruby nickte. Sie nahm dankbar die Tasse mit dampfendem Tee entgegen, die Lyra ihr reichte, und wärmte ihre kalten Hände daran. »Warum muss das Leben so kompliziert sein?«

Lyra hob die Schultern. »Ich habe absolut keine Ahnung.«

Ein paar Minuten tranken sie schweigend ihren Tee. Jede hing ihren Gedanken nach, bis Ruby schließlich fragte: »Was hast du gemeint mit ›Wir können uns nicht aussuchen, wen wir lieben‹? Und warum hast du gestern so komisch reagiert, als die Turner-Brüder kamen? Täusche ich mich oder bin ich nicht die Einzige hier, die dem Charme eines Turners verfallen ist?«

»Blödsinn.« Lyra schnaubte.

»Ach Ja? Und warum dann dieser traurige Blick und dein seltsames Verhalten?«

Lyra starrte auf ihre Hände und vermied es, Ruby anzusehen. »Schließ nicht von dir auf mich.«

»Warum nicht?« Ruby versuchte, aus Lyras Mimik schlau

zu werden. »Was ist Verwerfliches daran, wenn du ebenfalls auf einen der beiden ein Auge geworfen hast?«

Lyra lachte bitter auf. »Konzentrieren wir uns auf dich und wie wir das mit dir und Jared noch irgendwie in den Griff bekommen.«

Bedrückt schüttelte Ruby den Kopf. »Sinnlos. Ich sollte mich vielmehr etwas ablenken. Also rück schon raus mit der Sprache. Auf welchen der beiden hast du ein Auge geworfen?«

»Es ist zwecklos, das Thema aufzugreifen.«

»Und wieso?«

Lyra sah auf, direkt in Rubys Gesicht, und da wusste sie es. Sie hatte sich verliebt – aber nicht in Jared. Auch nicht in Don. Es war Chase.

Jared verbrachte den Rest des Tages vor dem Fernseher. Er sah sich das Footballspiel an, in der Hoffnung, es würde ihn von Ruby und ihrer seltsamen Flucht ablenken. Fehlanzeige. Seine Gedanken drehten sich ausschließlich um sie, und es half herzlich wenig, dass ihr süßer Duft noch immer im Haus und in seinem Bett hing. Er wollte mit ihr reden. Sie fragen, was los war. Was er Falsches gesagt oder getan hatte.

Die Klingel zerrte ihn aus seiner Grübelei. Besuch an einem Sonntag? Vielleicht sogar Ruby? So schnell war er noch nie bei der Tür gewesen. Er riss sie auf, doch zu seiner grenzenlosen Enttäuschung stand lediglich Chase davor und grinste ihn dämlich an.

»Seit wann benutzt du die Klingel?« Jareds Missfallen über den falschen Besucher ließ sich kaum verbergen. »Du spazierst sonst auch immer zur Hintertür herein.«

Jared wandte sich von seinem Bruder ab und ging wieder ins Wohnzimmer, um das Spiel weiterzuschauen. Anscheinend hatten die Patriots heute einen ebenso unglücklichen

Tag wie er. Zwanzig zu sechs lagen sie hinten, und wie es aussah, würden die Gegner gleich zum nächsten Touchdown marschieren.

»Ich wollte auf Nummer sicher gehen.« Chase ließ sich neben ihm auf die Couch fallen und streckte seine Füße aus.

»Sichergehen wobei?« Manchmal hatte sein Bruder die Anwandlung, in Rätseln zu sprechen.

»Don war heute Morgen hier, und als er die Klamotten, *Frauenklamotten*, auf dem Boden verstreut liegen sah, ist er wieder gegangen.«

Auch das noch! Musste er jetzt wirklich alles mit Chase durchkauen? Er schwieg.

»Ich gehe mal davon aus, dass es Rubys BH war, den Don unter dem Sofa gesehen hat.«

Allein dieser Satz brachte sein Blut zum Kochen. »Wessen BH denn sonst? Ich kann mich nicht erinnern, in den letzten Monaten irgendwen hierher mitgenommen zu haben.«

Manchmal wurde er das Gefühl nicht los, dass Chase ihm wegen seines Sexlebens Vorwürfe machte. Obwohl er nicht zu denen gehörte, die jedes Wochenende eine andere Frau im Bett hatten.

»Ist ja gut. Warum so angriffslustig?«

»Weil es dich nichts angeht, wen ich mit nach Hause nehme.«

»Ist das der einzige Grund für deine miese Laune?«

Jared hasste es, wenn Chase ihn so ansah. Dann fühlte er sich wie die Verbrecher, die sie verhörten.

»An meiner Laune ist nichts auszusetzen, Dr. Psycho.«

»Ah ja. Also doch. Willst du ein Bier?« Chase erhob sich und schlenderte zu Jareds Kühlschrank. »Ich glaube, du könntest eins vertragen.«

»Nein danke, aber bedien dich ruhig«, meinte er leicht sarkastisch. Seine Brüder fühlten sich bei ihm wie zu Hause.

Normalerweise war das kein Problem für ihn, schließlich tat er es bei ihnen auch, zumindest wenn Peggy-Sue nicht da war, doch heute störte es ihn aus unerklärlichen Gründen. Vermutlich, weil seine Laune tatsächlich im Keller war. Und das war alleine Rubys Schuld. Wegen ihr fühlte er sich jetzt rastlos.

Die Kühlschranktür wurde geöffnet. Doch anstatt mit einem Bier kam sein Bruder mit einer Packung Milch zurück. Er schraubte den Deckel ab und setzte sie sich an den Mund.

»Kannst du wenigstens ein Glas benutzen? Ich will deinen Speichel morgen früh nicht in meinem Müsli haben«, brummte Jared. Chase trank am Tag so viel von dem weißen Zeugs, dass er und Don ihm bereits öfters geraten hatten, sich eine eigene Kuh in den Garten zu stellen.

Mit einem Becher voller Milch kam Chase zurück. »Sieht nicht gut aus für die Patriots.«

»Hm.«

Ein paar Minuten verfolgten sie das Spiel schweigend. Doch Jared wusste, dass Chase so schnell nicht aufgab, und als der Spielzug vorbei war, hakte er auch schon nach: »Jetzt erzähl endlich. Was lief mit Ruby schief? Was hast du angestellt?«

»Wie kommst du darauf, dass ich was angestellt habe?«

»Wer auch sonst?«

»Ruby vielleicht?«

Chase lachte auf. »Und was hat sie getan? Ist sie abermals vor dir geflüchtet?«

Jared schwieg und hoffte, seine aufeinandergebissenen Zähne würden ihn dabei nicht verraten.

»Nein.« Chase taxierte ihn ungläubig. »Sie ist nicht schon wieder abgehauen?«

Es hatte ja doch keinen Sinn, es Chase zu verheimlichen. »Jep.«

»Warum?«

Wenn er das wüsste, wäre er um einiges schlauer.

»Ist sie abgehauen, bevor oder nachdem du wach geworden bist?«

»Danach«, brummte Jared.

»Und was ist passiert?« Chase trank seine Milch in einem Zug leer und wischte sich dann mit der Handfläche über die Oberlippe.

»Gute Frage.«

»Jetzt erzähl schon. Vielleicht kann ich dir ja einen Rat geben!«

Jared seufzte. Wollte er einen Rat von seinem Bruder? Zumindest konnte er sich ihn anhören und dann im Zweifel ignorieren. »Wir haben uns unterhalten, gefrühstückt, oder besser gesagt waren wir kurz davor. Wir haben über ihre Vergangenheit in New York gesprochen, über ihre Mom, die Ruby alleine in einem ziemlich miesen Viertel großgezogen hatte.« Jared überlegte, was er vergessen hatte. Bis dahin schien alles in Ordnung gewesen zu sein. Zumindest hatte er das so empfunden.

»Klingt für mich nach einer guten Basis.«

Jared wollte schon nachfragen, wofür, doch er ließ es lieber sein und sagte stattdessen: »Ich habe mehr über sie und ihre Vergangenheit erfahren und ihr auch ein wenig von mir erzählt. Und dann … Irgendwie ist die Stimmung auf einmal gekippt. Ich weiß nicht mal recht, wieso. Es war seltsam.«

»Inwiefern?«

Für einen Moment schwieg er. Chase' penetrantes Fußwippen zeigte ihm, er solle mit der Sprache herausrücken. Er seufzte leise. »Womöglich habe ich mich etwas falsch ausgedrückt, was meine Zukunftspläne angeht.«

»Du hast ihr gesagt, dass es nur eine einmalige Sache war, und wunderst dich jetzt, dass sie abgehauen ist? Ernsthaft?«

»Das habe ich so nicht gesagt«, verteidigte er sich. Aber

jetzt, da sein Bruder es ausgesprochen hatte, war es sehr gut möglich, dass Ruby es genauso aufgefasst hatte. Vermutlich hatte er sich unfreiwillig selbst ins Aus manövriert, und das, obwohl er immer stärker spürte, dass er dieses Mal mehr als nur eine Nacht wollte.

17

»Hey Ruby.«

Sie zuckte zusammen. Jareds vertraute Stimme ließ sie herumfahren, und ihr Herzschlag setzte für einen Moment aus. Tagelang hatte sie es geschafft, ihm aus dem Weg zu gehen, und jetzt das. Was zum Teufel tat er hier, in ihrem Büro? Wie selbstverständlich lehnte er am Türrahmen, die Arme vor der Brust verschränkt und mit einem Blick, der ihr durch und durch ging. Seine Augen schienen auf ihr zu kleben, scannten sie von Kopf bis Fuß.

»Was machst du denn hier?«, brachte sie stockend hervor und versuchte mit aller Kraft, ihr wild pochendes Herz unter Kontrolle zu bekommen.

Er sah so verdammt gut aus. Jede Faser ihres Körpers zog sie zu ihm. Ruby wollte nichts lieber tun, als sich in Jareds starke Arme zu schmiegen und seinen herben, männlichen Duft einzuatmen.

Zwei Tage. Zwei ganze Tage waren vergangen, seit Ruby die Nacht mit ihm verbracht und am nächsten Morgen hatte erfahren müssen, wer Jareds Vater war. In welcher Beziehung jener zu ihr und ihrem Erzeuger stand. Nun war Jared hier, und all die Worte, die sie sich zurechtgelegt hatte, um ihm zu erklären, was passiert war, verschwanden schlagartig aus ihrem Gedächtnis. Mit zitternden Händen klappte Ruby den Ordner vor sich zu und ließ ihren Blick auf dem Stapel Papier ruhen. Die Sätze würden ihr sicher nicht wieder einfallen, wenn sie weiterhin Jared anstarrte.

»Ich wollte dich sehen«, lautete Jareds Antwort auf ihre Frage. »Und mit dir reden ...«

»Hier?« Sie wusste genau, was der Grund für sein Kommen war. Sie räusperte sich und spähte betont auffällig über seine Schulter. »Ich bin mitten in der Arbeit. Sac sieht es nicht gerne, wenn ich hier Privatgespräche führe«, log sie. Ruby brauchte Zeit. Sie hatte nichts von all dem verarbeitet. Und dann war da noch ihre gemeinsame, fantastische Nacht, die das Chaos noch zusätzlich verschlimmerte.

Jared stieß sich vom Türrahmen ab, warf einen Blick über seine Schulter und durchquerte den Raum mit nur zwei Schritten. Vor ihrem Schreibtisch blieb er stehen. »Ich bin nicht gut in solchen Dingen, Ruby. Als du am Sonntag von mir davongelaufen bist ... Zum wiederholten Mal«, fügte er unnötigerweise hinzu, »habe ich mich seltsam gefühlt, und das tue ich noch immer.«

Shit. Was sollte sie sagen? Was tun? Sie brachte es nicht einmal fertig, Jared in die Augen zu sehen.

Wie um alles in der Welt sollte sie ihm erklären, dass er mit der Tochter des Mörders seines Vaters geschlafen hatte? Ja, Lyra hatte recht. Was damals passiert war, war nicht ihre Schuld, und doch fühlte sie sich auf eine Weise mitschuldig.

»Ich ... Wir müssen darüber reden.« Bravo. Mehr fiel ihr in dem Moment nicht ein. Sie biss sich auf die Unterlippe.

»Chase hat mir schon gesagt, dass ich mich wohl falsch ausgedrückt habe.« Jared wirkte schlagartig nicht mal halb so selbstsicher. »Wenn ich dich in irgendeiner Art und Weise verletzt habe, tut es mir leid.«

Doppelte Scheiße. Er dachte tatsächlich, er wäre der Grund für ihre Flucht gewesen.

Bedeutete das etwa, Jared hatte mit Chase über sie gesprochen? Ruby presste die Lippen fest aufeinander. »Chase weiß von der Nacht?«

Jared nickte. »Er und Don. Don war am Morgen in meinem Haus und hat ... Nun ja, etwas unter der Couch gefunden, was dir gehört.«

Röte überzog Rubys Wangen, als sie überlegte, was das wohl gewesen war. Ihr pfirsichfarbener BH schoss ihr in den Kopf. »Oh.«

Jareds Lippen deuteten ein Lächeln an, welches aber sofort wieder verschwand, als sie mit ernstem Ton murmelte: »Jared ...«

»Ja, ich weiß, was du sagen willst. Du bist Männer wie mich nicht gewöhnt.« Er griff nach ihren Armen, und mit einer einzigen schnellen Bewegung zog er sie von ihrem Stuhl hoch zu sich. »Ich versteh nicht, warum du einfach verschwunden bist. Warum wir das, was zwischen uns ist, nicht weiter vertiefen können.«

Seine Hand legte sich in ihren Nacken. Sie genoss die Wärme seiner Finger, spürte das Kribbeln, das von ihm ausging. Ruby wollte nicht schwach werden. Doch seine karamellfarbenen Augen, seine Lippen, die ihr so verdammt nah waren, machten es fast unmöglich, einen klaren Gedanken zu fassen. Er neigte sich zu ihr, sodass sie seinen Atem spüren konnte, kam näher, bis er nur noch wenige Zentimeter von ihr entfernt war. Sie verlor sich in seinem Blick und ließ zu, dass seine Lippen erneut ihre eroberten. Zaghaft, so als wollte er testen, wie weit sie bereit war, zu gehen. Behutsam strich seine Zunge über ihre Unterlippe, welche sich augenblicklich öffnete, um ihn willkommen zu heißen.

»Jared«, stieß sie hervor, beendete jäh den Kuss und sah in seine Augen, die ihr so vertraut waren. Sie musste es tun. Jared musste es erfahren. Von ihr. Sie konnte ihn nicht küssen. So gerne sie auch wollte. Es war falsch. »Wir müssen reden. Aber nicht hier. Nicht jetzt.«

Er schien nicht sonderlich begeistert, dennoch nickte er. »Na gut. Was schlägst du vor?«

Sie warf einen Blick auf die Uhr. »Ich habe in drei Stunden Feierabend. Wir könnten uns danach treffen.«

»Bei mir? Ich könnte meine Mom bitten, noch einen ihrer Kuchen für dich zu backen.« Er lächelte sie spitzbübisch an. Auch wenn ihr die Idee gefiel, so fand sie einen neutralen Ort besser. Schließlich hatte sie keine Ahnung, wie Jared reagieren würde. »Wir könnten im Park spazieren gehen.«

Jareds linke Augenbraue zuckte nach oben. »Im Park?«

»Ja.« Das schien ihr der beste Platz für ein Gespräch.

Für eine kleine Ewigkeit sah er sie einfach nur an, als ob er mit dem Gedanken spielen würde, abzulehnen. Doch dann seufzte er resigniert. »Wenn das dein Wunsch ist.«

Ruby nickte, schaute in sein Gesicht und zu der Furche, die sich zwischen seinen Augenbrauen gebildet hatte. Er war nicht glücklich darüber, dennoch akzeptierte er ihren Entschluss. »Na gut.« Er drehte sich langsam um. »Dann werde ich aufs Revier gehen und dich später im Park treffen.«

Der Blick, den er ihr dabei zuwarf, war nicht sonderlich hilfreich, den Wunsch zu unterdrücken, ihn zu berühren und zu küssen.

»Bis später, Jared.«

»Okay, Don, ich mach mich auf den Weg zu Lizzy. Hat sie dir gesagt, ob es Gewalttätigkeiten gab?«, sprach er in sein Funkgerät und setzte den Blinker seines Einsatzfahrzeuges. Jared hatte die letzte halbe Stunde damit verbracht, Streife zu fahren und sich das Gehirn zu zermartern. Aus unerklärlichen Gründen fühlte er sich beschissen. Gut, ganz so unerklärlich waren die Gründe nicht. Schließlich wusste er, dass es mit Ruby und ihrer beinahe abweisenden Art zu tun hatte. Und doch meinte er gesehen zu haben, dass sie ihn gemustert hatte, als er den Raum betrat. Oder spielte ihm sein Gehirn einen Streich? Verdammt. Normalerweise hatte er keine Probleme, in den Gesichtern der Menschen zu lesen. Denn es gehörte zu seinem Job. Aber jedes Mal, wenn er in Rubys blickte, wusste er nicht, was wahr war und was seiner Fantasie entsprang. Sie machte ihn verrückt.

»Nein, sie meinte nur, sie möchte mit dir sprechen«, riss ihn Don aus seiner Überlegung. »Vielleicht hat sie endlich den Mut aufgebracht, sich von ihrem gewalttätigen Mann zu trennen.«

»Das hoffe ich auch. Hat die Schule sich noch mal wegen ihres Sprösslings gemeldet?«, wollte Jared wissen und bog von der Hauptstraße ab.

»Nicht, dass ich wüsste.«

»Okay, Don. Ich sehe nach dem Rechten.«

»Funk mich an, wenn du Hilfe brauchst.«

»Ich komm schon klar, aber ja, sollte es Probleme geben, melde ich mich.«

Jared beendete das Gespräch und versuchte nicht mehr an Ruby zu denken. Er würde in wenigen Stunden erfahren, wovor sie Angst hatte. Denn nur Unsicherheit konnte der Auslöser für ihr seltsames, widersprüchliches Verhalten sein. Und er würde ihr beweisen, dass sie sich nicht zu fürchten brauchte. Wovor auch immer.

Als er die Farm der McSeans erreichte, war seine Laune schon etwas besser. Er stellte den Wagen ab und schaute sich um. Noahs alter verbeulter Truck war nirgendwo zu sehen. Ein gutes Zeichen, er war nicht da, und Jared konnte in Ruhe mit Lizzy sprechen. Im Haus brannte Licht. Jared marschierte zu der baufälligen Veranda und klopfte zweimal gegen die morsche Tür. Nicht zu kräftig, denn er befürchtete, sie würde durch seine Berührung auseinanderkrachen.

Mit einem »Hey Jared« öffnete ihm Lizzy wenige Sekunden später und ließ ihn eintreten.

»Wie geht es dir?«, hakte er nach und sah sich unauffällig im Haus um. Die Möbel waren alt, aber so weit intakt. Keine Spuren eines Streits. Jared war schon ein paarmal hier gewesen und hatte andere Zustände zu Gesicht bekommen.

»Es geht mir gut«, erwiderte sie, was schlichtweg gelogen war. Das sah Jared mit einem Blick. Ihre Augen waren blutunterlaufen, ihre Haut bleich, und die Hose schlotterte um ihre dünnen Oberschenkel.

Wissend nickte er, verkniff sich aber einen Kommentar. Lizzy hatte ihn nicht ohne Grund herbestellt. Also würde er warten, bis sie ihm erzählte, was los war.

»Möchtest du etwas trinken?«, bot sie an.

»Nein danke, Lizzy.«

Sie nickte, legte das Geschirrtuch, welches sie in den Händen hielt, beiseite und deutete auf einen freien Stuhl vor dem runden Esstisch. Jared nahm ihr gegenüber Platz und wartete. Doch es kam nichts.

»Lizzy? Was ist los? Warum hast du mich gerufen?«, wollte er vorsichtig wissen.

Sie runzelte die Stirn, wich seinem Blick aus und murmelte: »Ich muss dir was erzählen.«

»Ja?«

»Ich habe ein Gerücht gehört.«

Er wartete wieder. Nichts kam. »Und?«

»Nun ja. Du und diese Ruby, ihr beide seid … ein Paar?«

Himmel, hatte Lizzy ihn etwa herbestellt, um mit ihm über sein Liebesleben zu reden? Nein, das konnte er sich beim besten Willen nicht vorstellen. Lizzy hatte ganz andere Probleme.

»So würde ich das nicht bezeichnen. Aber warum fragst du?« Jared betrachtete sie eingehend. Irgendetwas hatte sie auf dem Herzen. Sie knetete den Stoff ihres viel zu großen Pullovers und machte Anstalten, aufzustehen.

»Da ist diese Sache, und ich weiß nicht, ob du davon weißt«, murmelte sie, noch immer unfähig, ihn anzusehen.

»Welche Sache denn?«

Was war heute nur los? Warum kam niemand direkt zum Punkt? Unruhig wippte er mit einem Fuß. »Über Rubys Vergangenheit.«

»Ich versteh nicht recht.« Was bitte spielte Rubys Vergangenheit für eine Rolle?

»Dann weißt du es also nicht?«, meinte sein Gegenüber eher zu sich selbst als zu ihm.

»Was denn wissen?«

Lizzy zögerte. Er starrte auf ihre Hände, die weiterhin ihren Pullover bearbeiteten. Ungeduld breitete sich in ihm aus. Wenn sie nicht endlich zur Sache kam, würde seine Stimme nicht annähernd so ruhig klingen, wie sie es jetzt noch tat. »Was auch immer es ist, du kannst es mir sagen.«

Sie seufzte. »Es fällt mir nicht leicht, Jared, und ich wünschte, ich wäre nicht diejenige, die es dir sagen muss, aber ...« Nun sah sie doch auf, blickte ihn direkt an. »Du warst immer gut zu mir und den Kindern. Du und deine Brüder, deine Mom, ihr seid die wenigen Bewohner von Korit Valley, die nicht anklagend auf mich zeigen. Ihr habt uns so oft unterstützt. Uns so oft aus der Patsche geholfen. Gerade wenn Paul wieder etwas angestellt hat.«

Jared nickte. Er wusste, dass es einige Menschen in der Stadt gab, die dem einstigen Supertalent und der Abschlussballkönigin nicht wohlgesonnen waren. Die behaupteten, Lizzy und Noah hätten genau das bekommen, was sie verdienten. Und dass die Leute gerne bei jedem Diebstahl Lizzys Familie beschuldigten.

»Du musst wissen, ich kenne Rubys Mom. Wir waren damals beste Freundinnen. Ich war eine der wenigen, die wussten, dass sie schwanger war, und auch, von wem.«

Seine fragende Miene ließ Lizzy weitersprechen. »Es gab nicht viele, denen Nicole anvertraut hat, wer der Erzeuger ihres Kindes ist. Ich glaube, Nicole hat es mir nur verraten, weil ich ihr den Schwangerschaftstest besorgt habe.«

Jared verstand noch immer nicht, was sie ihm damit sagen wollte.

»Wo ist das Problem? Ruby hat mir erzählt, dass ihre Mom sie alleine großgezogen hat. In New York.« Ja, Rubys Mom war jung gewesen, als sie Mutter geworden war. Es musste hart für sie gewesen sein, ohne finanzielle Unterstützung und ohne Familie. Trotz allem wusste er nicht, was das mit ihm zu tun hatte.

»Nicole und ihre Schwester hatten keine gute Kindheit. Sie wuchsen bei einer Pflegefamilie auf, die sehr streng mit den beiden war. Sie traf sich mit jemandem, einem Jungen, immer wieder auf dem Sportgelände oder in ähnlich finsteren Ecken. Außer mir und Violet wusste das niemand.« Lizzy schluckte, und ihre Aufmerksamkeit galt nun einem Punkt irgendwo hinter Jareds Kopf. »Der Kerl hatte sich mit zwei anderen jungen Männern zusammengetan, einige Diebstähle und Einbrüche gingen auf ihr Konto und ... Nicole war blind vor Liebe. Ich habe ihr so oft gesagt, dass sie sich von ihnen fernhalten soll, und dann wurde sie von ihm schwanger. Ich musste ihr versprechen, niemandem davon zu erzählen, und bis zum heutigen Tag habe ich das auch getan. Aber jetzt ... Ich kann nicht mehr schweigen. Nicht bei dir. An dem Abend, als sie es Rubys Vater sagen wollte, passierte dieses schlimme Unglück.«

Lizzy stockte. Er wartete darauf, dass sie weitersprach, doch nichts geschah.

»Welches Unglück?«

Ihre Augen lösten sich von der Wand und blickten ihn nun voller Kummer an. »Ich habe wirklich lange überlegt, ob ich mich einmischen soll. Aber … Ich kann nicht schweigen. Du musst es einfach wissen.«

Zum Teufel noch mal, was musste er wissen? Am liebsten würde er aufspringen und Lizzy schütteln, damit sie endlich redete. Das würde er nie im Leben tun. Selbst wenn sie sich jetzt dafür entscheiden würde, einen Rückzieher zu machen. Doch das tat sie nicht. Mit leiser, fast schon erstickter Stimme sprach sie weiter: »Der Mann, der den Wagen geklaut und auf euren Dad geschosses hat, ist Rubys Vater.« Die Worte hallten in seinem Kopf wider. Er verstand nicht. Rubys Vater sollte der Mann sein, der seinem Vater das Leben genommen hatte? Nein! Das konnte nicht sein. Lizzy senkte den Blick. »Jared, ich …«

»Das ist ein Scherz. Sag mir, dass das ein Scherz ist!«, befahl er.

Sie schüttelte traurig den Kopf. »Das kann ich nicht.«

Luft. Er brauchte dringend frische Luft. Jared sprang auf, hechtete zur Tür und stürmte nach draußen, um seine Lungen mit klarer, kühler Abendluft zu füllen. In der Küche hatte er geglaubt, ersticken zu müssen. Vor Zorn und Hass auf Ruby und nicht zuletzt auf sich selbst. Warum hatte sie es ihm nicht gesagt? Warum hatte Ruby ihn zum Narren gehalten? Die Wut verdrängte jeden Funken Glück, nach dem er für eine kurze Zeit gegriffen hatte. Er hatte tatsächlich geglaubt, zwischen Ruby und ihm könnte mehr sein. Mehr als nur eine Affäre.

Er war ein verdammter Idiot. Ein Dummkopf. Er begehrte die Tochter eines Mörders. Des Mörders seines Vaters. Jareds Hände ballten sich zu Fäusten. Sein Kiefer knackte. Seine Muskeln waren zum Zerreißen gespannt.

»Vielleicht weiß sie es gar nicht.« Lizzy kam zu ihm und sah ebenso wie er in die Ferne. »Nicole ist damals abgehauen. Sie wollte nie, dass ihr Kind mit diesem Mann in Verbindung gebracht wird.«

Obwohl er es nicht zulassen wollte, keimte ein kleiner Funke Hoffnung auf. Was, wenn Ruby nichts von alldem wusste? Er klammerte sich an das Bild der grundehrlichen, süßen Frau, in die er sich verliebt hatte. Verliebt? Doch da kam ihm das Gespräch in den Sinn, das Ruby mit ihm führen wollte. Natürlich. Das bisschen Hoffnung verpuffte.

Wütend schob Jared seine Hände in die Hosentasche. Er hatte ihr vertraut, zum Teufel. »Sie weiß es«, presste er hervor. Mit leerem Blick starrte er auf einen unbestimmten Punkt und sagte ein weiteres Mal: »Sie weiß es.«

18

Die Wohnungstür wurde so stürmisch aufgerissen, dass Ruby zusammenzuckte.

»Und was hat er gesagt?«, brüllte ihr Lyra entgegen, und ihre Cousine sprang einen Schritt beiseite, damit Ruby hereinkonnte.

»Jared ist nicht gekommen. Ich habe auf ihn gewartet und bin permanent den Park abgelaufen, aber er war nicht da.« Ruby fühlte sich schrecklich. Die Ungewissheit nagte an ihr. Was war passiert? Warum hatte Jared sich nicht gemeldet? Hatte er das Interesse an ihr bereits verloren? Aber warum dann der Besuch im Büro? Sie erinnerte sich an seinen Kuss. Was wäre passiert, wenn sie ihn nicht unterbrochen hätte? Sie hätten doch nicht im Büro ... Oder? War er deswegen nicht aufgetaucht? Weil ein ernsthaftes Gespräch hieß, dass es für sie nicht einfach nur eine Affäre war?

»Vielleicht musste er zu einem Einsatz?«, überlegte Lyra laut und bedeutete Ruby, sich zu setzen.

»Möglich.« Tatsächlich hatte sie auch schon mit dem Gedanken gespielt. Es war die wahrscheinlichste Erklärung. Dennoch, das ungute Gefühl blieb. Er hätte anrufen können.

»Oder ihr habt euch verpasst? Vielleicht war er an der anderen Ecke des Parks. Obwohl ... So groß ist der auch wieder nicht.« Lyra ließ sich neben Ruby auf die Couch sinken und zog die Beine an. »Warum rufst du ihn nicht einfach an und fragst?«

»Auf dem Revier?«

Ihre Cousine nickte bestimmt.

»Ich will nicht wie ein Klammeraffe erscheinen.«

»Ach bitte.« Lyra verdrehte die Augen.

»Was soll ich denn sagen?«

»Wo er war? Ob ihm was dazwischengekommen ist?« Lyra fuchtelte mit den Händen herum. »Irgendetwas in der Art eben.«

Was für Lyra völlig logisch klang, bereitete Ruby Bauchschmerzen. Die Situation war verzwickt, und das aus mehreren Gründen.

»Soll ich anrufen?«, bot Lyra an und griff nach ihrem Telefon.

»Wie bescheuert ist denn bitte das?«

»Du traust dich ja nicht.«

Ruby seufzte auf und öffnete ihre Jacke, weil ihr langsam etwas warm wurde. »Das hat nichts mit nicht trauen zu tun.«

»Und womit bitte sonst?«

»Was, wenn es ihm nur um Sex ging und nun, da er merkt, dass ich nicht zu seinen üblichen Eroberungen zähle, das Interesse weg ist?«, platzte sie heraus.

»Das glaub ich nicht. Wenn dem so wäre, hätte Jared dich nicht heute auf der Arbeit aufgesucht. Ich werde jetzt anrufen und nachfragen. Dieses Herumgeeier ist ja schrecklich.«

»Lyra, warte, ich ...«

Zu spät. Ihre Cousine war bereits aufgesprungen und wählte die Nummer der Polizei. Mit einer Handbewegung gab sie Ruby zu verstehen, leise zu sein. »Hey Don, hier ist Lyra Williams. Sag mal, ich habe da eine Frage an Jared. Könntest du ihn mir kurz geben ...«

Ruby schloss die Augen und wartete.

»Oh okay. Wann genau war das denn? Hm ... Gut. Nein,

du brauchst ihm nichts auszurichten. Ich versuche es ein-fach morgen noch einmal. Danke schön.«

Ruby sah auf. Zerknirscht berichtete Lyra: »Er hat seit gut zwei Stunden frei.«

»Also hätte er es zeitlich locker geschafft.« Enttäuschung machte sich in ihr breit. Sie hatte tatsächlich geglaubt, Jared sähe in ihr mehr. Er hatte es ihr sogar gesagt. Doch das alles waren nur leere Worte. Jared wollte sie in seinem Bett haben. Das hatte er bekommen, und jetzt, nachdem er festgestellt hatte, dass sie nicht mehr dazu bereit war, war sein Interesse an ihr verpufft. Ihr Herzschlag schien für einen Augenblick auszusetzen, und sie spürte, wie sich ein kleiner schmerzhafter Stachel in sie bohrte. Wie hatte sie nur einen Moment das Gegenteil glauben können? Sie hatte gewusst, wie er tickte, sich darauf eingelassen. Selbst schuld. Sie konnte ihm keinen Vorwurf machen, nur sich alleine.

»Es tut mir leid, Ruby. Ich hätte schwören können, dass da mehr zwischen euch ist. Ich meine, so wie er dich angestarrt hat, wie er dich vor aller Augen geküsst hat und ...«

»Lass gut sein, Lyra.« Ruby stand auf. Sie wollte nichts von alldem hören, nicht an ihn und seine Küsse denken müssen. »Es ist okay. Jetzt weiß ich, woran ich bei ihm bin.«

»Aber ...«

»Kein Aber.« Ruby zog den Reißverschluss ihrer Jacke zu. »So ist es ohnehin besser. Erst recht nach der Sache mit seinem Dad.«

»Süße, du musst mir nichts vormachen. Ich sehe dir an, wie du leidest.«

Lyra kam auf sie zu. Doch Ruby wollte keinen Trost und auch keine Umarmung. Sie wollte allein sein. Allein damit fertigwerden. Wie sie es in all den letzten Monaten immer getan hatte. »Ich komm schon klar, Lyra. Jared war sowieso nie der Richtige für mich. So habe ich jetzt wenigstens keinen Grund, ihm von der Sache zu erzählen.«

»Du willst es ihm nicht sagen?« Lyra zuckte zusammen.

Bestimmt schüttelte Ruby den Kopf. »Ich kann es ohnehin nicht rückgängig machen. Warum soll ich ihm wehtun oder seinen Hass auf mich provozieren?« Ruby ging zur Tür. »Ich lebe nun einfach nach dem Motto von Mom: ›Ist eine Sache geschehen, dann rede nicht mehr darüber; denn es ist schwer, verschüttetes Wasser einzusammeln.‹«

Sie war bereits im Flur, als Lyra ihr folgte. »Ich halte das für keine gute Idee, Ruby.«

Sie selbst auch nicht. Aber wie würde es aussehen, wenn Jared davon wusste? Was würde es ändern, außer, dass er und seine Familie ihr anklagende Blicke zuwarfen? Und nicht nur sie. Was, wenn es die Runde machte und die anderen Einwohner ebenfalls davon erfuhren? Ruby hatte schon jetzt Schwierigkeiten, mit deren Interesse an ihr klarzukommen. Wie würde es erst werden, wenn sie erfuhren, dass ihr Erzeuger der Mann war, der den örtlichen Cop erschossen hatte? Nicht auszudenken. Ruby ignorierte Lyras Einwände und öffnete die Tür, um die Wohnung zu verlassen.

»Und wo gehst du nun hin?«, wollte Lyra wissen.

»Mir etwas die Beine vertreten und nachdenken.«

»Warte, dann komm ich mit.« Lyra griff nach ihrem Mantel, doch Ruby hielt sie auf. »Nein. Sei mir nicht böse, aber ich möchte jetzt gerne allein sein.«

»Ich muss nichts sagen.«

Ruby zwang sich zu einem Lächeln, weil sie den mitfühlenden Blick ihrer Cousine kaum ertrug. »Es ist okay so. Wirklich. Ich ruf dich später an, abgemacht?«

Lyra senkte den Kopf und seufzte. »Na gut. Aber wenn etwas ist, dann …«

»Melde ich mich. Selbstverständlich.«

Mit gemischten Gefühlen schlenderte Ruby die schwach beleuchteten Straßen entlang. Der Himmel war wolkenverhangen. Wie es aussah, würde es bald regnen. Das Wetter und die kalte Abendluft passten sich jedenfalls wunderbar ihrer Stimmung an. Auf der einen Seite war sie traurig und enttäuscht. Sie war für Jared nicht das, was er für sie war. Ruby hatte geglaubt, er würde dieses Kribbeln, dieses vertraute Gefühl ebenfalls spüren, wenn sie in seiner Nähe war. Sie hatte geglaubt, dass er sich ebenso zu ihr hingezogen fühlte wie sie sich zu ihm. Dass er diese Empfindung noch weiter auskosten wollte, so wie sie, um dann zu sehen, was daraus würde.

Doch auf der anderen Seite waren da ihre gemeinsame Vergangenheit und die Fäden, die das Schicksal gewoben hatte. Wie sollten sie damit jemals klarkommen? Auch wenn sie keine Schuld an dem Tod von Jareds Vater trug, war sie doch ein Teil davon. Jedes Mal, wenn Jared in ihre Augen blickte, würde er zeitgleich ihren Erzeuger darin sehen, und die Erinnerungen würden ihn einholen. Nein, das konnte sie nicht ertragen. Entschlossen schüttelte sie den Kopf. So wie es war, war es okay. Sie würde damit klarkommen, dass ihr bescheuertes Herz ein wenig heftiger pochte, sobald sie ihn sah. Sie würde damit klarkommen, dass ihr Körper sich zu ihm hingezogen fühlte. Und irgendwann würde dieses Gefühl auch wieder vergehen. Müssen.

Die nächsten Tage verbrachte Ruby wie in Trance. Sie stand morgens auf, ging zur Arbeit, wo sie mittlerweile immer die Erste war und am Abend die Letzte. Sie hatte Sacs Buchhaltung und Ablage von Grund auf neu organisiert. Jeder Ordner hatte seinen Platz. Es gab keine herumliegenden Rechnungen mehr, keine offenen Beträge, die nicht eingebucht waren. Die Kunden zahlten pünktlich, und wenn nicht, erinnerte sie sie daran. Ihr kleines Büro und auch der

Verkaufsraum waren so ordentlich wie noch nie, und Ruby war dankbar dafür, sich ablenken zu können.

Doch nun brauchte sie dringend eine Pause. Genau genommen hatte sie seit über einer Stunde Feierabend. Aber bei ihrer Tante würde sie ohnehin nicht zur Ruhe kommen. Egal, was sie tat, wie sehr sie sich abzulenken versuchte, es gelang ihr nicht. Die Erinnerungen an Jared, ihre gemeinsame Nacht, hätten ihrer Meinung nach längst verblassen sollen, stattdessen hatten sich jene Bilder in ihr Gedächtnis eingebrannt. Zum Teufel. Ruby wollte, dass es aufhörte. Sie wollte nicht mehr jede Minute an ihn denken, schließlich tat er es offensichtlich auch nicht. Sonst hätte er sich bereits bei ihr gemeldet. Doch je mehr Zeit verging, umso stärker vermisste sie ihn, und das ärgerte sie. Wütend auf sich selbst und ihre dummen Gefühle marschierte sie aus dem Büro. Dabei entwich ihr ein Seufzer, der Sacs Interesse weckte. Er blickte vom Verkaufstresen auf. »Du siehst aus, als könntest du etwas zu essen und ein Bier vertragen.«

Typisch Mann, schoss es ihr durch den Kopf. Als wenn alle Probleme mit Alkohol und einem vollen Magen gelöst werden könnten.

»Unser Abend im *Blues* steht heute an. Warum kommst du nicht mit?«

Ruby beugte sich leicht über den Tresen und warf einen Blick auf den Kalender, den Sac gerade studiert hatte. »Im *Blues* sind mir zu viel Menschen.«

Sac verzog spöttisch das Gesicht. »Seit wann hast du Probleme mit Menschen?«

Am liebsten hätte sie geantwortet: ›Seit die Leute denken, dass ich einen sexy Cop date.‹ Aber Sac war nun wirklich nicht der richtige Kandidat für ein Gespräch über ihr Liebesleben. »Ich habe keine Schwierigkeiten mit den Gästen. Es ist nur ...«

»Schön, dann kommst du mit.«

Ruby zögerte einen Moment. Sie hatte keine Lust auf das *Blues*. Zu viele Leute, zu viele Erinnerungen. Jedoch wartete bei ihrer Tante ein weiterer Fernsehabend *Gilmore Girls* auf sie. Wenn sie noch eine einzige Folge anschauen musste, würde sie schreien. Was aber, wenn Jared da war? Würde sie es verkraften, ihn zu sehen und zu wissen, dass sie für ihn nie mehr war als nur eine schnelle Nummer? Kam sie damit klar, sich so in ihm getäuscht zu haben? Entschlossen nickte sie. Schließlich hatte sie schon ganz anderes geschafft. Sollte er da sein, würde sie ihn genauso ignorieren, wie er es tat.

»Ich werde keinen Alkohol trinken.«

Sac legte den Stift beiseite, den er eben noch in den Händen gehalten hatte, um sich Notizen zu machen. »Ganz wie du willst. Aber um den Friends-Teller kommst du nicht herum.«

Die Aussicht auf Pommes, Hamburger und Chicken-Nuggets ließ sie schließlich zustimmen. »Okay, einverstanden.«

Keine fünfzehn Minuten später betrat sie neben ihrem Boss die Bar und schlenderte zu Lyra und Romeo, die bereits an einem der Tische Platz genommen hatten. Wie üblich war das *Blues* gut besucht. Kurz schweifte ihr Blick über die Köpfe der Gäste. Ein paar kamen ihr bekannt vor, aber Jared und seine Brüder waren zum Glück nicht hier. Erleichtert atmete sie aus, und doch, ein klein wenig Enttäuschung konnte sie nicht verleugnen. Schnell verdrängte sie das Gefühl und ließ sich von ihrer Cousine in eine stürmische Umarmung ziehen. Dabei flüsterte sie Ruby ins Ohr. »Ich bin froh, dass du mitgekommen bist und dich nicht länger einigelst.«

»Ich brauchte einfach ein paar Tage, um alles zu verarbeiten. Jetzt geht es mir besser«, spielte Ruby es herab.

»Ich sehe in deinen Augen, dass das nicht stimmt. Aber

es ist okay. Ich weiß, wie du dich fühlst.« Lyra ließ sich wieder auf ihren Stuhl fallen, und Ruby nahm zwischen ihr und Romeo an dem runden Tisch Platz. Mittlerweile wusste Ruby, wie es um die Gefühle ihrer Cousine bestellt und wie aussichtslos das alles war. Chase und Peggy-Sue waren schon so viele Jahre ein Paar. Eine Heirat war der nächste logische Schritt. Lyra tat Ruby leid. Es musste hart für sie sein, ständig mit dem Glück der beiden konfrontiert zu werden, wenn sie selbst eine Schwäche für Chase hatte. Vielleicht sollte sie einen Club gründen, der den Turner-Brüdern abschwor und den eigenen Liebeskummer in einem Gesprächskreis heilte. An Mitgliedern würde es jedenfalls nicht mangeln. Die Vorstellung ließ sie lächeln.

Doch jenes Grinsen erstarrte in dem Augenblick, als Jared gefolgt von Don ins *Blues* marschierte. Als wenn sie es geahnt hätte. Scheiße. Er sah so gut aus. Er trug Jeans, und seine helle Lederjacke stand offen. Sein Haar war zerzaust und der Bartschatten auf seinem Gesicht dunkler als bei ihrem letzten Treffen. Er wirkte wie ein Model, und wieder einmal musste sie feststellen, dass er außerhalb ihrer Liga spielte. Und doch, da war diese Vertrautheit. Schmerzhaft zog sich ihr Herz zusammen. Eine Welle aus Empfindungen brach über sie herein und ließ sie schwindeln. Ja, sie hatte geahnt, dass das erste Aufeinandertreffen mit ihm nicht leicht werden würde. Dass ihr bescheuertes Herz sich nach ihm sehnte. Aber mit dieser Kollision hatte sie nicht ansatzweise gerechnet. Sämtliche Fasern ihres Körpers reagierten auf ihn. Es war ein unwiderstehlicher Drang, ihn anzustarren, dem sie nicht entkam.

»Wenn du ihn weiterhin so anschmachtest, lenkst du automatisch seine Aufmerksamkeit auf dich«, vernahm sie Lyras leise Stimme an ihrem Ohr.

Zum Teufel, das wusste sie, und genau das bezweckte ihr verräterischer Körper.

»Hier. Nimm einen Schluck.« Lyra schob ihr die Flasche Bier hin. In diesem Moment wandte Jared sich um. Quer durch den Raum trafen sich ihre Blicke, und für den Bruchteil einer Sekunde schien es nur sie beide zu geben. Seine karamellfarbenen Augen sahen sie warm und vertraut an. Seine Lippen hoben sich zu einem leichten Lächeln. Ruby erwiderte es. Doch dann gefror dieses so schnell, wie es erschienen war. Seine Züge wurden hart und abweisend. Die Hoffnung, die noch eben in ihrer Brust getobt hatte, verkroch sich heulend, und bittere Gewissheit trat an ihre Stelle. Jared wollte sie nicht mehr.

Jared war nicht auf die Emotionen vorbereitet, die Rubys Anblick bei ihm auslöste. Er fühlte sich so stark zu ihr hingezogen, dass er mit aller Kraft gegen das Verlangen, zu ihr zu gehen, ankämpfen musste. Wie sie da saß, zwischen Lyra und Romeo, und ihn mit ihren großen himmelblauen Augen anstarrte, wirkte sie so klein und verletzlich, dass er sie am liebsten in seine Arme schließen wollte. Doch er konnte es nicht. Er hatte die letzten Tage so viel nachgedacht. Sich gefragt, was wäre, wenn Ruby nichts von alldem wüsste. Könnte er ihr dann vergeben? Die Frage war nur Schall und Rauch. Sie wusste es, und sie hätte es ihm sagen müssen. Er hatte ihr vertraut.

Zorn breitete sich in ihm aus, kroch in jeden Winkel seines Herzens. Er ballte seine Hände zu Fäusten und folgte mit angespannter Haltung seinem Bruder, der sich an ihm vorbeigeschoben hatte, durchs *Blues*. Don hatte sie zum Glück noch nicht entdeckt. Niemand von seiner Familie wusste, in welchem Zusammenhang Ruby zu ihnen stand. Er brachte es nicht über sich, ihnen davon zu erzählen. Warum, konnte er allerdings nicht klar sagen. Vielleicht, weil er sich schuldig fühlte? Schuldig im Sinne dessen, dass er sich ausgerechnet zu der Frau hingezogen fühlte, die absolut tabu für ihn war? Er würde ihr nie wieder in die Augen schauen können, ohne dabei an den Tod seines Vaters zu denken.

Jared ließ sich auf den alten Holzstuhl fallen und zwang sich, nicht mehr zu Ruby zu sehen. Auch wenn alles in ihm dagegen ankämpfte. Selbst durch das Geplapper der anderen Gäste, die Musik bildete er sich ein, ihre Stimme hören zu können. Ihre liebliche, sanfte Stimme, die seinen Namen geschrien hatte, als sie in seinen Armen auf seinem Bett gelegen hatte. Zum Teufel noch mal. Er wollte die Bilder nicht in seinem Kopf. Er wollte nicht an ihren umwerfenden Körper denken. An die unbeschwerten Momente, die er mit ihr verbracht hatte. An die Sekunden, die ihn glücklich gemacht hatten. Und nun fühlte er sich wie der größte Idiot auf der Welt. Fuck. Sie war die Tochter eines Mörders. Des Mörders seines Vaters.

»Willst du ein Bier?«, riss Don ihn aus seinen Gedanken und ignorierte die junge Kellnerin, die neben ihm stand und ihm, wie so oft, schmachtende Blicke zuwarf. Wenn Jareds Laune nicht so mies wäre, würde er sich darüber amüsieren.

»Hm, ja.«

»Dann besorg uns zwei!«, befahl Don der Bedienung, ohne sie anzusehen.

»Darf ich euch was zu essen bringen?«, wollte sie mit zuckersüßer Stimme wissen und malte kleine Kreise, vielleicht waren es auch Herzchen, auf ihren Block.

»Für mich nicht.« Jared hatte keinen Appetit.

»Einen Hamburger Doppel X.« Don ließ sich nicht anmerken, dass er schon leicht genervt von der Bedienung war, die ihn unentwegt anhimmelte.

»Kommt sofort«, säuselte sie und schwang ihr langes, pechschwarzes Haar über die Schulter. Vermutlich wollte sie sexy wirken. Doch sein Bruder war kalt wie Eis. Erst als sie mit schwingenden Hüften davonstolzierte, merkte Jared an: »Die gibt so schnell nicht auf.«

Don zuckte gelangweilt mit den Schultern. Es war ihm egal. Selbst wenn sie nackt auf seinem Schoß tanzte, würde Don wohl keine Miene verziehen. Jared wünschte, er könnte bei Ruby ebenfalls eine solche Gleichgültigkeit an den Tag legen.

Erneut musste er sich zwingen, nicht zu ihr zu sehen. *Lenk dich ab*, befahl er sich und griff nach einer Serviette, um sie in tausend kleine Fetzen zu zerreißen.

Doch das half auch nicht. Jetzt, im Nachhinein fragte er sich, warum er überhaupt zugestimmt hatte, ins *Blues* zu gehen. Richtig. Er wollte sich auf andere Gedanken bringen. Nicht an Ruby denken. Nicht alleine auf seiner Couch sitzen und sich einbilden, dass ihr Duft noch immer in seinem Haus hinge. Blöderweise war Don nicht gerade die Ablenkung in Person. Und Ruby nur ein paar Tische von ihm entfernt zu wissen, half noch weniger.

Unauffällig warf er einen Blick zu ihr. Sah, wie sie ihr Haar zurückwarf und Romeo anlächelte. Dieser Schwachkopf schien es regelrecht zu genießen. Romeo beugte sich zu Ruby, flüsterte ihr etwas ins Ohr, was ihr Lächeln noch verbreiterte. Fuck. Jared war kurz davor, aufzuspringen und zu ihnen zu stapfen und ... Tja, was eigentlich? Was wollte er tun? Romeo eine verpassen? Ihm sagen, er solle sich von Ruby fernhalten? Aber welches Recht hatte er dazu? Automatisch schlossen sich seine Finger fester um den kleinen Rest Papier in seiner Hand. Er knüllte es zusammen und stieß einen tiefen Atemzug aus. Er hasste dieses bescheuerte Gefühl in seiner Brust. Er hasste es, dass sie dort drüben saß und er hier. Doch am allermeisten hasste er es, hilflos mit ansehen zu müssen, wie ein anderer sein Mädchen anbaggerte. Sein Mädchen? *Zum Teufel, sie ist nicht dein Mädchen*, erinnerte ihn seine innere Stimme.

Gezwungenermaßen richtete er seine Aufmerksamkeit auf den Schnipselberg auf dem Tisch.

»Fertig?«, hakte Don nach und sah demonstrativ auf die weinroten Fetzen. »Oder willst du meine Serviette auch noch haben?«

»Hm.«

»Was stört dich? Die Tatsache, dass Ruby dort drüben sitzt und dich ignoriert, oder dass du dich aufführst wie ein Vierzehnjähriger?«

Dann hatte sein Bruder sie also doch wahrgenommen?

»Geh einfach zu ihr?«

»Dazu gibt es keinen Grund.«

»Braucht es den?« Don musterte ihn aus seinen blauen Augen. Sein Blick war kalt und durchdringend. Jared konnte gut nachvollziehen, warum sein Zwillingsbruder zu denjenigen Cops gehörte, die selbst den gerissenen Verbrechern Unbehagen bereiteten.

»Lass uns das Thema wechseln«, brummte Jared und strich sich über das Kinn.

»Wenn du das willst.«

Doch mit Don ein geeignetes Thema zu finden, war eine andere Sache. Aber das Gute an seinem Bruder war, dass es nicht unbedingt eines Gespräches bedurfte. Don und er konnten auch einfach nur dasitzen und warten. Darauf, dass die Kellnerin ihre Bestellung brachte und er aufhörte, an Ruby zu denken. Dummerweise waren all seine Bemühungen vergebens. Er bekam sie nicht aus seinem Kopf. Automatisch griff er nun doch nach Dons Serviette.

»Okay.« Sein Bruder seufzte. »Erzähl mir, was zwischen euch vorgefallen ist.«

»Nichts«, presste Jared aus zusammengebissenen Zähnen hervor.

›Wem willst du hier etwas vormachen?‹, schien Dons Blick ihn zu fragen. »Vor ein paar Tagen erst war sie bei dir zu Hause, und nach ihrem BH zu urteilen, lief da mehr als nur nichts. Was also hast du getan?«

»Wie kommen nur immer alle darauf, dass ich es verbockt habe?« Jared beugte sich vor. »Sie ist diejenige, die abgehauen ist, und zum Teufel, ich weiß auch, warum.« Er war so wütend, dass seine Stimme den kalten Augen seines Bruders in nichts nachstand. »Und sie tat gut daran, das zu tun.«

Unbeeindruckt sah Don ihn an. Er analysierte ihn, genau wie die verdammten Verbrecher, die sie so oft schon im Kreuzverhör gehabt hatten. »Es stresst dich, dass du dich in die Kleine verliebt hast, richtig? Dir gefällt der Gedanke nicht, die Kontrolle zu verlieren und so wie Chase zu enden. Du hast Angst davor und –«

»Ich habe vor nichts Angst.« Seine Hände ballten sich. So stark, dass die Knöchel weiß hervortraten. »Du hast ja keine Ahnung.«

»Dann klär mich auf!«, forderte Don und verschränkte die Arme vor seiner breiten Brust.

Jared starrte seinen Bruder an. Er hatte genauso ein Recht, es zu erfahren, wie alle anderen, die ihm nahestanden. Er musste es ihm sagen. Sicher. Doch jetzt, hier, war nicht der richtige Zeitpunkt. Jared hatte keine Ahnung, wie Don reagieren würde. Sein Bruder war mit Abstand die verschlossenste Person, der er je begegnet war. Nicht einmal er als sein Zwillingsbruder wusste, was in seinem Kopf vorging. Er blickte zu dem Tisch, an dem Ruby mit ihren Freunden saß. Er sah, wie sie aufstand, nach ihrer Jacke griff und den anderen zulächelte. Dann sagte sie etwas zu ihnen. Er konnte nicht verstehen, was. Aber sie wirkte erschöpft und traurig. Sie winkte ihnen zum Abschied und schickte sich an, das *Blues* zu verlassen. Er starrte ihr nach, sah, wie sie die Tür aufstieß, und ehe er wusste, was er tat, sprang er ebenfalls auf. So schnell, dass sein Stuhl beinahe umkippte.

Er konnte ihn gerade noch festhalten. Doch das »Ohhh« der jungen Kellnerin, die im selben Moment die Getränke an den Tisch brachte, ließ ihn zusammenzucken. Scheppernd krachten die vollen Gläser zu Boden.

Jared spürte, wie alle Anwesenden die Köpfe drehten. Normalerweise würde er jetzt in die Hocke gehen und helfen, die Scherben aufzusammeln. Doch stattdessen stieß er ein »Tut mir leid« aus und marschierte zielstrebig zum Ausgang. Er sah weder nach rechts noch nach links.

Schwungvoll öffnete er die Tür. Kalte Nachtluft schlug ihm ins Gesicht, vermischte sich mit dicken Regentropfen, die auf ihn herabprasselten. Aber das störte ihn nicht. Ebenso wenig die kleinen Rinnsale, die von seinem Kinn auf sein Shirt tropften. Jared ging zielstrebig zu seinem Wagen, den er auf der gegenüberliegenden Straßenseite geparkt hatte. Und dann sah er sie. Ruby hatte ihm den Rücken zugedreht und lief die Straße entlang. Und was nun? Was sollte er tun? Es juckte ihn in den Fingern, ihr seine Meinung zu sagen. Er wollte ihr ins Gesicht blicken, wenn er ihr offenbarte, dass er wusste, was vorgefallen war. Doch am allermeisten wollte er Ruby und all seine Erinnerungen an sie vergessen. Sich nicht mehr wie ein Idiot fühlen. Jared marschierte weiter, direkt auf sie zu, fuhr sich mit den Händen durchs Haar. Jahrelang hatte er die absolute Kontrolle gehabt, sich von nichts und niemandem aus der Ruhe bringen lassen, und jetzt schien diese eine Frau alles zunichte zu machen? Nein, das ließ er nicht zu. Jared konnte und würde Ruby aus seinem Gedächtnis verbannen, und mit ihr alle Gefühle für sie.

Er war nur noch wenige Meter von ihr entfernt. Ruby musste ihn gehört haben, denn in diesem Moment drehte sie sich um. Sie blinzelte. Zweimal, ehe sie ein verblüfftes »Jared« murmelte. »Was tust du hier?«

Überflüssige Frage.

»Ich muss mit dir reden. Und zwar jetzt. Sofort!«, blaffte er sie an.

Rubys unschuldiger, überraschter Gesichtsausdruck verschwand. »Ach, jetzt willst du reden? Vor ein paar Tagen schienst du es nicht für nötig zu halten.« Entschlossen reckte sie das Kinn in die Höhe. »Ich habe über eine Stunde im Park auf dich gewartet, und du bist nicht gekommen. Weißt du was? Jetzt habe ich keine Lust dazu.«

Sie drehte sich um, wollte einfach weitergehen. Als ob er das zulassen würde.

19

ein!«, stieß Jared aus. Sein Tonfall ließ sie innerlich zu Eis gefrieren.

Was bildete sich dieser Kerl überhaupt ein? Erst ignorierte er sie tagelang, und nun, wenn es ihm in den Kram passte, sollte sie parat stehen? Ruby sah auf seine Hand, die sie an ihrem Unterarm festhielt. Ihr Herz pochte unkontrolliert in ihrer Brust. Das Ziehen in ihrem Magen verstärkte sich. »Lass mich los!«

Sie wollte nicht mit ihm reden. Nicht, solange er sie so wütend anstarrte und sie sich selbst keinen Deut besser fühlte.

»Damit du wieder flüchten kannst?« Seine Finger drückten fester zu. »Das kannst du doch so gut. Einfach jeden stehen lassen.«

Wut kroch in ihr empor. »Was bildest du dir überhaupt ein, Jared Turner? Du warst es, der mich im Park versetzt hat. Denkst du, ich bin eine von deinen unzähligen Affären, mit denen du umspringen kannst, wie es dir gerade passt?« Ruby wischte sich eine nasse Haarsträhne aus dem Gesicht. Sie zitterte am ganzen Leib. Jedoch nicht vor Kälte, sondern vor Empörung. »Da täuschst du dich gewaltig.« Mit einem Ruck entzog sie ihm ihren Arm und funkelte ihn angriffslustig an. »Du kannst jemand anderen zum Narren halten, aber ich weiß, woran ich bei dir bin. Du wolltest Sex, den hattest du. Was hast du gedacht? Dass ich dir im Park einen Antrag mache? Dass es zu kompliziert wird, wenn wir einfach nur reden? Und jetzt weißt du nicht, wie du es mir beibringen sollst. Keine Sorge, Officer, ich kapier es auch so. Sobald du mit einer im Bett warst, ist sie für dich unten durch.«

Unbarmherzig peitschte ihr der Wind ins Gesicht, ließ sie frösteln. Allerdings war das nicht der einzige Grund, warum ein eisiger Schauer durch ihren Körper jagte. Der Mann vor ihr schien nicht derjenige zu sein, dem sie vertraut hatte. Jareds Züge waren hart und abweisend. Sie sollte gehen, ihn stehen lassen und ihm noch ein schönes Leben wünschen. Aber sie konnte nicht. Sie war wütend, aufgebracht und durcheinander. »Jetzt weiß ich auch, warum du mit keiner Frau aus der Stadt etwas hast. Du willst dein Saubermanni-mage nicht verlieren. Du willst nicht, dass jemand hinter deine Fassade blickt und sieht, was für ein verdammter Playboy du bist. Soll ich dir was verraten? Die Leute wissen es schon längst. Man hat mich gewarnt, und doch war ich dumm genug zu glauben, dass es bei uns beiden anders sein könnte.«

Gut, vielleicht übertrieb sie ein wenig. Die Einzige, die sie vor den Turners gewarnt hatte, war Lyra. Allerdings war ihre Cousine mit ihrer Meinung bestimmt nicht allein.

Für den Bruchteil einer Sekunde bildete sie sich ein, Trau-rigkeit in seinen Augen zu erkennen, doch so schnell wie es gekommen war, verschwand es auch wieder. Ein Wagen fuhr an ihnen vorbei und spritzte Wasser auf ihre Jeans. Es war ihr egal. Gerade war ihr alles egal. Bis auf die Tatsa-che, dass Jared ihr gegenüberstand und nichts zu alldem sagte.

»Willst du mir sonst noch mehr vorwerfen?«, knurrte er und kniff die Augen zusammen. Regentropfen perlten von seinen Wimpern ab. »Oder hast du mir noch etwas anderes zu sagen?«

Ruby schluckte. Ihr Zorn verpuffte schlagartig, und ein

bitterer Geschmack legte sich auf ihre Zunge. Was wollte er hören? Eine leise, böse Vorahnung ergriff sie. Aber das könnte nicht sein. Jared wusste nicht über ihren Erzeuger Bescheid. Oder? Verdammt. Sie taumelte rückwärts. Seine Mimik war unergründlich.

»Also nein!« Demonstrativ schüttelte er den Kopf, atmete laut aus. »Du hältst es nicht für nötig, mir davon zu erzählen? Nach alldem, was passiert ist?« Anklagend sah er auf sie herab und zischte: »Du machst es dir verdammt einfach, Ruby.«

Sie öffnete den Mund, doch kein Ton kam heraus. Sein zorniger Blick verstärkte das Unbehagen in ihr nur noch mehr. Eine gefährliche Aura umgab ihn, als er fragte: »Seit wann weißt du es? Von Anfang an?«

Ruby stand wie festgefroren da. Ihr Gehirn war wie leergefegt. Ihre Stimme verloren. Er wusste es? Von wem? Sie spürte seinen Schmerz, seine Wut auf sie, und sie verstand es, denn all das verdiente sie. Anstatt ihm zu sagen, was sie wusste, hatte sie ihm diese Dinge an den Kopf geworfen. Keine Sekunde hatte sie daran gedacht, dass sein Fernbleiben an jenem Abend vielleicht ganz andere Gründe haben könnte. Sie taumelte nach hinten. Shit. Sie hatte Mist gebaut. Gewaltigen. Tränen sammelten sich in ihren Augen, die sie tapfer zurückdrängte.

»Nicht einmal jetzt willst du dich dazu äußern?« Er kam einen Schritt auf sie zu, baute sich regelrecht vor ihr auf. »Hat es dir den besonderen Kick gegeben, mit dem Mann zu vögeln, dessen Vater von deinem getötet wurde? Du verurteilst mich und bist selber kein bisschen besser. Nein, du bist sogar noch viel gerissener als alle Frauen, die ich kenne.«

Ruby verstand ihn. Sie hatte seinen Ärger, seine Wut verdient. Aber es stand ihm nicht zu, ihr zu unterstellen, sie hätte sich aus reiner Berechnung auf ihn eingelassen.

»Du weißt, dass das nicht stimmt«, stammelte sie.

»Ach ja? Und woher? Woher weiß ich, dass das nicht ebenso eine Lüge ist wie alles andere, was du mir vorgespielt hast?« Er verschränkte seine Arme vor der Brust.

»Weil …« Sie stockte. Als sie aufschaute, sah sie in seinen Augen einen solchen Schmerz aufflackern, dass es ihr förmlich den Atem verschlug. Sie musste etwa sagen. Doch mit keinem Wort der Welt könnte sie ihm die Last nehmen. Aber sie musste es zumindest versuchen. Ob er es glaubte, stand auf einem anderen Blatt.

»Ich wusste es nicht, Jared. Ich wusste nicht, wer mein Erzeuger ist und was er getan hat. Meine Mom hat mir nie von ihm berichtet. Sie hat mich in dem Glauben gelassen, ich wäre einem One-Night-Stand entsprungen und dass sie seinen Namen nicht wüsste.« Erneut strich sie sich eine Haarsträhne aus dem Gesicht. Der Regen wollte nicht aufhören. Mittlerweile drang die Nässe sogar durch ihre Jacke hindurch. Aber das kümmerte sie nicht. Im Moment zählte nur, dass sie Jared davon erzählte. »Selbst als ich hier in Korit Valley ankam, ahnte ich nichts von alldem.« Ihr Magen wurde schwer wie Blei. »Wenn ich es gewusst hätte, wäre ich nie hierhergekommen. Ich hätte mich nie auf dich eingelassen und hätte nie mit dir –«

»Das ist nicht das, was ich hören will«, unterbrach er sie. »Sag mir, seit wann du davon weißt.«

Sie nickte. »Ich habe es erst an dem Morgen erfahren. An jenem Morgen, als ich bei dir war.«

Ihre Stimme brach ab. Da waren so viele Worte, so viele Gedanken in ihr, doch sie sah mit nur einem Blick, dass Jared nichts von alldem wissen wollte.

»An dem Morgen.« Er stieß höhnisch die Luft aus. »Und wie bitte hat das funktioniert? Hat dir das ein Vogel gezwitschert oder ist dir der Geist deiner Mutter erschienen, der es dir ins Ohr gehaucht hat?«

»Das ist nicht fair, Jared. Ich weiß, dass ich es dir gleich hätte sagen müssen. Aber ich war so schockiert und konnte es nicht glauben. Als du mir erzählt hast, wie dein Vater genau ums Leben kam, was passiert war, da ... Da ist mir das alles richtig klar geworden. Erst da habe ich kapiert, dass dein Vater der Mann war, der ...« Sie konnte es nicht aussprechen. Sie konnte nicht sagen, was ihr Erzeuger Schreckliches getan hatte. »Ich habe eins und eins zusammengezählt. Wie ein Puzzle, und es war so surreal, wie ein böser Traum. Ich musste das alles erst einmal verarbeiten. Darum bin ich auch aus deinem Haus geflüchtet.«

Jareds Haltung verkrampfte sich noch mehr. Die Luft zwischen ihnen war zum Zerreißen gespannt. Ruby wollte ansetzen, wollte erneut etwas sagen, doch er unterbrach sie: »Selbst jetzt lügst du mir ins Gesicht.«

»Aber –«

»Ich glaub dir kein einziges Wort.«

»Bitte, Jared, lass es mich erklären!«, flehte sie, doch vergebens.

»Du musst mir nichts mehr erklären. Ich erkenne einen Lügner, wenn er vor mir steht.« Er wandte sich um, bereit zu gehen.

Jedes seiner Worte fühlte sich an wie kleine Nadelstiche, die sich tief in ihr Herz bohrten.

»Du täuschst dich. Bitte, Jared.« Sie starrte auf seinen breiten Rücken. Die Kluft, die sie voneinander trennte, erschien ihr unendlich weit.

Er fuhr herum, und sie sah in seinen Augen nichts als Hass. Hass auf sie und all das, was sie ihm angetan hatte. Zorn und Schmerz. Und sie wusste, jede einzelne dieser Empfindungen war ihre Schuld.

Sie wollte ihn berühren, ihn anflehen, ihr zuzuhören, doch sie begriff, dass es zu spät war. Ein überwältigendes Gefühl der Trauer erfasste sie. Sie hatte ihn verloren.

214

Jared biss die Zähne zusammen. Sie sprach davon, dass er nicht fair sei? Wer log ihm denn ins Gesicht? Seit er sie kannte, wusste er nie, woran er bei ihr war. Dabei hatte er geglaubt, eine gute Menschenkenntnis zu besitzen. Doch bei Ruby war alles anders. Er hatte sich täuschen lassen. Erfolgreich hatte sie ihn um den Finger gewickelt, ihn zum Narren gehalten. Er war so verdammt leichtgläubig gewesen. Hatte sich von seinen bescheuerten Gefühlen leiten lassen. Sie war eine Frau, die seine Gedanken beherrschte und ihm viel tiefer unter die Haut ging, als er zugeben wollte, und nun bezahlte er den Preis dafür. Seine Verärgerung wuchs ins Unermessliche. Er wollte sie verletzen, ihr den gleichen Schmerz zufügen, der in seiner Brust tobte.

»Weißt du, was nicht fair ist?«, stieß er hervor. »Du! Du bist hier diejenige, die mir ins Gesicht lügt. Und anstatt mir die Wahrheit zu sagen, zu deinen Fehlern zu stehen, hältst du mir einen Vortrag darüber, dass ich den Frauen da draußen etwas vorspiele.« Er nickte in die Dunkelheit. »Und weißt du was, genau wegen einer Frau wie dir habe ich diesen Entschluss gefasst. Du hast mir bestätigt, dass ich richtig liege. Ich lass mich nicht kontrollieren, manipulieren, und erst recht nicht von dem Balg des Mörders meines Vaters.«

Er sah ihre Tränen, die unaufhörlich ihre Wangen hinabliefen. Den verzweifelten Ausdruck in ihrem Gesicht. Seine Worte trafen sie. Zu Recht. Doch er spürte immer noch nicht das Gefühl von Erleichterung. »Das mit uns war der größte Fehler meines Lebens!« Mit festem Blick starrte er ihr in die Augen und fügte mit eisiger, eindeutiger Stimme hinzu: »Ich will dich nie wieder sehen. Eine Frau wie du, die Tochter eines Mörders, hat nichts in einer Stadt wie Korit Valley zu suchen! Ich rate dir, dorthin zurückzugehen, wo du hergekommen bist.«

Mit den Worten drehte er sich um und marschierte davon, ließ sie zurück und wünschte sich nichts mehr, als ihr nie wieder zu begegnen. Der Schmerz in seiner Brust tobte wie ein Tornado, verwüstete alles Glück, alle positiven Momente, und hinterließ nichts als verletzenden Hass. Er wartete darauf, dass die Enge in seiner Brust verschwand. Darauf, dass er zufrieden war. Jetzt, wo er Ruby unmissverständlich klargemacht hatte, was er von ihr und ihren Lügen hielt. Stattdessen war er aufgebracht und ruhelos. Fast taten ihm seine Worte leid. Aber was wäre er für ein Verräter, wenn er jetzt zurückging und sich entschuldigte? Nein. Ruby hatte es verdient. Sie hatte verdient, dass ihre großen himmelblauen Augen von Tränen gerötet waren. Sie hatte verdient, dass sie auch nur einen Bruchteil dessen zu spüren bekam, was er in sich fühlte. Fuck. Doch warum juckte es ihn dann in den Fingern, zu ihr zu gehen und sie in die Arme zu nehmen? Warum wollte er jede verdammte Träne wegwischen, die sie weinte? *Weil du ein verdammter, manipulierter Idiot bist! Ruby hat dich an der Nase herumgeführt. Dich belogen. Kein Moment mit ihr war echt.* Nein, Ruby war nichts weiter als ein Produkt seiner Fantasien, und je schneller er das raffte, desto besser.

20

uby zuckte zusammen. Sie konnte nicht atmen, konnte von all den vergossenen Tränen nicht mehr klar sehen. Jareds Worte waren wie Rasierklingen, die sich tief in ihre Haut schnitten. Er wollte, dass sie Korit Valley verließ. Für immer. Sie sah, wie er in seinen Wagen stieg. Wie er, ohne ihr noch einen weiteren Blick zuzuwerfen, an ihr vorbeifuhr und sie zurückließ. Jared war trotz allem, was zwischen ihnen passiert war, nicht einmal bereit dazu, sie anzuhören. Er hatte sein Urteil gefällt.

Sie schluchzte, versuchte, aus ihrer Jackentasche ein Taschentuch zu holen, doch ihre Hände zitterten zu stark. Hilflos sah sie sich um. Was sollte sie tun? Wohin sollte sie gehen? Ein richtiges Zuhause hatte sie nicht. Keinen Ort, an den sie sich zurückziehen konnte, um ihren Kummer und Schmerz zu heilen. Sie war in Korit Valley, in dem kleinen Städtchen, das sie in dieser kurzen Zeit kennen und auf eine besondere Weise lieben gelernt hatte, jetzt nur noch ein geduldeter Gast. Niemand würde sie weiterhin freundlich begrüßen, ihr einen schönen Tag wünschen. Nicht, wenn sie erst wussten, was vorgefallen war. Jeder würde in ihr die Tochter eines Mörders sehen.

Jared hatte ihr vor Augen geführt, was er von ihr hielt, und egal, was sie dagegen sagen wollte, ihm beweisen wollte, dass er falsch lag, er hatte ihr keine Möglichkeit dazu gegeben. Weil in ihren Adern das Blut ihres Erzeugers floss, den sie nie zu Gesicht bekommen und auch nie hatte kennenlernen wollen. Doch all das war Jared gleichgültig. Es war ihm gleichgültig, wie es ihr mit dem Wissen ging. Es interessierte ihn nicht, dass sie genauso litt wie er. Dass sie sich wünschte, es wäre anders. Ja, sie hätte es ihm sagen sollen. Noch am selben Tag, als sie es erfahren hatte. Ja, sie hatte einen Fehler gemacht. Aber sie war nur ein Mensch. Sie musste die bittere Wahrheit ebenfalls erst akzeptieren.

Im Nachhinein wusste Ruby nicht mehr, wie sie es zum Haus ihrer Tante geschafft hatte. Doch irgendwann, nachdem sie kraftlos in ihr Bett gefallen war, kam Lyra, um nach ihr zu sehen. Sie hatte mitbekommen, wie Jared, kaum dass Ruby das *Blues* verlassen hatte, selbst abgehauen und nicht wieder zurückgekehrt war. Ruby hatte ihr daraufhin von dem Streit erzählt.

»Schau mich an, Ruby!«, befahl Lyra, die auf dem Bett saß und ihre Aufmerksamkeit auf sich lenkte, indem sie vor Rubys Augen mit den Händen fuchtelte. Kraftlos drehte Ruby den Kopf, löste ihren Blick von der gegenüberliegenden Wand und sah in das Gesicht ihrer Cousine.

»Jared ist wütend. Verletzt. Nichts von dem, was er dir an den Kopf geworfen hat, hat er ernst gemeint.« Beruhigend strich Lyra über Rubys Unterarm. »Du musst ihm etwas Zeit geben, um damit klarzukommen.«

»Lyra, ich habe ihm in die Augen gesehen. Jedes seiner Worte war ernst gemeint. Er möchte, dass ich Korit Valley verlasse.« Sie schluckte schwer.

In den vergangenen Stunden hatte sie unzählige Tränen geweint. Geweint um das, was sie verloren hatte. Geweint, weil sie mit ansehen musste, wie das, was sich zwischen ihr und Jared entwickelt hatte, in tausend kleine Teile zersprang. Genauso wie ihr Herz. Sie hatte zugelassen, sich in ihn zu verlieben. Alle Bedenken über Bord geworfen. Die Angst, erneut verletzt zu werden, jemanden zu verlieren, der ihr schon viel zu viel bedeutete, breitete sich in ihrem Innern aus. Dabei hatte sie sich nicht verlieben wollen. Sie wollte niemanden in ihr Leben lassen. Zumindest nicht, solange sie noch mit dem Tod ihrer Mom zu kämpfen hatte und sich oft einsam und hilflos fühlte. Ruby wollte ihr Leben fest im Griff haben, mit beiden Beinen auf dem Boden stehen und sich erst dann wieder an jemanden binden, wenn sie wusste, dass sie bereit dafür war, dass der Zeitpunkt gekommen war. Doch Jared war so hartnäckig gewesen. Hatte sie von der Trauer um ihre Mom und ihr verlorenes Leben in New York abgelenkt. Sie hatte ihr Herz geöffnet, für ihn. Was für ein Fehler.

»Er ist der Meinung, ich habe aus reiner Berechnung mit ihm geschlafen.«

»Berechnung? Aber wieso denn?« Lyra schnaubte. »Denkt er etwa, du stehst im Kontakt zu deinem Vater und dass du dich an Jared dafür rächen willst, weil Brad nun im Gefängnis sitzt?« Sie schüttelte den Kopf. »Das ist doch Bullshit.«

»Ich weiß nicht, was er denkt. Oder wie er überhaupt auf die Idee kommt. Jared hat es nicht zugelassen, ihm zu erklären, was genau vorgefallen ist.« Ruby griff sich an die Schläfen, weil sich der pochende höllische Schmerz hinter ihren Augäpfeln weiter ausbreitete. Ohne ihn würde sie vermutlich noch immer denken, das alles wäre nur ein bitterböser Traum und sie musste nur aufwachen, um dem zu entkommen.

»Das ist nicht okay.«

»Vielleicht ja doch«, murmelte Ruby und schloss die Lider. Sie fühlte sich schuldig. Was ihr Erzeuger Jareds Familie angetan hatte, zermürbte sie. Auch wenn sie nichts für ihre Eltern konnte oder die Dinge, die sie verbrochen hatten, waren sie trotzdem ein Leben lang mit einem unsichtbaren Band mit ihr verknüpft. Ob sie es wollte oder nicht.

»So ein Blödsinn. Ich erlaube es nicht, dass du dir die Schuld für das gibst, was dieser Mann damals getan hat.« Lyra sprang auf, und Ruby schlug die Augen wieder auf. Angriffslustig funkelte Lyra sie an. »Und noch viel weniger lass ich zu, dass Jared dich so behandelt. Egal, wie verletzt er ist.« Zielstrebig marschierte ihre Cousine zur Tür.

»Was hast du vor?«

»Ich werde ihm meine Meinung sagen und die Dinge richtigstellen.«

»Nein, Lyra. Ich möchte nicht, dass du oder Tante Violet da mit hineingezogen werdet. Die Sache geht nur Jared und mich etwas an.« Lyra und ihre Mom hatten schon so viel für Ruby getan. Unter keinen Umständen wollte sie, dass die beiden sich einmischten.

Lyra schien davon nicht begeistert zu sein. »Und was dann? Willst du hier sitzen und es über dich ergehen lassen? Ohne die Chance zu bekommen, Jared reinen Wein einzuschenken? Und es wirklich in Erwägung ziehen, zu verschwinden?«

Ruby zuckte mit den Schultern. Sie wusste nicht, wie es weiterging. Für den Augenblick war sie nur froh, hier im Gästezimmer sein zu dürfen. Sie hatte nicht darüber nachgedacht, was sie als Nächstes tun sollte.

»Du musst noch einmal mit ihm reden! Jared ist durcheinander, verletzt. Er braucht nur ein wenig, um damit klarzukommen. Du bedeutest ihm etwas, er hat es dir selbst gesagt, und es ist doch ganz verständlich, dass er überreagiert.« Lyra kam zurück, ließ sich neben Ruby auf das Bett sinken und griff ihre Hand, um sie leicht zu drücken. »Sprich mit ihm! Er muss dich anhören!«

»Er war ziemlich deutlich, Lyra. Er möchte mich nicht mehr sehen!«

»Scheinbar nicht jetzt. Aber in ein paar Tagen, wenn er das alles verarbeitet hat, dann bestimmt.« Lyra klang völlig überzeugt, und Ruby wünschte, sie könnte sich dessen ebenso sicher sein. Doch leider wog der Zweifel in ihr mehr als die Hoffnung.

Nur weil sie keine Lust hatte, länger mit Lyra zu diskutieren, nickte sie zaghaft. »Gut, vielleicht hast du recht. Womöglich sollte ich noch mal mit ihm reden und ihm alles erklären.«

»Ihr müsst euch einfach aussprechen!«, beharrte Lyra. »Jared mag dich, und du magst ihn. Zwischen euch hat sich etwas entwickelt und … Sorry, ich wollte dich nicht zum Weinen bringen.«

Ruby wischte sich erneut eine Träne weg. Da war viel mehr als nur Mögen. »Ich hätte mal besser auf meine innere Stimme hören sollen, die mir oft genug gesagt hat: ›Verlieben verboten.‹«

Lyra sah sie mitfühlend an. »Leider können wir uns nicht aussuchen, für wen unser Herz schlägt. Aber ich werde es nicht zulassen, dass du und Jared keine zweite Chance bekommt.«

Ruby umarmte Lyra. Es tat gut, sie zu haben. Einen Menschen, der ihr zuhörte, sie verstand und ihr half. Seit ihre Mom schwer erkrankt war, hatte sie kaum noch jemanden gehabt, mit dem sie ihre Sorgen und Ängste teilen konnte. Und nun das. So viel Kummer wäre ihr erspart geblieben, wenn ihre Mom ihr erzählt hätte, wer ihr Erzeuger war und was er getan hatte. »Danke schön, dass du trotz allem zu mir hältst.«

»Ich hoffe, du meinst mit ›trotz allem‹ nicht, dass du in irgendeiner Weise Schuld an dem trägst, was damals passiert ist. Das tust du nämlich nicht. Und ich werde nicht eher aufhören, dir das zu sagen, bis du es selber glaubst!« Lyra hielt sie fest und strich ihr beruhigend über den Rücken. »Bis alle davon überzeugt sind.«

Jared sah nicht auf, als irgendjemand durch die Hintertür in sein Haus stapfte. Nicht mal, als er mitbekam, dass dieser Jemand sein Bruder Chase war. »Wo hast du gesteckt?«

Es war Sonntagnachmittag. Der Regen prasselte noch immer gegen sein Fenster, und wenn er nicht bald aufhörte, würde die nächste Sintflut nicht mehr lange auf sich warten lassen. Dabei hatte Jared gehofft, sich nach dem gestrigen Abend mit einer Tour auf seinem Bike ablenken zu können. Fehlanzeige. Das Wetter hatte sich gegen ihn verschworen.

»Wir haben auf dich gewartet, und Mom hat sich Sorgen gemacht. Sie hat bestimmt zwanzigmal versucht, dich anzurufen.« Chase blieb vor ihm stehen und starrte anklagend auf ihn hinab.

»Ich habe ihr geschrieben, dass ich keine Zeit habe.« Jared stierte weiterhin auf seinen Flachbildfernseher.

»Sieht so dein Keine-Zeit-Haben aus? Dir Football-Wiederholungen reinzuziehen? Ernsthaft?«

»Ich wollte mit dem Bike raus, aber dieser verfluchte Regen will ja nicht aufhören«, verteidigte er sich halbherzig.

»Hast du mal einen Blick in den Wetterbericht geworfen, Mann? Da kommt seit Tagen nichts anderes als Warnungen vor Aquaplaning.«

»Schon gut. Du musst hier nicht den großen Bruder raushängen lassen, okay?« Jared wollte, dass sein Bruder ihn in Ruhe ließ. »Ich habe es zur Kenntnis genommen, und jetzt kannst du Mom ausrichten, dass es mir gutgeht und sie sich keine Sorgen machen muss.«

»Sieht jedenfalls danach aus«, meinte Chase abfällig. »Vielleicht solltest du ihr das besser selber sagen. Denn sie hat uns nicht ohne Grund alle zum Essen eingeladen.«

Einen Teufel würde er tun. Sich mit seiner Familie an einen Tisch setzen und auf heile Welt machen, wo er doch die Erkenntnis über Ruby und ihren Vater mit sich herumschleppte. Ganz sicher nicht. Möglicherweise würde seine

Mom nach ihr fragen. Chase würde seine Klappe nicht halten können und ihr unter die Nase reiben, dass Ruby bei ihm zuhause gewesen war, und Don steuerte womöglich noch die Sache im *Blues* bei. Jared griff nach seiner Fernbedienung, bereit, die Lautstärke zu erhöhen, sollte sein Bruder weitersprechen.

»Keine Ahnung, was dein Problem ist oder ob es gar mit deiner Kleinen zusammenhängt, aber bei diesem Essen geht es ausnahmsweise mal nicht um dich und dein pubertäres Verhalten.« Chase stierte ihn verärgert an. »Jetzt zieh dich an und komm mit. Wenigstens zum Nachtisch.«

»Verpiss dich einfach, Chase, und lass mich in Ruhe.« Nun würde er tatsächlich gleich die Lautstärke hochregeln.

»Jocy ist da.«

»Was?« Mit einem Schlag war er hellwach. »Ernsthaft?«

»Ja.« Chase nickte. »Sie kam vor zwei Stunden an. Mom wollte uns alle überraschen und hat keinem etwas davon erzählt.«

»Scheiße.« Er sprang auf. Seit über einem halben Jahr hatte er seine erfolgreiche Schwester nicht mehr zu Gesicht bekommen. Nach ihrer Ausbildung an der *Juilliard School* hatte sie das große Glück gehabt, einen Job im *Boston Opera House* zu ergattern.

»Wie lange bleibt sie?« Mit einem Mal konnte er gar nicht schnell genug seinen Fernseher ausschalten und sich anziehen.

»Ein paar Tage. Ich habe ihr noch nichts von der bevorstehenden Verlobung mit Peggy-Sue erzählt. Irgendwie kam mir das per Telefon nicht richtig vor. Aber ich überlege, jetzt wo sie schon mal da ist, den Antrag so bald wie möglich durchzuziehen.«

Jared hörte seinem Bruder nur mit halbem Ohr zu. Jocy war da. Seine kleine, durchgeknallte Schwester, die ihn manchmal besser verstand als er sich selbst.

»Wäre ja nett, wenn sie es persönlich erfährt.« Chase sah ihn fragend an. So, als erwartete er von ihm eine Antwort.

Doch das Einzige, was Jared zu dem Thema sagen wollte, war: »Hm.«

Er schnappte sich seine Jacke und stiefelte zur Tür, gefolgt von Chase, der mehr damit beschäftigt war, laut über den bevorstehenden Antrag nachzudenken.

»Weißt du eigentlich, dass du seit Tagen nur noch von diesem Antrag faselst? Warum ziehst du es nicht einfach durch, und gut ist?« Jared öffnete die Beifahrertür von Chase' Wagen und setzte sich hinein.

»Sagt mir ausgerechnet der Typ, der sich nicht binden will.« Chase nahm hinter dem Lenkrad Platz und startete den Motor.

»Ich brauche keine Frau, um zufrieden zu sein«, blaffte Jared und verfluchte sich im Stillen, dass er seinem Bruder diese Vorlage gegeben hatte.

»Sicher doch. Keine Ahnung, was bei Ruby und dir vorgefallen ist, aber seit du sie nicht mehr triffst, bist du dermaßen launisch.«

Jared verkniff sich eine spitze Bemerkung und lenkte das Thema in eine andere Richtung.

Nach knapp fünf Minuten Fahrt, die sie genauso gut hätten zu Fuß gehen können, parkte Chase vor dem Grundstück ihrer Mom. Dons Wagen war ebenfalls da. Gemeinsam betraten sie das Haus, und Jared stolperte beinahe über den großen Koffer, der mitten im Flur stand. Auf dem Koffer lag ein grellgelber Wollmantel.

»Da bist du ja. Mein allerliebster Lieblingsbruder.« Jocy sprang auf und fiel Jared regelrecht um den Hals. Sie war noch dünner, als er sie in Erinnerung hatte, und als er sie ebenfalls umarmte, hatte er beinahe Angst, ihr etwas zu brechen.

»Bekommst du überhaupt was zu essen in Boston?«, konnte er sich nicht verkneifen.

»Das Gleiche habe ich sie auch gefragt«, brummte Don.

Und Peggy-Sue meinte nur: »Das ist das Los einer Primaballerina.« Dann griff sie nach ihrem Wasserglas und stichelte weiter. »Wie kommt's, dass du jetzt doch Zeit für deine Familie gefunden hast? Ich dachte, du bist wahnsinnig beschäftigt. Oder verdanken wir deine Anwesenheit der Tatsache, dass das Flämmchen bereits wieder erloschen ist?«

Jared taxierte Peggy-Sue. Das war eindeutig eine Anspielung auf Ruby und ihn. Er biss die Zähne zusammen und warf ihr einen eiskalten Blick zu. Sie wollte ihn verärgern. Wie so oft.

Jocy ließ Jared los und musterte ihn von Kopf bis Fuß. Ihren grüngrauen Augen entging nichts, und er ahnte anhand ihrer Mimik, dass sie spätestens nach dem Essen wissen wollte, was los war. Spielerisch klopfte sie ihm auf die Schulter und sagte lediglich: »Du kennst mich ja. Solange ich meine tägliche Portion Schokolade bekomme, ist alles gut.«

»Gesunde Ernährung ist wohl ein Fremdwort in diesen Kreisen«, gab Peggy-Sue ihren Senf dazu.

Jared verzog das Gesicht und verkniff sich eine weitere Bemerkung. Er nahm neben Jocy Platz. »Wie lange bleibst du?«

»Leider nur ein paar Tage. Dann gehen die Proben für das neue Stück los. Ich hätte zwar meinen Urlaub um eine Woche verlängern können, aber das würde bedeuten, auf den Weihnachtsurlaub verzichten zu müssen.« Jocy angelte nach einem Löffel und begann, den Nachtisch in sich hineinzuschaufeln.

»Du machst dir schon über Weihnachten Gedanken? Dabei kommt doch erst der Sommer«, meinte Chase und tat es seiner Schwester gleich. Er aß ebenfalls eine Nachspeise.

Jocy zwinkerte ihm zu. »Ich plane gerne vor, solltest du vielleicht auch mal versuchen.«

Und sofort entbrannte die typische Diskussion zwischen den beiden. Für ein paar Minuten vergaß Jared seine eigenen Probleme und ließ sich ganz auf die Kabbelei mit seiner Schwester ein. Don ignorierte es, Peggy-Sue verzog genervt das Gesicht. Seine Mom tätschelte Jareds Schulter und meinte: »Schön, dass du noch gekommen bist.«

Er nickte. Im Kreis seiner Familie schien alles so einfach zu sein. Keine negativen Gedanken. Keine Vorwürfe. Doch er wusste genau, wenn er ihnen von Ruby erzählen würde, wäre die Stimmung dahin.

Als er knapp zwei Stunden später gemeinsam mit Jocy und einer Tasse Kaffee draußen stand und in den regenverhangenen Himmel sah, kehrten die schlechten Gefühle allerdings Stück für Stück zurück.

»Sag mal«, Jocy deutete auf das Haus, »bilde ich mir es nur ein oder ist Peggy-Sue noch anstrengender geworden? Ihre Laune war ja kaum auszuhalten.«

Überrascht hob Jared den Kopf. »Ich dachte, du magst sie.«

Jocy verzog das Gesicht. »Ich toleriere sie. Aber sie wird sicher nie meine Freundin werden.«

Wissend nickte Jared. Er und Jocy sprachen nicht oft über Chase und Peggy-Sue. Irgendwie hatte jeder in der Familie so seine Meinung, die er lieber für sich behielt.

»Ich hoffe nur, dass deine Zukünftige anders ist.« Jocy boxte ihn in die Seite. »Mom hat da was verlauten lassen. Ich habe keine Ahnung, wie offiziell das bei euch ist, aber ich würde sie liebend gerne kennenlernen.«

Jared presste die Lippen zusammen und fluchte innerlich. Er hätte wissen müssen, dass irgendwer petzen würde.

»Es ist nicht amtlich.« Er fuhr sich durch das Haar.

»Habe ich mir gedacht. Aber wenn Mom davon weiß,

dann muss es schon ernster sein.« Sie pustete in ihre Tasse. »Also erzähl!«

»Da gibt es nicht viel zu erzählen«, versuchte sich Jared rauszureden.

Mit wissendem Blick musterte sie ihn so eingehend, dass es ihm beinahe unangenehm war. Schließlich sagte sie: »Lügner.«

Er brummte etwas vor sich hin, und Jocy fuhr fort: »Was ist los? Irgendetwas ist da. Ich sehe es an deinen Augen. Magst du sie? Hast du Angst vor den Gefühlen?«

Schon wieder dieses Wort. Er hatte keine Angst. »Nein!«

»Was ist es dann?«, bohrte sie weiter. »Oder hatte Peggy-Sue eben recht, als sie diese Bemerkung mit dem Flämm-chen machte?«

Jared stieß die Luft aus. »Hat dir mal jemand gesagt, dass du ziemlich nervig sein kannst?«

Jocy lachte laut auf. »Das höre ich ständig.« Dann schüt-telte sie ihre lange, blonde Mähne. »Ich kann noch nerviger sein, wenn du nicht mit der Sprache rausrückst. Was ist da zwischen euch?«

»Nichts«, stieß er aus und fügte schließlich hinzu: »Ruby und ich passen nicht zusammen, und basta.« Er mochte es nicht, ihren Namen auszusprechen. Es rief Erinnerungen wach, die er lieber verdrängen wollte.

»Ruby, hm. Komisch, wenn ihr nicht zusammenpasst, warum siehst du dann bei der Erwähnung ihres Namens so gequält aus?«

»Schwachsinn.« Jared stieß sich vom Verandageländer ab. »Ruby ist einfach die Falsche für mich.«

»Warum?«

»Weil es so ist.«

»So leicht gebe ich nicht auf, Jared Turner. Verrat mir, was los ist. Weshalb passt ihr deiner Meinung nach nicht zusammen?«

Jetzt kehrte die Wut zurück, und das Wissen um sie und ihren Erzeuger zerriss ihn beinahe. »Weil ihr verdammter Erzeuger der Mörder unseres Vaters ist und sie mich im Glauben ließ, nichts davon gewusst zu haben.«

Verdammt. Er hatte es ausgesprochen. Jocys Kopf schnellte herum. Ihre Augen weiteten sich, und ihr Mund klappte auf. Dann schloss sie ihn wieder und meinte: »Nicht dein Ernst! Shit.«

_21_

Rubys Blick ging ins Leere und verschwamm. Was immer Lyra ihr die letzten zwanzig Minuten erzählt hatte, Ruby hatte nur desinteressiert zugehört. Ein Zustand, der sie bereits den ganzen Tag begleitete. Ihre Bosse hatten es auf der Arbeit bemerkt. Vermutlich war das auch der Grund, weshalb sie irgendwann am späten Vormittag gefragt hatten, ob sie sich krank fühle. Ruby hatte es zwar verneint, doch so recht glauben wollten beide es nicht. Im Nachhinein wusste sie nicht mal mehr, wie sie den restlichen Tag überhaupt verbracht hatte. Wohl wie ein Zombie, unmotiviert durch die Gegend schlurfend.

Nun war Feierabend, sie saß an Lyras Esszimmertisch und sah ihr zu, wie sie Nudeln in das kochende Wasser gab. Obwohl Ruby keinen Appetit hatte, ließ sich ihre Cousine nicht vom Kochen abhalten. Wie sollte sie mit dem Schmerz in ihrem Herzen etwas essen können? Sie fühlte sich gelähmt vor Traurigkeit, wenn sie daran erinnert wurde, wie Jared sie nun sah. Welche Meinung er von ihr hatte. Dass er ihr nicht einmal richtig die Chance gegeben hatte, sich zu erklären. Indem sie an ihn dachte, strafte sie sich, dass sie nicht einfach die Klappe gehalten hatte. Dass sie, anstatt ihm Vorhaltungen zu machen, ihm nicht gleich von der Sache mit seinem Dad erzählt hatte. Sie konnte es nicht ändern, nicht ungeschehen machen. Sosehr Ruby es sich auch wünschte, ein Teil von ihr war zerbrochen. Der Teil, der zu Jared gehörte, und wie sehr sie auch hoffte, es kitten zu können, es funktionierte nicht.

»Tomatensoße oder Käse-Sahne?«

»Hm?« Ruby wurde von Lyras Frage aus ihren Gedanken gerissen. »Tomatensoße.«

Lyra nickte, schnitt die Verpackung auf und ließ die Sauce in einen Topf fluppen. »Ich war heute bei Mrs. Duffy. Wie es aussieht, bekomme ich tatsächlich den Auftrag.«

»Toll, das freut mich für dich, Lyra.«

»Tja, ich weiß noch nicht genau, ob ich mich ebenfalls freuen soll. Ihre Vorstellungen sind im wahrsten Sinne eine Kampfansage. Sie erwartet absolute Perfektion. Um ehrlich zu sein, habe ich etwas Angst davor, dem nicht gerecht zu werden.«

»Du schaffst das. Davon bin ich überzeugt.«

»Schon allein ihre Dekorationswünsche stellen mich vor eine Herausforderung. Sie möchte alles im viktorianischen Stil und ...«

Ruby schweifte wieder ab. Sie bekam Jared einfach nicht aus ihrem Kopf. Sie stand auf, irgendwie musste sie sich ablenken. »Kann ich dir helfen?«

Lyra, die noch von Mrs. Duffys Vorstellungen sprach, brach ab. »Ich glaube, wir könnten eine Flasche Wein vertragen.«

»Als ob Alkohol jemals Probleme gelöst hätte.«

»Das nicht. Aber zumindest lässt er einen besser schlafen, und das scheinst du in den letzten Tagen eindeutig zu wenig getan zu haben.« Lyra sah kurz auf. »Die Tränensäcke deiner Tränensäcke brauchen ja schon Creme gegen ihre Tränensäcke.«

Ruby verzog das Gesicht.

»Was hältst du davon, wenn du schnell rüber zum Supermarkt läufst und uns eine schöne Flasche Rotwein besorgst? In der Zwischenzeit koche ich weiter.«

»Warum nicht? Ich war heute den ganzen Tag noch nicht draußen. Ein wenig frische Luft tut mir sicher gut.«

»Das denke ich auch.«

Die Hände in den Jackentaschen vergraben, ging Ruby die hellerleuchtete Straße entlang. Tief atmete sie die klare, kalte Nachtluft ein, das sanfte Rauschen von Autorädern auf Asphalt drang zu ihr durch, doch war es kein Vergleich zu dem Lärm einer Großstadt wie New York. Ihr Blick huschte zur anderen Straßenseite. In New York war sie allzeit in Alarmbereitschaft gewesen und hatte ihre Umgebung abgecheckt. Es hatte nie einen Moment gegeben, in dem sie unbedacht war. Vor allem nicht in der Gegend, wo sie aufgewachsen war. Dort musste man ständig damit rechnen, überfallen zu werden. Erst recht als Frau.

Hier in Korit Valley hatte sie tatsächlich zum ersten Mal das Gefühl, keine Angst haben zu müssen, sich sicher fühlen zu können und in einer Gemeinschaft zu leben, die aufeinander Acht gab. Zumindest ein bisschen.

Schnell verdrängte sie die aufkeimenden Gedanken. Der Supermarkt war gleich um die Ecke. Neben den anderen Läden, dem *Blues* und nicht zuletzt dem Polizeirevier. Sie schluckte hart, und ihr Herz hüpfte aufgeregt. Hoffentlich lief sie Jared nicht über den Weg. Allein die Vorstellung löste Herzrasen aus. Automatisch beschleunigte sie ihre Schritte, bis sie das Geschäft erreicht hatte.

Ruby betrat den Laden, und ein junger Kerl, bestimmt noch ein Schüler, schenkte ihr ein müdes Lächeln. »'n Abend.«

Auch das war ungewohnt für sie. In New York beachteten die Kassierer einen kaum. Lediglich, wenn es um das Bezahlen ging, sahen sie kurz zu einem auf.

»Hey«, grüßte sie und lief die Gänge entlang. Es war spät am Abend und nicht mehr viel los. Nur zwei weitere Kunden hielten sich hier auf.

Zielstrebig ging Ruby zur Weinabteilung und griff nach der erstbesten Flasche, die in ihrer Preisklasse lag. Damit schlenderte sie an die Kasse. Während der Kassierer den Wein scannte, fiel ihr Blick unweigerlich durch das große Fenster auf die gegenüberliegende Straßenseite. Zu dem Gebäude, in dem Jared arbeitete. Sie wollte ihm keine Beachtung schenken. Doch ihre Augen schienen da anderer Meinung zu sein. Sie starrte auf die Tür. So, als ob sie sie mit bloßer Gedankenkraft dazu bewegen könnte, sich zu öffnen und Jared heraustreten zu lassen. Shit. Irgendetwas in ihrem Kopf machte plötzlich klick. Die letzten Tage hatte sie sich hundeelend gefühlt. Traurig und zerrissen. Unvollständig. Sie wollte sich nicht mehr so fühlen. Sie wollte, nein, sie *musste* einfach noch einmal mit Jared reden. Ruby konnte es nicht dabei belassen. Sie wusste, mit jedem Tag, jeder Stunde würde es schwerer werden, die ganze Angelegenheit richtigzustellen.

»Das macht fünf Dollar.«

Sie drückte dem Kassierer das Geld in die Hand, nahm die Weinflasche und fegte aus dem Laden, bevor sich ihre Entschlossenheit wieder in Luft auflöste. Automatisch steuerte sie das Revier an, hielt Ausschau nach seinem Wagen. Doch auf dem Parkplatz war er nicht. Dann musste Jared zuhause sein. Sie hoffte es. Mit schnellen Schritten drängte sie die Straße entlang. Zu Jareds Haus waren es von hier aus knapp zehn Minuten. Eine lange Zeit, in der ihr Mut verschwinden konnte und die Unentschlossenheit, die innerliche Zerrissenheit zurückkehren. Das wollte sie nicht zulassen. Sie wollte sich nicht von der Angst leiten lassen. Jared musste einfach wissen, was wirklich passiert war. Es war sein Recht und auch ihres. Wenn er sie dann immer noch verurteilen wollte, blieb ihr nichts anderes übrig, als damit klarzukommen. Zu müssen. Blindlings hastete sie weiter, achtete nicht auf die Autos oder die wenigen Fußgänger.

Erst als die Gegend ruhiger wurde, verlangsamte sie ihr Tempo. Mit wild pochendem Herzen und Händen, die vor Aufregung zitterten, bog sie ab, marschierte zu Jareds Grundstück. Die Vorstellung, was wäre, wenn er gar nicht zuhause war und sie den Weg umsonst gemacht hätte, schlich sich erst jetzt in ihre Gedanken.

»Er muss einfach da sein!«, murmelte sie zu sich selbst, während sich ihr Mut mit jedem weiteren Schritt verabschiedete. Bis sie schlussendlich vor seinem Haus stand und in das hell beleuchtete untere Stockwerk starrte. Ihr Herz zog sich quälend zusammen. Sie zitterte so heftig, dass sie zum ersten Mal verstand, wie es gemeint war, wenn jemand sagte, er zittere wie Espenlaub. Das letzte bisschen Mut und Kraft raffte sie zusammen, stieg die zwei Stufen zu seinem Haus empor und drückte die Klingel. Was, wenn er die Tür vor ihrer Nase zuschlug, sie einfach stehen ließ? Was, wenn ...? Die Sekunden zogen sich in die Länge. Ihre Ungeduld wurde mit jedem Augenblick stärker. Ihr Mut drohte sich zu verabschieden.

Und dann stand er da. Mit geöffnetem Hemd, halbnackter Brust und diesem verschmitzten Lächeln, welches er so oft schon allein ihr geschenkt hatte. Rubys Herzschlag setzte einen Moment aus, und sie starrte in seine karamellfarbenen Augen, die so warm auf sie herabsahen, dass sie am liebsten geweint hätte. Doch mit einem Schlag war dieser kurze Moment der Vertrautheit wie fortgeblasen.

»Du?«

Rubys Kehle war wie ausgetrocknet. Sie wusste, sie musste etwas sagen, die Worte, die sie sich seit ihrem letzten Treffen zurechtgelegt hatte, aussprechen. Aber in ihrem

Gehirn zirpten die Grillen. Irgendetwas musste ihr doch von all den mühsam ausgesonnenen Sätzen einfallen. Etwas, das ihn davon abhielt, sich abzuwenden und die Türe vor ihrer Nase zuzuschlagen. »Können wir reden?«

Breitbeinig und selbstbewusst die Arme vor seinem offenen Hemd verschränkt, machte er keine Anstalten, Ruby in sein Haus zu lassen. Aber das war okay. Sie verstand es. Sie wusste selbst nicht, ob sie eintreten wollte. Nicht, wenn in ihrem Kopf die Erinnerungen an ihre gemeinsame Nacht hingen.

»Ich glaube, es wurde alles besprochen.«

»Bitte, Jared. Lass mich erklären. Ich verstehe, dass du sauer auf mich bist und enttäuscht. Ich kann nachvollziehen, wie du dich fühlst und ...«

Einen Dreck konnte sie. Zu oft hatten Jared diese mitfühlenden Worte verärgert. Dieses ›ich weiß, wie du dich fühlst‹. Nein, sie wussten es nicht! Niemand außer seiner Familie hatte eine Ahnung davon, wie es war, wenn ein geliebter Mensch durch die Hand eines anderen starb. Niemand konnte ansatzweise den Hass spüren, der in seiner Brust tobte. Selbst nach all den Jahren.

»Jared?«

Wie lange hatte er geschwiegen? Er hatte keine Ahnung. Als er in Rubys hellblaue Augen sah, hatte er das Gefühl, bis auf den Grund ihrer Seele blicken zu können.

»Es tut mir leid. Ich wollte es dir sagen. Wirklich. Bis zu dem Morgen, als ich in deinen Armen aufgewacht bin, nachdem wir uns geliebt haben, hatte ich keine Ahnung, wer dein Vater war und welches Schicksal uns verbindet.«

»Sprich nicht von Liebe«, stieß er zwischen zusammengebissenen Zähnen aus.

Doch Ruby ignorierte es. »Es war Mrs. Duffy, die mir den Wink überhaupt gegeben hat, dass etwas in meiner

Vergangenheit vorgefallen war. Bis zu jenem Zeitpunkt dachte ich, dass meine Mom nicht wusste, von wem sie schwanger war. Ich hatte ja keine Ahnung, dass sie aus Korit Valley geflüchtet war, um mich zu schützen. Sie wusste, dass diese Bürde auf uns beiden lasten und unser Leben nie gut werden würde. Nach diesem seltsamen Gespräch bei Mrs. Duffy bin ich zu Tante Violet gegangen und habe sie zur Rede gestellt. Sie hat mir daraufhin alles erzählt. Ich war geschockt, wollte nichts mehr davon hören. Die Tatsache, dass durch meine Adern das Blut eines Mörders fließt, hat mich fast verrückt gemacht. Ich konnte, kann immer noch nicht damit umgehen. Aber selbst da hatte ich keinen Schimmer, wer der Mann war, der sterben musste.«

Ruby sprach schnell, rasend schnell, weil sie wohl befürchtete, er könnte sie unterbrechen. Am liebsten würde er das auch tun. Nur die Verzweiflung in ihrem Blick, der Schmerz darin, ließ ihn innehalten. Er wollte ihr glauben. Wirklich. Aber die Wut war stärker als alles andere.

Mit tonloser Stimme sagte er: »Du hättest es mir erzählen sollen, als du kapiert hast, wer mein Vater war und auf welche Weise sein Leben zerstört wurde.«

Betroffen nickte sie. Er sah, wie sich Tränen in ihren Augen sammelten. Es sollte ihm gleichgültig sein. Er sollte nicht das Bedürfnis verspüren, sie in seine Arme zu ziehen. Es war falsch. Absolut.

»Du hast recht, ich hätte es dir sofort berichten sollen. Aber ich war geschockt. Die Tatsache, dass mein Erzeuger deinen Vater umge... Das war ein Alptraum. Ich musste einfach abhauen. Das alles verarbeiten.« Mit dem Jackenärmel wischte sie sich eine Träne von den Wangen. »Es tut mir leid, dass ich es dir nicht gleich gesagt habe.«

Verbitterung machte sich in ihm breit. »Das war nicht deine einzige Gelegenheit, es mir zu sagen. Du hättest es an dem Tag, als ich dich auf der Arbeit besucht habe, erklären können. Besser noch davor. Stattdessen hast du geschwiegen. Mich in dem Glauben gelassen, ich bedeute dir nichts.«

»Das ist nicht wahr, Jared. Du bedeutest mir viel mehr, als du dir vorstellen kannst.« Sie trat einen Schritt auf ihn zu, wollte nach seiner Hand greifen, doch er ließ es nicht zu.

Enttäuscht sah sie zu ihm auf. »Ich hatte nicht vor, mich in dich zu verlieben. Mein Plan war, mein Leben auf die Reihe zu bekommen, die Schulden zu begleichen und mir hier im Laufe der Zeit eine Zukunft aufzubauen.«

Sie schniefte und schloss für einen Moment die Augen. Ihr Gesicht verzog sich schmerzhaft, als sie weitersprach.

»Ich habe niemanden mehr außer Lyra und Tante Violet. Seit dem Tod meiner Mom fühle ich mich wie in Trance. Die letzten Jahre, die Pflege, haben mir viel Kraft abverlangt, meine Ziele, mein eigenes Leben so weit in den Hintergrund gerückt, dass ich mich dabei fast selbst verloren habe.« Ihre Stimme wurde leiser, bis sie nur noch einem Flüstern gleichkam. »Ich vermisse Mom, jeden Tag. Jede einzelne Stunde. Auch wenn ich monatelang Zeit hatte, mich auf ihr Gehen vorzubereiten, ist es nicht annähernd so, wie ich es mir vorgestellt habe. Mir fehlen ihre Stimme, ihr Geruch, ihre Liebe. Einfach alles. Ich weiß, ich muss mein Leben ohne sie in den Griff bekommen. Mir eine Zukunft aufbauen, doch es ist so verdammt schwer. Ich habe den Menschen, den ich am allermeisten liebe, verloren. Ich hatte nicht vor, mein Herz erneut an jemanden zu verschenken. Erst recht nicht an einen Mann. Und erst recht nicht in dieser rasenden Geschwindigkeit. Aber dann kamst du, und irgendwie«, sie blickte zu ihm auf, »waren da auf einmal wieder Farben. Leuchtende, helle Farben. So, als ob ich nach vielen endlosen Regentagen endlich Sonnenstrahlen sehen konnte. Luft atmen kann. Der Schmerz in meiner Brust wegen des Verlusts meiner Mom wurde verdrängt, machte Freude und Zuversicht Platz. Es war ein Geschenk, das ich anzunehmen bereit war. Ungeachtet dessen, was passieren kann. Ich war bereit, es zuzulassen. Alle Bedenken an den Nagel zu hängen.«

Sein Puls raste. Was sagte sie da? Der verletzte Blick, den sie ihm zuwarf, traf ihn mitten ins Herz. Sollte es ihn nicht ärgern, dass sie immer noch diese Macht über ihn besaß und er sie in den Arm nehmen wollte? Ihr sagen wollte, dass alles gut würde? Dass er ihr verzieh?

Seine Hände ballten sich zu Fäusten. Er fühlte sich zerrissen. Verraten. Er konnte nicht zu ihr gehen, seinen Empfindungen nachgeben und sie küssen. Sie in den Armen halten, denn das würde bedeuten, er verriete seinen Vater. Seinen Vater, der hatte sterben müssen. Der seine Familie einsam zurückgelassen hatte. Seine Frau mit vier Kindern, die seine Mom alleine hatte großziehen müssen. So oft hatte er sich gewünscht, mit seinem Vater sprechen zu können, ihn um Rat zu fragen. Er hatte sich gewünscht, sein Dad wäre da, als er die Schule beendet hatte. Als er zum ersten Mal die Uniform der Polizei hatte tragen dürfen. Er hatte sich gewünscht, in das stolze Gesicht zu blicken, wenn er sah, dass seine Söhne in seine Fußstapfen traten. Weil sie ebenso Männer für Recht und Ordnung waren. Menschen, die die Schwächeren beschützten, für Gerechtigkeit sorgten. Was hätte er dafür gegeben, noch ein einziges Mal diesen Moment der perfekten, glücklichen Familie empfinden zu dürfen. Wenn die Traurigkeit und der Hass aus seinem Leben verschwanden.

»Bitte sprich mit mir!«, flehte Ruby ihn an.

Doch er wusste nicht, was er sagen sollte. Seine Kehle war wie zugeschnürt. Er empfand mehr für Ruby als je zuvor für eine Frau. Bei ihr hatte er tatsächlich den Gedanken gehegt, sich auf etwas Ernstes einzulassen. Die Kontrolle über sich und seine Gefühle außer Acht zu lassen. Er hatte es zugelassen und wurde bitter enttäuscht.

»Ähm ...«, plötzlich war da eine weitere Stimme, die die Stille unterbrach. Seine Schwester war die Auffahrt heraufgekommen und blieb unschlüssig auf seiner Veranda stehen. In der einen Hand trug sie eine Pizzaschachtel und in der anderen eine Flasche Wein. »Hey.«

Er beobachtete Ruby, wie sie sich erschrocken umdrehte und Jocy anstarrte. Für einen kurzen Moment war es totenstill. Nur das leichte Rascheln des Windes war zu hören und in der Ferne Motorengeräusche.

Jocy war die Erste, die das Wort ergriff. »Sorry, ich wollte nicht stören.«

»Ich ... Es tut mir leid. Ich hatte ja keine Ahnung, dass du ... ihr ...« Ruby stolperte rückwärts. »Es tut mir leid. Ich ... wusste nicht. Leb wohl, Jared.« Sie hastete die Treppe hinunter, ohne ihn oder Jocy noch mal anzusehen. Ihr langes lockiges Haar wehte im Wind, als sie aus seinem Garten eilte. Er starrte ihr nach. Benommen, verwirrt, unschlüssig.

»Dir ist schon klar, was da gerade abgeht?«, fragte Jocy streng.

»Hm?«

»Wenn das Ruby ist und sie nicht weiß, dass ich deine Schwester bin, dann nimmt sie an, dass ich und du«, sie wedelte mit der Flasche Wein herum, »keine Ahnung, einen netten Abend in trauter Zweisamkeit haben. Was also bedeutet, du solltest ihr folgen, und zwar sofort.«

Ruby war längst aus ihrem Sichtfeld verschwunden. Er müsste sich deswegen gut fühlen, doch da war nur diese unendliche Leere in ihm. Und diese Leere war noch viel schlimmer als der Hass, den er auf den Mörder seines Vaters verspürte. »Du weißt, dass ich das nicht kann!«

»Natürlich kannst du!« Der Pizzakarton in ihrer Hand wackelte gefährlich.

»Jocy, ihr Vater hat unseren Vater getötet. Ich kann ihr nicht verzeihen.«

»Du kannst sehr wohl, du musst es nur zulassen.«

Beharrlich schüttelte er den Kopf. »Es ist falsch.«

»Falsch ist, sie dafür verantwortlich zu machen, was ein anderer getan hat«, beharrte Jocy. »Wir können uns nicht aussuchen, in welche Familie wir geschleudert werden. Wir können die Vergangenheit unserer Eltern nicht ändern, ihre Fehler nicht wiedergutmachen. Uns bleibt nur, unser eigenes Leben zu leben, es besser zu machen.«

22

usste der Wein erst noch in Flaschen abgefüllt werden oder ...?« Lyra brach mitten im Satz ab, als sie in Rubys Gesicht blickte. »Was ist passiert? Du siehst furchtbar aus.«

Sie sah nicht nur so aus, nein, sie fühlte sich auch so. Müde rieb sie sich über die geröteten Augen. Während sie die Straßen zu Lyras Wohnung entlanggehastet war, hatte sie nichts weiter tun können, als zu weinen. Jared glaubte ihr noch immer nicht, und falls doch, konnte er ihr nicht verzeihen. Sein Blick hatte ihr mit einem kalten, unmissverständlichen Ausdruck klargemacht, dass es kein Zurück mehr gab. Er wollte sie nicht länger in seinem Leben haben.

Rubys Schultern sanken kraftlos nach vorn. »Ich war bei Jared.«

»Was?« Lyra knallte die Wohnungstür zu. »Du warst bei ihm?«

Sie schaffte es, zu nicken. »Ich habe ihm alles erzählt. Von Mrs. Duffy, Tante Violet und dass ich den ganzen Zusammenhang erst kapiert habe, als ich bei ihm zuhause war, aber er hat mir nicht geglaubt. Ich war so dumm, Lyra. So unendlich dumm und naiv.«

Lyra schob ihre Cousine hinüber zum gedeckten Esstisch und rückte einen Stuhl zurecht. »Setz dich! Du siehst aus, als kippst du mir gleich um.«

Ruby befolgte ihre Anweisung und sprach weiter: »Warum habe ich nicht eins und eins zusammengezählt? Es gab genügend Hinweise, die mich hätten warnen sollen. Mrs. Duffys Anspielung, dann wie Tante Violet reagiert hat, warum Mom Korit Valley verlassen hat und ...« Sie schlug ihre Hände vors Gesicht. »Was hätte ich denn noch gebraucht? Alles wurde mir mehr oder weniger auf dem Silbertablett präsentiert, und ich ... Ich hatte nichts Besseres zu tun, als mich ausgerechnet in Jared zu verlieben.«

»Jetzt mach mal halblang. Gib nicht dir die Schuld für dieses ganze Chaos.«

»Wem denn dann? Ich war es, die nicht hat wissen wollen, wer der Mann war, den mein Erzeuger getötet hat. Ich war es doch, die ihre Augen vor der Wahrheit verschlossen hat.«

»Also erstens: Du hast die Augen nicht verschlossen. Keiner hat auch nur mit einer Silbe erwähnt, dass der Cop aus Korit Valley war. Es hätte im Nachbardorf oder auf dem Highway oder sonst wo sein können. Das Einsatzgebiet eines Cops hat nicht nur einen Radius von einer Meile. Außerdem wusstest du überhaupt nicht, dass Jareds Vater erschossen wurde. Punkt zwei: Du warst geschockt. Die Tatsache, dass uns unsere Mütter jahrelang im Glauben gelassen haben, dein Vater wäre ein völlig Fremder, und dann die Sache, wer und was er getan hat, es ist doch klar, dass man das erst mal verdauen muss. Zudem hattest du im letzten Jahr nun wirklich Grund genug, zu trauern. Also gib dir nicht die Schuld dafür.«

»Aber ich hätte es Jared sagen müssen. Noch am selben Tag. Oder zumindest danach. Trotzdem habe ich gewartet. Es war nicht fair von mir, und nun hasst er mich. Du hättest seinen Blick sehen sollen. Voller Verachtung.«

»Ruby, ich ...«

»Und, als ich ihm gesagt habe, dass ich ihn liebe, stand da plötzlich diese Frau. Mit Essen und Wein. Ich glaube, er hat auf sie gewartet, nur halb angezogen, weil ...« Es sprudelte nur so aus ihr heraus. Es war ihr egal, ob sie sich überschlug und Lyra ihr nicht folgen konnte. Der Gedanke an sein offenes Hemd, wie er an der Tür erst gelächelt hatte und sein Blick dann verächtlich geworden war, als er Ruby erkannt hatte, ließ sie nicht los.

»Du denkst doch nicht ernsthaft, dass er sich mit dieser Frau, wer auch immer sie ist, vergnügt?« Ruby wünschte sich, sie könnte nur halb so überzeugt sein, wie Lyra gerade klang. »Das vermute ich nun wirklich nicht.«

Ruby aber umso mehr. Aus welchem Grund sollte Jared sonst halbnackt und mit dem Lächeln der Vorfreude auf den Lippen aus der Tür fallen? Sie hatte ihm ihre Liebe gestanden. Ihm gesagt, was er ihr bedeutete. Sie konnte nicht fassen, dass er sich so schnell mit einer anderen Frau tröstete. Dass er sie einfach ersetzte. Wie zerrissene Strümpfe. »Warst nicht du es, die mir gesagt hat, dass er einen gewissen Ruf genießt?«

»Sein Ruf bezieht sich darauf, dass er bislang nichts Festes hatte. Zumindest kann ich mich nicht daran erinnern, dass er schon mal eine Freundin hatte. Affären ja. Aber das ist Jahre her.«

»Und wo liegt dann bitte der Unterschied? Womöglich war ich für ihn nichts anderes als eine dieser Affären, und nun ersetzt er mich. Nur weil er ein paar Jahre keine hatte, heißt das ja nicht, dass sich für ihn jetzt nicht zwei Möglichkeiten ergeben haben.«

Lyra griff nach dem Wein, um ihn zu öffnen. »Nein. Jared hätte dich niemals öffentlich im *Blues* geküsst. Er wäre nicht mit dir durch Korit Valley getuckert und hätte zugelassen, dass die Leute tratschen, wenn er in dir nichts Besonderes gesehen hätte.«

»Besonders ja«, stieß Ruby höhnisch aus. »Besonders deshalb, weil meine Vergangenheit nicht vergleichbar ist.«

Langsam ließ Lyra die rote Flüssigkeit in die Gläser fließen. Ihre Stimme war ernst und voller Überzeugung, als sie sagte: »Das meinte ich damit nicht. Jared hat das in dir gesehen, was du in Wahrheit bist. Stark, sanftmütig und liebenswert. Hör endlich auf, dir etwas einzureden!«

»Ich wünschte, ich könnte es.«

»Natürlich kannst du es. Du hast schon ganz andere Dinge geschafft. Du hast bewiesen, was für eine starke Frau du bist. Du hast deine Mom gepflegt, du warst mit so vielen Sorgen und Ängsten alleine. Du hast dieselbe Stärke, denselben Mut und den gleichen Kampfgeist in dir wie deine Mutter. Was ihr all die Jahre zu zweit gestemmt habt, verdient höchsten Respekt. Erinnere dich daran. Fehler passieren. Das wird ein Leben lang so sein. Doch das Wichtigste es, wie wir damit umgehen und was wir daraus machen.« Für einen kurzen Moment schwieg Lyra, um dann zu fragen: »Du liebst ihn, oder?«

Das tat sie. Absurderweise. Obwohl es in ihren Augen viel zu früh war, um von Liebe zu sprechen. Aber was sie für ihn empfand, war stärker als jedes Gefühl, das sie zuvor für einen Mann gehegt hatte. Langsam nickte sie. »Blöderweise ja.«

»Dann gib ihm Zeit! Lass Jared die Sache verarbeiten.«

»Ich weiß nicht, ob ich mit alldem klarkomme. Mit dem Wissen, dass da eine andere Frau ist, die er ...« Ruby brach ab, weil der Schmerz, die Eifersucht sich wie ein Stachel in sie bohrte.

Wehmütig seufzte Lyra. »Manche Dinge sind hoffnungslos. Sicher. Aber nicht bei dir und Jared.«

Ruby blickte ihre Cousine an, die ihr nun das Weinglas hinschob. »Wie kommst du damit zurecht? Wie schaffst du es, Chase und Peggy-Sue zu begegnen, ohne daran zu zerbrechen?«

»Das kannst du nicht vergleichen. Jared sieht dich. Was Chase nicht tut. Nie tat. Für ihn bin ich wie jede weitere

Frau in dieser Stadt. Nur eine Bekannte.« Lyra ließ die rote Flüssigkeit in ihrem Gefäß hin und her tanzen. »Und das ist okay. Er liebt Peggy-Sue, und damit komm ich klar.«

»Und warum hast du dann keinen Freund, wenn du damit klarkommst?« Ruby wusste, dass sie log.

»Hilfe, bewahre!«, stieß Lyra aus. »Ich brauche keinen Freund. Wofür? Um seine schmutzigen Socken wegzuräumen oder das Abendfernsehprogramm zu diskutieren? Danke, nein.«

»Und was ist mit den zwischenmenschlichen Dingen?«

»Wie Sex?« Lyra grinste vielsagend. »Hatte ich nie Probleme.«

Den restlichen Abend verbrachte Ruby damit, lustlos in ihrem Essen herumzustochern und an dem Wein zu nippen. Kurz vor Mitternacht verabschiedete sie sich schließlich von Lyra. Der nächste Morgen würde viel zu früh kommen, und wenigstens wollte sie auf der Arbeit alles richtig machen. Schlimm genug, dass ihr Privatleben den Bach runterging, ihre finanziellen Sorgen sollten sie nicht auch noch belasten.

Am nächsten Tag schob sie schon sehr früh am Morgen die Tür des *Little Coffee* auf. Kelly begrüßte sie mit einem freundlichen Lächeln. »Was kann ich dir bringen?«

Bisher hatte sie keine Zeit gehabt, die Vielfalt der Kaffeesorten auszuprobieren, geschweige denn sich die Namen zu merken. Einer davon hatte sich jedoch in ihr Gedächtnis gebrannt. Diesen verband sie unweigerlich mit Jared und jenem Augenblick, als er hinter ihr gestanden und sie immer noch gedacht hatte, er wäre ein Stripper. Die Erinnerung ließ sie lächeln. Zumindest für einen kurzen Moment. Doch die Realität holte sie schneller ein, als ihr lieb war. Sie hatte es verbockt. Daran bestand kein Zweifel. Höchstwahrscheinlich hatte Lyra recht, dass Jared einfach Zeit brauchte, und vielleicht, ja, vielleicht bekam sie irgendwann eine zweite Chance. Bis dahin blieb ihr keine Wahl. Sie musste damit klarkommen. »Könnte ich einen Becher *Stehaufmännchen* haben? Zum Mitnehmen, bitte.«

»Aber sicher doch.« Kelly machte sich sofort an die Arbeit. »Wie geht es dir denn? Hast du dich gut bei uns in Korit Valley eingelebt?«

»Danke, ja. Die Leute hier sind wirklich freundlich und hilfsbereit.« Sie zog ihr Portmonee aus der Tasche.

»Du kommst ursprünglich aus New York, richtig?« Kelly griff nach dem Streuer, um Kakaopulver rieseln zu lassen.

»Ja.«

»Mein Bruder wohnt in der Stadt, und ich habe ihn schon einige Male besucht. Mir gefällt es dort. Es ist zwar lauter und lebhafter als hier in Korit Valley, aber dafür hat man mehr Privatsphäre«, sie beugte sich leicht vor, schob den Kaffee über den Tresen und sah Ruby eindringlich an, »was hier leider nicht der Fall ist.«

War Ruby paranoid oder verhielt die Besitzerin des Cafés sich gerade wirklich seltsam? »Kann ich mir denken.«

Kelly hing jetzt beinahe über der Theke und flüsterte: »Lass dich davon nicht beirren.«

»Wovon?«

»Gerüchte machen die Runde.« Kellys Miene wechselte von verschwörerisch zu bedauernd. »Über dich und deine Mutter.«

Entgeistert sah sie Kelly an. Sie musste sich verhört haben. Bestimmt. Und doch. Ihre Hände zitterten bei dem bloßen Gedanken daran. Ihr Magen krampfte sich zusammen, und ihr fehlte auf einmal die Luft zum Atmen. »Ich versteh nicht ganz.«

Und ob sie das tat. Aber sämtliche Nervenbahnen in ihrem Körper kämpften dagegen an. Sie wollte und konnte nicht glauben, dass Jared ihr das antat.

»Oh, Liebes.« Kelly griff nach ihrer Hand und tätschelte

sie. »Ich hasse es, dir das sagen zu müssen, wirklich, und ich hoffe, dass das alles nur ein böser Scherz ist. Es wird gemunkelt, dass du die Tochter des Mannes bist, der unseren alten Cop Robert Turner, Gott hab ihn selig, getötet hat.«

»Was?«, krächzte Ruby. Das dünne Seidentuch, welches sie heute umgelegt hatte, schien sich schlagartig wie eine Kobra um ihren Hals zu schlingen. Sie taumelte zurück, nestelte an dem Tuch und stotterte etwas vor sich hin.

»Liebes, ist alles in Ordnung mit dir? Sicherlich erlaubt sich jemand einen ganz üblen Scherz, und ich verspreche dir ... Ich meine, wäre es wahr, wärst du ja verrückt, dich hier einnisten zu wollen ...«

Ruby hörte nicht mehr zu. Sie stolperte, verlor beinahe das Gleichgewicht, als sie rückwärtsging. *Atme! Du musst atmen!*, befahl eine Stimme in ihrem Kopf, und Ruby sah nur noch einen Ausweg. Sie musste raus. Raus aus diesem stickigen Laden. An die frische Luft, um ihre brennenden Lungen zu beruhigen. Kaum trat sie auf Straße und sog tief die Luft ein, klingelte ihr Mobiltelefon. Sie wollte es ignorieren. Sich nur auf das Luftholen konzentrieren, doch das Klingeln hörte einfach nicht auf. Sie hob den Kopf, blickte in ein Gesicht, welches sie noch nie zuvor gesehen hatte, und die Abneigung, die ihr förmlich entgegenschlug, machte ihr jäh bewusst, dass sie sich nicht in einem Alptraum befand, sondern dass das hier wirklich geschah. Jared hatte den Leuten davon erzählt. Er hatte sie verraten. Er zerstörte ihr Leben, verbaute ihr hier den Neuanfang. Tränen brannten in ihren Augen. Ihr Herz zog sich zusammen, und jeder winzige Funke Hoffnung auf Vergebung verpuffte wie eine Seifenblase.

Sie musste weg. Weg von den Menschen, die sie unverhohlen anzustarren schienen. Das erneute penetrante, schrille Klingeln ihres Handys gab ihr den Rest.

Sie hastete los, ohne auf die Passanten zu achten, die an

diesem sonnigen Morgen an ihr vorbeigingen. Sie hatte nur noch einen Wunsch. Weg. Weg von all den Blicken. Weg von den Menschen, die sie vom heutigen Tage an verurteilten, und weg von Jared Turner. Und mit jedem Schritt, den sie weiterrannte, wusste sie, dass sie nicht stark genug sein würde. Sie konnte hier nicht bleiben, in Korit Valley leben. Jareds Worte, die er ihr an den Kopf geknallt hatte, drangen zu ihr durch. Und dieses Mal hatte er erreicht, was er sich wünschte: Sie würde abhauen. Für immer.

»Hast du mir etwas zu sagen, Jared Turner?«

Allein der Tonfall seiner Mom ließ ihn wissen, dass er sich Ärger eingebrockt hatte. Großen Ärger.

Er blickte nicht auf, als sie ihre Handtasche auf seinen Schreibtisch und direkt auf seinen Bericht legte. »Was machst du denn hier?«

»Wonach sieht es wohl aus? Ich knöpfe dich mir vor und erwarte eine Antwort.«

»Worauf denn?« Er schob ihre Tasche weg und griff nach dem Papier.

»Darauf, dass du mir nicht gesagt hast, wer verflucht noch eins Rubys Vater ist!«

Nun sah er doch auf.

»Warum hast du uns nichts von Rubys Vergangenheit berichtet?«, stieß seine Mom aus. Er würde nicht sagen, dass sie wütend auf ihn war, vielmehr enttäuscht. Mit ihren dunklen Augen blickte sie ihn aufmerksam an. So, als ob sie dadurch Informationen aus ihm herauskitzeln könnte.

»Du weißt es?« Wenn Jocy ihr etwas davon erzählt hatte, dann gnade ihr Gott. Sie hatte ihm versprochen, dass er es seiner Mom und seinen Brüdern selber sagen würde. Sie hatte ihm ihr Wort gegeben.

»Ich komme gerade vom Wochenmarkt.« Demonstrativ hob sie einen Korb mit Gemüse und Obst hoch. »Und wieder einmal musste ich es von anderen hören. Hast du so wenig Vertrauen in mich? Warum bist du nicht zu mir gekommen? Hattest du Angst, ich würde Ruby nicht akzeptieren? Jared, ich habe dem Mörder eures Vaters schon vor vielen Jahren verziehen und –«

»Genug«, befahl er. Unter seinem harschen Tonfall zuckte seine Mom zusammen. Augenblicklich tat es ihm leid. Doch er konnte kein weiteres Wort mehr ertragen. In seinem Kopf dröhnte es. Was hatte sie eben gesagt? Auf dem Wochenmarkt wurde über Rubys Vater gesprochen? Woher zum Teufel wussten die Leute davon? Wer hatte es ihnen erzählt? Seine kleine Schwester sicherlich nicht.

»Entschuldige. Ich wollte dich nicht anfahren. Aber ich bin überrascht, dass dieses Thema nun keine Sache mehr zwischen der Familie Turner und Ruby ist.«

Er hasste es, ihren Namen auszusprechen. Jedes Mal, wenn er dies tat, zog sich sein Herz schmerzhaft zusammen. Verdammt. Er wollte das nicht. Er wollte sie nicht vermissen. Und doch tat er es. Nach alldem. Jared war sich sicher, dass das nur Jocys Schuld war. Weil sie ihm die letzten Tage ständig damit in den Ohren gelegen hatte, er solle nicht so störrisch sein und noch einmal vernünftig mit Ruby sprechen. Er hasste die Vorstellung, dass keiner in seiner Familie den gleichen Schmerz verspürte wie er. Wie könnte er Ruby den Verrat je vergeben? Sie hatte ihn getäuscht, und obgleich Jocy meinte, sie hätte in der Situation vermutlich nicht anders gehandelt als Ruby, sagte er sich doch immer wieder, dass Ruby es hätte tun müssen, wenn er ihr wirklich etwas bedeutete. Jared wollte und konnte ihr nicht glauben, dass sie ihn liebte. Der Verrat saß zu tief in seiner Brust.

»Diese Sache, wie du sie nennst, wäre etwas gewesen, was du uns schon viel eher hättest sagen sollen, Jared. Denn wie du bereits erwähnt hast, geht es nicht nur dich und Ruby etwas an, sondern uns alle.«

»Mom, ich konnte es euch nicht sagen.«

»Warum nicht?«

»Weil es nicht so einfach ist.« Verzweifelt fuhr er sich durch das Haar.

»Weshalb? Liegt es daran, dass ihr beide so etwas wie eine Beziehung hattet und du sie jetzt, da die Sache herausgekommen ist, von dir gestoßen hast? Hast du Angst um deinen Ruf? Was deine Leute denken?«

»Wir hatten keine Beziehung, Mom. Und ja, ich habe sie von mir gestoßen. Sie hat mich belogen. Mich im Glauben gelassen, dass sie von alldem erst vor Kurzem erfahren hätte. Und nein, es ist mir scheißegal, was die Leute denken. Das ist nicht der Grund.«

»Und warum glaubst du ihr das nicht?«

»Das spielt keine Rolle. Sie hat gelogen und mich hinters Licht geführt.«

Mit festem Blick sah sie ihn an. »Genau wie du, Jared.«

»Was?« Er sprang auf.

»Du hast uns ebenfalls belogen. Deine Geschwister und mich. Jage ich dich demzufolge zum Teufel? Nein.«

Jared zuckte zusammen. Die Tatsache, dass er dieses Geheimnis ebenso für sich behalten hatte wie Ruby, wurde ihm erst jetzt richtig bewusst. Er fühlte sich deswegen beschissen. Das schlechte Gewissen nagte an ihm, schlich sich in seinen Körper und kämpfte gegen den Hass, gegen die Verletzung, den Verrat an.

»Du musstest das alles verkraften«, dozierte seine Mom. »Okay. Genau wie Ruby. Es ist nicht leicht, wenn man nicht weiß, wer der eigene Vater ist, und anschließend feststellt, dass es jemand ganz anderes ist als der, den man sich jahrelang herbeigesehnt hat.«

»Du ergreifst Partei? Für sie?«

»Ich ergreife keine Partei. Ich versuche dir zu erklären, dass es für Ruby nicht einfacher ist als für dich. Vor allem nicht, weil sie erst vor Kurzem ihre Mom verloren hat. Sie kann sie nicht mehr um Rat bitten. Sie hat nur Violet und Lyra. Ich will mir gar nicht vorstellen, wie es für sie sein muss, das alles durchzustehen.«

Jedes einzelne Wort ließ ihn sich noch schlechter fühlen. Er wollte ihr sagen, dass es ihm egal war, wie Ruby sich fühlte, aber das wäre die reinste Lüge. In Wirklichkeit spürte er einen Schmerz aufflackern, der nun völlig anders war. Alles in ihm schrie danach, zu Ruby zu gehen, sie in den Arm zu nehmen und zu trösten, doch er schaffte es nicht. Es war, als würde er dadurch seinen Vater verraten.

»Was würde Dad dazu sagen?«

Der Blick, den ihm seine Mom schenkte, ging ihm durch und durch. Tränen hingen in ihren Augen, und ihre Lippen zitterten leicht, als sie antwortete: »Er würde wollen, dass wir uns Ruby annehmen und für Gerechtigkeit und Ordnung sorgen.«

»Aber ... Sie ist die Tochter eines Mörders.«

»Genau. Die *Tochter*. Nicht sie hat dieses Verbrechen begangen, sondern ihr Vater. Wie können wir es wagen, sie zu verurteilen, wo sie doch nichts Unrechtes getan hat?«

»So einfach ist das nicht.«

»Liebst du sie?«

»Mom, die Frage ist absurd!«

Ein weiteres Mal wiederholte sie mit fester Stimme: »Liebst du Ruby?«

»Liebe tut hier nichts zur Sache.«

»Oh doch, Sohn. Das tut sie. Denn nichts auf der Welt ist wichtiger als Liebe.«

23

Unkontrolliert schnell pochte Rubys Herz, und ihre Hände zitterten, als sie den Koffer unter dem Bett hervorzog. In ihrem Kopf überschlugen sich die Gedanken. Keine Minute wollte sie länger in Korit Valley bleiben. Sie musste weg. Raus. Sie eilte zum Schrank, zog achtlos die Kleider heraus und stopfte sie in den Behälter. Mehr als das, was in diesen Koffer passte, war ihr nicht geblieben. Sie ignorierte die Schritte im Flur und die Tür, die in diesem Moment aufgerissen wurde.

»Da steckst du. Ich war gerade in der Werkstatt, als Sac mir gesagt hat, dass du gekündigt hättest und … Was tust du denn da?«

»Ich packe«, sagte Ruby unnötigerweise und schob sich an Lyra vorbei, die sich ihr in den Weg stellte.

»Das sehe ich«, murmelte Lyra. »Ich verstehe, dass du aufgebracht bist, aber lass uns bitte reden.«

»Lyra, ich will und kann nicht mehr.« Ruby wandte sich zu ihr um und deutete mit dem Finger aus dem Fenster. »Die Leute da draußen wissen Bescheid. Jared hat es ihnen erzählt und …« Ihre Schultern sackten hilflos nach unten. »Ich kann nicht glauben, dass ich mich so in ihm getäuscht habe. Wie konnte er mir das nur antun? Hasst er mich so abgrundtief?«

Lyra versuchte etwas zu sagen, doch Ruby unterbrach sie: »Das ist wirklich genug. Er zeigt mir mehr als direkt, was ich ihm bedeute, nämlich nichts. Rein gar nichts.«

»Aber du kannst nicht gehen! Wo willst du hin?«

Darüber hatte Ruby sich noch keine Gedanken gemacht, schließlich hatte sie kaum eine Wahl. Im Grunde konnte sie nur hoffen, in New York bei ihrer einzigen Freundin unterzukommen. »Zurück nach New York. Dort werde ich nicht für die Sünden meines Erzeugers bestraft. Dort zeigt niemand mit dem Finger auf mich und wünscht mir die Pest an den Hals.«

In ihrem Innern tobte ein Sturm des Schmerzes, der Verzweiflung und Wut.

Ein Neubeginn. Nichts anderes hatte Ruby in Korit Valley schaffen wollen. Stattdessen stand ihre Welt Kopf, und nichts konnte das wieder geradebiegen.

»Bitte, Ruby, bleib! Lass uns gemeinsam nach einer Lösung suchen.«

»Und wie soll die aussehen?« Verzweifelt stopfte sie den Bilderrahmen mit dem Foto ihrer Mom in den Koffer.

»Ich weiß es nicht. Noch nicht. Aber die Leute hier werden auch wieder aufhören zu tratschen. Es muss nur etwas Gras über die Sache wachsen.«

»Denkst du wirklich, nach allem, was vorgefallen ist, werde ich hier jemals glücklich werden?« Traurig schüttelte Ruby den Kopf. Sie legte einen Rock über den Rahmen, damit er geschützt war.

»In New York warst du es auch nicht.«

»Mag sein, aber ich weiß nicht, wo ich sonst hinsoll.«

Laut atmete Lyra aus. »Es gefällt mir nicht, und doch verstehe ich dich.« Sie schien angestrengt nachzudenken. »Höchstwahrscheinlich habe ich eine Lösung. Gib mir ein paar Minuten.«

»Wofür?« Ruby schlug den Kofferdeckel zu.

»Ich habe eine gute Freundin aus meiner Studienzeit. Vielleicht kannst du ein paar Tage bei ihr unterkommen, bis sich die Lage hier wieder beruhigt hat, und dann sehen wir weiter. Sie wohnt in der Nähe von Jackson, etwa eine Stunde Fahrzeit von hier.«

»Ich weiß nicht recht.« Ruby gefiel die Aussicht nicht, erneut auf fremde Hilfe angewiesen zu sein. Und dennoch … Ihr blieb kaum eine andere Wahl. Entweder New York oder irgendein Nest in der Nähe von Jackson. Bei der Vorstellung, in ihre alte Heimatstadt zurückzumüssen und dort an jeder Ecke an ihre Mom erinnert zu werden, breitete sich ein schwermütiges Ziehen in ihrer Brust aus. So viele glückliche und traurige Momente verband sie mit New York. Tief in ihrem Innern spürte sie, dass sie noch nicht bereit dafür war. Vielleicht würde sie es nie sein. Und doch. Es war die einzige Lösung.

»Nein, Lyra. Ich werde nach New York zurückgehen!« Ihr Entschluss stand fest. Es war das Richtige, Korit Valley zu verlassen. Jared zu verlassen. Ein Teil von ihr zerbrach vor Schmerz. Jener Teil, der zu Jared gehörte.

»Ich kann dich nicht überzeugen.«

Es war eine Feststellung von Lyra, die Ruby mit einem Nicken quittierte.

»Shit, Süße. Ich hasse es, dass es so weit kommen musste. Ich wünschte, es wäre alles nicht so gelaufen.« Lyra trat auf sie zu und umarmte sie. Hätte Ruby noch eine einzige Träne übrig, würde sie jetzt weinen. Doch die letzten Tage hatte sie gefühlt nichts anderes getan, sodass keine Tränen mehr in ihr waren.

»Ich auch.« Hilflos zuckte Ruby die Schultern. »Es hat einfach nicht sollen sein.«

»Wann wirst du gehen?«

»Da ein Flug zu teuer ist, werde ich wohl mit dem Zug oder Bus fahren.« Sie hatte noch nicht einmal richtig geschaut, wie sie von Korit Valley wegkam. Aber das würde sie jetzt ändern.

Lyra verzog das Gesicht. »Ich mag den Gedanken nicht,

dich jetzt alleinlassen zu müssen, allerdings muss ich zu Mrs. Duffy. Weil ich einen Termin bei ihr hab.«

»Ich komme klar.« Wenn es eines gab, was sie in all den Jahren gelernt hatte, dann war es wohl das.

»Sicher, dass es dir gutgeht?« Chase musterte ihn. »Du siehst furchtbar aus.«

Jared zuckte leicht zusammen. Während der gesamten Fahrt zu Mrs. Duffys Anwesen hatte er geschwiegen, weil sich in seinem Kopf die Rädchen auf Hochtouren drehten. Hätte seine Mom ihm nicht so gehörig die Meinung gegeigt, würde er sich jetzt besser fühlen. Stattdessen kam er sich richtig beschissen vor. In seiner Brust tobte ein unkontrollierbarer Schmerz, der ihm beinahe den Atem raubte. Dabei konnte er nicht einmal sagen, was ihm mehr zusetzte. Der Umstand, dass seine Familie Bescheid wusste, oder die innere Zerrissenheit, die ihn fast ohnmächtig werden ließ. Der Drang, zu Ruby zu gehen, sie in die Arme zu ziehen und ihr zuzuflüstern, dass es ihm verdammt noch mal leidtat, war stärker als alles andere. Im nächsten Moment schob sich dann das Gefühl in den Vordergrund, seinen Dad zu verraten, wenn er es zuließ.

Allerdings wiederholten sich in seinem Kopf auch ständig die Worte seiner Mutter über Vergebung und dass Ruby keinerlei Schuld am Tod seines Vaters trug. Und dass er keinen Deut besser war als sie, da er selber die Verbindung zwischen Ruby und seinem Vater dem Rest seiner Familie vorenthalten hatte. Zum Teufel. Er hasste es. Die Gedanken in seinem Schädel bissen sich permanent in den Schwanz. Schließlich war es Chase, der ihm einen Rippenstoß versetzte und ihn dadurch aus seiner Trance herausriss. »Soll ich einen Arzt rufen? Oder hilft es, wenn du mit mir darüber sprichst?«

»Ich brauche keinen Arzt«, brummte er.

Chase bog von der Hauptstraße ab und schlug einen schmalen Weg ein, die Anhöhe hinauf.

»Dann sag mir, was los ist. Hat deine Laune was mit Moms Besuch zu tun? Ich habe gesehen, wie sie aus dem Revier gestapft kam, und ihrer Mimik nach zu urteilen war sie nicht sonderlich gut gelaunt.«

Jared zuckte leicht zusammen. Es war nur noch eine Frage der Zeit, bis Chase und Don davon erfuhren. Er konnte es ebenso jetzt gleich hinter sich bringen.

»Ruby ist die Tochter von Dads Mörder«, kam er sofort zum Punkt.

Chase trat so fest auf die Bremse, dass Jareds Kopf beinahe vorne auf das Armaturenbrett aufschlug. Oh Mann, hätte Jared gewusst, dass Chase solche Bremsungen hinlegte, hätte er sich angeschnallt. Entgeistert starrte ihn sein Bruder an. »Was?«

»Ruby ist die Tochter von Dads Mörder«, wiederholte Jared. »Deshalb war Mom da. Weil die Leute es heute Morgen auf dem Markt getratscht haben.«

»Aber, wie ... Wusstest du davon?«

Langsam nickte Jared. »Ich habe es vor ein paar Tagen von Lizzy erfahren.«

Und dann platzte es aus Jared heraus. Er erzählte Chase alles. Die ganze nackte Wahrheit. Als er fertig war, atmete er laut aus, fuhr sich durch das Haar und spürte, wie der schwere Brocken in seiner Brust sich ein klein wenig löste. Noch immer standen sie auf der Zufahrtsstraße zu Mrs. Duffys Haus.

»Wow, okay. Das ist hart«, kommentierte Chase. dann schwiegen sie für ein paar lange Sekunden, bis er fragte: »Und nun? Was willst du tun?«

»Nichts.« Jared stierte hinaus.

»Wie nichts? Willst du Ruby mit der Sache alleinlassen? Offensichtlich bedeutet sie dir etwas, und dein Verhalten ist inakzeptabel. Ruby kann nichts für ihren Vater. Sie hat ihn sich nicht ausgesucht. Ja, es ist scheiße, dass er der Mann ist, der Dad getötet hat. Ich muss das auch erst begreifen. Jedoch steht es uns nicht zu, sie dafür zu verurteilen.«

»Wie ...«

»Hör zu! Ja, vielleicht hätte sie dir sagen sollen, was Sache ist. Aber wenn es stimmt, dass sie erst erfahren hat, wen ihr Erzeuger umgebracht hat, als sie bei dir war, dann ist es verständlich, dass sie erst einmal alles verdauen musste. Ebenfalls wie du. Schließlich bist du auch nicht schnurstracks zu uns gekommen, um uns davon zu erzählen. Wenn sie dir wirklich etwas bedeutet, solltest du die Sache mit ihr klären und aus der Welt schaffen.«

Jared wollte erwidern, dass das nicht so leicht war, doch Chase redete einfach weiter. »Wenn du ihr nicht glaubst, kannst du dich gleich vom Gegenteil überzeugen. Frag Mrs. Duffy, ob es stimmt, dass sie diejenige war, die Ruby den Wink gegeben hat.«

»Sie hat uns gerufen, weil jemand auf ihrem Grundstück herumschleicht.«

Chase warf ihm einen Blick zu, der so viel bedeutete wie: ›Na und? Wie wir beide wissen, entspringt das wie immer ihrer grenzenlosen Fantasie.‹

Jared verkniff sich eine Bemerkung, bis sie schließlich ihren Weg fortsetzten und Chase vor Mrs. Duffys Haus parkte, wo sie bereits von der alten Dame begrüßt wurden. »Dass ich das noch erleben darf!«

Sie rümpfte die Nase, als sie vor ihrer Veranda stehen blieben.

»Einen wunderschönen guten Tag, Mrs. Duffy«, flötete Chase gutgelaunt und sah sich um. »Wo steckt denn der ungebetene Gast?«

»Der ist bei eurem Schneckentempo längst wieder abgehauen«, blaffte sie und sah demonstrativ auf ihr knochiges Handgelenk mit der goldenen Armbanduhr.

»In dem Fall werde ich mal nach Spuren sehen. Jared, nimmst du ihre Zeugenaussage auf?« Er wartete erst gar nicht auf dessen Antwort, sondern stapfte los. War ja klar, dass Chase sich den bequemeren Teil aussuchte.

»Nun gut, Mrs. Duffy. Dann stelle ich Ihnen ein paar Fragen.« Jared ratterte das vorgeschriebene Protokoll herunter. Wie üblich war die alte Dame nicht gerade kooperativ, strafte ihn mit Bemerkungen, die allesamt auf sein Unvermögen abzielten, weil keine ihrer Antworten wirklich Sinn ergab.

Er steckte den Block schließlich weg, um nach Chase und den Spuren zu sehen. Doch etwas hinderte ihn. Sein Kopf wurde von Ruby beherrscht. Ob er es nun wollte oder nicht. Immer wieder tauchten ihre himmelblauen Augen, ihre lockigen Haare und ihr Lächeln vor seinem inneren Auge auf.

»Mrs. Duffy.« Er räusperte sich, weil seine Stimme schlagartig kratzig klang. »Ich muss Ihnen eine Frage stellen, die nichts mit dem heutigen Tag und dem Einbrecher zu tun hat. Haben Sie Ruby den Anstoß gegeben, in ihrer Vergangenheit nachzuforschen?«

Durchdringend blickte sie ihn an. Ihre Mimik war ausdruckslos, verriet ihm keinerlei Regung. Streng sah sie von der Veranda auf ihn herab und schwieg. Er hatte keine Ahnung, wie lange. Jedenfalls war es lange genug, um sich unbehaglich zu fühlen. Es schien, als würde sie durch ihn hindurchsehen. Etwas ging in dem Kopf der alten Dame vor sich, aber er konnte nicht sagen, was es war.

»Mrs. Duffy?«

Sie blinzelte. Einmal, zweimal. Dann endlich meinte sie: »Es ist wahr. Nicole, Rubys Mutter, kam damals zu mir. Ich war die Vertrauenslehrerin, und ich habe ihr auch den Rat gegeben, zu gehen.«

»Sie wusste es wirklich nicht«, sagte er mehr zu sich selbst als zu der alten Frau.

»Nein. Nicole und ich hatten jahrelang noch Briefkontakt. Sie hat immer wieder geschrieben, dass sie ihrem Kind nicht erklären werde, wer sein Vater ist. Sie hatte die Kleine im Glauben gelassen, dass es ein fremder Junge wäre, den sie auf einer Party kennenlernte. Sie wollte Ruby schützen. Ihr eine Kindheit frei von dieser Vergangenheit ermöglichen. Aus ihren Briefen las ich jedoch auch, dass ihr Leben in New York alles andere als sorgenfrei verlief, und es gab Momente, in denen ich mich fragte, ob ich ihr damals den richtigen Rat gab. Vor gut zwei Jahren hörte unser Briefwechsel auf. Ich wusste nicht, dass sie schwer erkrankt war und ...«

»Du?«

Jared zuckte zusammen, drehte sich um und sah, wie Lyra mit hochroten Wangen die Tür ihres Cabrios zuschlug und auf ihn zukam. In ihren Augen erkannte er blanken Zorn. Er war so in Mrs. Duffys Erzählung versunken gewesen, dass er ihr Auto nicht gehört hatte.

»Weißt du eigentlich, was du Ruby antust? Hast du nur eine Vorstellung davon, wie beschissen es ihr geht?« Obwohl Lyra die Statur und auch die Größe ihrer Cousine besaß, baute sie sich vor ihm auf wie Rambos jüngere Schwester. »Wie kannst du ihr das nur antun?« Sie stach mit dem Zeigefinger auf seine Brust ein. »Du bist ein Vollidiot, Jared Turner. Wegen dir packt sie in diesem Moment ihre Sachen und will zurück nach New York. Du hast ihr Herz gebr...«

»Bitte was? Sie will Korit Valley verlassen?« Hatte er sich verhört? Ruby wollte gehen? Verdammt. Es war wie ein Schlag. Als ob ihm jemand mit einem Kantholz eins übergezogen hätte. Sie konnte nicht gehen! Tief in seinem Innern regte sich etwas. Alleine die Vorstellung, er könnte sie nie wiedersehen, ließ ihn erschaudern. Er ... Zum Teufel. Er brauchte sie.

»Genau, du Trottel. Weil du dich lieber mit irgendwelchen anderen Frauen triffst, anstatt mit ihr zu reden, und nichts Besseres weißt, als allen in Korit Valley von ihrem Erzeuger zu erzählen. Du bist noch viel mieser, als ich gedacht habe.«

»Du triffst dich ernsthaft mit einer anderen?« Nun tauchte auch Chase wieder auf und strafte ihn mit einem vielsagenden Blick.

»Scheiße, nein. Ruby hat Jocy gesehen«, stellte er klar. »Und ich habe niemandem von Rubys Vergangenheit berichtet. Fuck.« Verzweifelt fuhr er sich durch das Haar.

»Jocy ist hier? Sie war die Frau, die Ruby erblickt hat?« Lyra verzog das Gesicht. Sie schien ein paar Sekunden zu brauchen, um das alles zu verarbeiten. »Shit. Aber wenn du es nicht warst, wer hat den Leuten dann von der Sache erzählt? Wer weiß noch davon?«

Unweigerlich fiel sein Blick auf Mrs. Duffy. Doch die schüttelte bestimmt den Kopf. »Im Traum nicht. Die geschwätzige Meute da unten«, sie deutete den Hügel hinab, wo einige Hausdächer zu sehen waren, »bekommt von mir nichts zu hören.«

»Dann kann es nur Lizzy gewesen sein.« Jared mochte den Gedanken nicht. Etwas in ihm sträubte sich das zu glauben. »Chase, könntest du zu Lizzy fahren und sie fragen?«

Sein Bruder nickte.

»Aber ich brauch den Polizeiwagen.« Er streckte die Hand aus, damit Chase ihm die Schlüssel gab. »Lyra, würdest du das übernehmen?«

»Ich habe keine Zeit.« Lyras Wangen färbten sich zartrot. »Ich habe einen Termin und ...«

»Keine Sorge, Lyra, es gibt Wichtigeres als diese Party. Den Auftrag hast du ohnehin«, versicherte Mrs. Duffy.

Lyra schien überhaupt nicht begeistert von der Idee, für Chase das Taxi zu spielen. Aber Jared hatte genug Schwierigkeiten, als sich auch noch darüber Gedanken zu machen.

»Und was wirst du tun?«, hakte Chase nach und reichte ihm die Autoschlüssel.

»Ich fahre zu Ruby und bring das, was ich ihr angetan habe, in Ordnung.«

»Wird auch Zeit«, grummelte Lyra. »Sie ist im Haus meiner Mom. Vielleicht parkst du so, dass sie nicht sieht, dass du es bist, der klingelt. Könnte gut sein, dass sie dir sonst die Tür nicht öffnet.«

Jared nickte, drehte sich auf dem Absatz um und eilte zum Streifenwagen.

Sein Puls raste, und obgleich er sich auf die Straße, den Verkehr konzentrierte, hatte er nur eines im Sinn: Er musste Ruby davon abhalten, zu verschwinden. Sein ganzes Leben lang hatte er versucht, der Liebe aus dem Weg zu gehen, weil er geglaubt hatte, dass sie ihn einengen würde. Doch die Vorstellung, Ruby zu verlieren, war nichts im Vergleich dazu. Obwohl ihm seine Gefühle für sie Angst machten, wusste er, dass er bereit war, dieses Risiko einzugehen. Verliebt zu sein war etwas Gutes. Es fühlte sich richtig an.

Die Strecke kam ihm unendlich lang vor, und als er endlich vor Violets Haus stand, waren sämtliche Nervenstränge in ihm zum Zerreißen gespannt. Er klingelte, wartete darauf, dass sich die Tür öffnete. Nichts passierte. Er klingelte erneut. Nichts. Verdammt, das durfte nicht wahr sein. Ruby musste da sein. Lyra hatte es ihm gesagt. Er war nahe dran, die Tür mit seinen Fäusten zu bearbeiten. Oder noch schlimmer: sie aufzubrechen. Sein Finger hielt die Klingel gedrückt. Eine seiner geballten Fäuste hämmerte gegen die Tür. Einmal – zweimal. Wenn sie nicht binnen den nächsten Sekunden öffnen sollte, würde er den Eingang eintreten. Doch so weit kam es nicht. So stürmisch wie er eben geläutet hatte, wurde nun die Tür mit einem »Was zum Teufel soll das?« aufgerissen.

Ein Blick in ihre wunderschönen himmelblauen Augen genügte, und Jared wurde von einer Flut an Zärtlichkeit überrollt. Erst jetzt merkte er, wie sehr er sich in den vergangenen Tagen nach ihr gesehnt hatte. Danach, sie zu anzuschauen, zu berühren. Nur hatte sie in seiner Vorstellung nur halb so erschöpft ausgesehen. Sie war bleich, und unter ihren Augen hatten sich tiefe Ringe gebildet. Ihre Lippen zitterten, und ihre Arme erhoben sich abwehrend vor ihrem Körper. »Was willst du hier?«

»Ich muss mit dir reden.« Er schob sich an ihr vorbei ins Innere.

»Was fällt dir ein? Du hast keine Befugnis, hier einfach hereinzuspazieren.« *Stimmt.* Er hatte kein Recht dazu. Aber es war ihm sowas von egal. Jetzt, wo er kapiert hatte, was er im Begriff war, zu verlieren, konnte er nicht anders.

»Hör mir zu, Ruby.« Er wollte nach ihren Händen greifen, doch sie wich zurück. Die unsichtbare Kluft zwischen ihnen schien zu tief zu sein. In ihren Augen erkannte er nichts als Trauer und Schmerz. Das Wissen, dass er dafür verantwortlich war, zerriss ihn innerlich.

»Ich möchte, dass du weißt, dass die Frau an dem Abend meine Schwester Jocy war. Ich möchte, dass du weißt, dass ich niemandem außer ihr von deinem Vater erzählt habe.«

Regungslos sah sie zu ihm auf, hob die Schultern und ließ sie dann kraftlos sinken. Es war nicht genug. »Ruby, ich bin ein verdammter Idiot. Ich hätte dir sofort glauben sollen.«

Hart schluckte er.

Sie sah, wie er sich durch das Haar fuhr und verzweifelt auf sie herabblickte. Sie musste etwas sagen. Sie wollte, dass er wusste, was in ihr vorging. »Du hast mich verletzt,

Jared. Deine Vorwürfe, diese Missachtung haben mir sehr wehgetan. Das alles ist für mich genauso schwer wie für dich.«

»Ich weiß, und es tut mir unendlich leid.« In seinen Augen spiegelten sich seine Gefühle wider. »Die letzten Tage waren die Hölle für mich, Ruby. Ich war zerrissen zwischen der Liebe zu dir und dem Tod meines Vaters. Ich konnte beides nicht unter einen Hut bekommen. Das Gefühl, Dad zu verraten, wenn ich dich liebe, hat mich innerlich beinahe aufgefressen.«

Ruby spürte seinen Schmerz, sah die Verzweiflung in seinem Blick und wollte nichts mehr, als ihn festhalten. Ihm die Qual nehmen, die tief in ihm tobte.

»Die Sache mit uns wirft mich komplett aus der Bahn. So etwas wie für dich habe ich noch nie empfunden.« Erneut fuhr er sich durchs Haar. »Ich wollte dich vergessen, Ruby, dich nie wiedersehen. Ich war wütend, betäubt vor Schmerz. Zum ersten Mal in meinem Leben war ich bereit, die Kontrolle aus den Händen zu geben, und dann das. Ich war sauer auf das Schicksal, welches mich höhnisch auszulachen schien. Doch mit jeder Minute, die du weg warst, fühlte ich mich unvollkommener. Du gehst mir unter die Haut, wie es keine vor dir getan hat. Du beherrschst meine Gedanken, und ständig bilde ich mir ein, deinen Duft riechen zu können.« Verzweifelt strich er sich über das Gesicht. »Ich habe keine Ahnung, wohin das mit uns führt, aber bitte, Ruby, verlass mich nicht. Gib mir noch eine Chance.«

Spontan berührte sie seinen Arm, er griff nach ihrer Hand und hielt sie fest. Für eine gefühlte Ewigkeit sahen sie sich nur an, bis Ruby schließlich mit zitternder Stimme sagte: »Das alles ist ziemlich viel für mich. Ich habe Angst vor all den Dingen, die hier auf mich warten, dass die nächste Katastrophe über mich hereinbricht, wenn ich mich auf dich einlasse.«

»Ich weiß, aber ich verspreche dir, ich bin da! Du bist eine unheimlich starke Frau, Ruby.«

»Nicht halb so stark, wie du denkst«, stieß sie aus und seufzte. »Schließlich habe ich vor ein paar Minuten das Ticket nach New York gebucht.«

Auf seinem Gesicht zeichnete sich wilde Entschlossenheit. »Ich lasse nicht zu, dass du gehst!«

»Bittest du mich etwa zu bleiben?«

»Zum zweiten Mal, ja!«

»Aber was wird deine Familie dazu sagen? Was die Leute und …«

Jared zog sie stürmisch an sich. Für einen Moment vergaß sie zu atmen, doch das war ihr egal. Sie war zurück in Jareds Armen. Wärme umhüllte sie. Tief sog sie seinen Geruch ein. Gott, sie hatte ihn so schrecklich vermisst. Seine karamellfarbenen Augen ruhten auf ihr, und ihr innerer Aufruhr flaute immer mehr ab. Wie schaffte er es nur, alles, was vorgefallen war, die ganze Aufregung, die sie noch vor Minuten verspürt hatte, nun so belanglos wirken zu lassen?

Mit dem Daumen strich er über ihr Kinn, und sämtliche Empfindungen kollidierten in diesem Moment. Geborgenheit, Ruhe und das Verlangen, ihn zu küssen. Seine herrlich weichen Lippen zu berühren.

»Völlig egal, was die Leute reden. Sollen sie doch denken, was sie wollen«, versicherte Jared.

»Aber deine Familie …«

»Meine Mom hat mir bereits gehörig den Kopf gewaschen. Ich glaube, sie würde mich enterben, wenn ich mich weiterhin so aufführe.« Sanft strich er ihr eine Haarsträhne aus dem Gesicht. »Chase und Jocy sind der gleichen Ansicht. Dich trifft keine Schuld für das, was passiert ist. Sie akzeptieren dich so, wie du bist. Deine Vergangenheit wird dabei keine Rolle spielen.«

»Und Don? Sein Blick ist beängstigend und …«

Nun lachte er auf. »Über ihn musst du dir am allerwenigsten Sorgen machen. Du kannst froh sein, wenn er je mehr als zehn Sätze mit dir wechselt.«

»So wie du das sagst, klingt alles so einfach.«

»Das ist es Ruby, du musst es nur zulassen.«

»Sagt ausgerechnet der Mann, der alles immer unter Kontrolle haben will«, neckte sie ihn.

Statt einer Antwort zog er sie näher zu sich und küsste sie so stürmisch, dass Rubys Knie weich wurden und sie nichts tun konnte, als sich an Jared zu lehnen und seinen Kuss zu erwidern.

Egal, was in Korit Valley noch auf sie zukommen würde, in seinen Armen war sie zuhause. Er war doch nicht nur der Cop für eine Nacht.

24

Was bitte zieht Frau an, wenn sie zum ersten Mal offiziell auf die Familie des neuen Partners trifft?« Ruby griff in dem wieder eingerichteten Schrank nach einem hellblauen Shirt und musterte es eingehend. Gott, sie war so nervös. Seit Jared vor drei Tagen wie ein Irrer die Wohnungstüre ihrer Tante mit seinen Fäusten malträtiert und sie gebeten hatte, in Korit Valley zu bleiben, war nicht wirklich viel passiert. Aber irgendwie doch. Sie hatte drei wunderschöne Tage mit Jared verbracht. Er hatte seine Dienste an ihre Arbeitszeiten angepasst, sodass sie viel Zeit gemeinsam hatten. Dabei lernten sie sich noch besser kennen. Glücklich lächelte sie bei dem Gedanken an ihre langen Gespräche, die traumhaften Motorradtouren und die leidenschaftlichen Nächte. Es war perfekt. Er trug sie auf Händen, und Ruby fühlte sich unendlich wohl und geborgen.

Ganze zweiundsiebzig Stunden hatte sie bis auf Jared, Lyra, Violet und ihre zwei Chefs niemanden zu Gesicht bekommen, und das war gut so. Romeo wusste, wie es war, wenn die Meute über einen tratschte, und konnte nachempfinden, dass sich Ruby am liebsten nur noch verstecken wollte. Trotzdem gab er ihr den Tipp, stark zu sein und nicht auf das Gerede der Leute zu achten. Er hatte ihr auch gesagt, wie er damit umging. Die Leute einfach reden lassen, bis sich neuer Tratsch auftat. Was aus seinem Mund so leicht klang, war es für Ruby nicht. Sie hasste es, im

Mittelpunkt zu stehen, und wusste nicht, wie sie reagieren sollte.

Doch nun hatte Jareds Mom ihn gedrängt, Ruby endlich zum Essen mitzubringen, und sie konnte nicht mehr kneifen. Sie hatte Angst davor, wie sie sich verhielten und ob sie sie trotz allem wirklich akzeptierten.

»Du kannst dieses Teil nicht anziehen«, unterbrach Lyra ihre Gedanken und schob Ruby vom Schrank weg. »Du gehst nicht auf irgendein Scheunenfest, sondern zum Abendessen deiner zukünftigen Schwiegermutter.«

»So weit sind wir doch noch nicht.«

Lyra machte eine wegwerfende Handbewegung. »Wie dem auch sei. In deinem Schrank wirst du nichts Passendes finden.«

»Soll ich dann nackt gehen?«

»Das würde deinem Hottie sicherlich gefallen, seiner Mom vermutlich weniger.« Lyra zog wie durch Zauberhand ein dunkelblaues Strickkleid aus ihrer großen Tasche hervor. »Tada. Damit kann nichts schiefgehen.« Sie drückte es Ruby in die Hand und ermunterte sie, es anzuprobieren. Das Kleid war hervorragend. Es war knielang, und obwohl es schlicht war, umspielte es ihren Körper wie eine zweite Haut.

»Wunderschön. Du siehst hinreißend aus. Die perfekte Schwiegertochter.« Lyra nickte anerkennend.

»Na ganz so perfekt wohl nicht«, murmelte Ruby und strich den Stoff glatt.

»Hör auf damit!«, befahl ihre Cousine und reichte ihr schwarze Stiefeletten, die ebenfalls aus Lyras Schrank stammten. »Ich bin mir ziemlich sicher, dass die Familie Turner dich mit offenen Armen empfangen wird.«

Ruby wünschte sich, dass ein kleines bisschen von dieser Überzeugung auf sie übersprang. Stattdessen wurde sie mit jedem Augenblick nervöser. In knapp zwanzig Minuten würde Jared sie abholen, und sie musste unbedingt ein wenig ruhiger werden. Nun hatte sie zwar das perfekte Outfit gefunden, doch ihr Selbstbewusstsein hielt sich noch immer irgendwo versteckt.

»Sag mal, wir hatten gar keine Gelegenheit, über deinen Ausflug mit Chase zu reden. Jared hat mir gestern davon erzählt.« Ruby brauchte einen Themenwechsel, wenn sie nicht die Nerven verlieren wollte.

»Als Ausflug würde ich es nicht bezeichnen.« Lyra winkte ab und kramte geschäftig in ihrer Tasche. »Ich habe nur Taxi gespielt. Ihn herumkutschiert und gewartet, bis er die Leute befragt hatte. Erfolglos. Niemand weiß so recht, wer die Sache mit deinem Erzeuger ausgeplaudert hat. Lizzy schwört, sie war es nicht.«

Konzentriert musterte Ruby ihre Cousine. »Dann hattet ihr ja immerhin ein paar Minuten Zeit, euch zu unterhalten. Worüber habt ihr geredet?«

Lyras ganze Aufmerksamkeit galt der Tasche. Sie sah noch nicht einmal auf, als sie antwortete. »Er wollte wissen, wie es mit meinem Geschäft so läuft. Ob ich viele Aufträge habe, und danach«, sie hielt kurz inne, meinte dann jedoch etwas aufgebrachter, »hat er mich doch tatsächlich gefragt, ob ich auch Hochzeiten plane.«

»Autsch. Hat er ihr denn überhaupt schon einen Antrag gemacht? Ich weiß davon nichts.«

Doch Lyra hob nur die Schultern. »Bisher ist mir nichts bekannt. Mir wäre beinahe herausgerutscht, dass ich nicht scharf darauf bin, Brautzilla-Hochzeiten auszurichten. Aber ich habe es dann doch gelassen.«

»Mich würde interessieren, was Jared über das Thema denkt. Er sagte, er könne Peggy-Sue nicht ausstehen. Ich glaube, er würde dich ihr sofort vorziehen.«

»Untersteh dich, auch nur ein Wort darüber zu verlieren!« Lyra guckte sie strafend an. »Das ist mein Ernst. Ich möchte nicht, dass irgendwer davon Wind bekommt. Die Sache ist schon peinlich genug.«

»Was ist peinlich daran?«

Lyra ignorierte ihre Frage und meinte stattdessen: »Du solltest dich beeilen. Dein Traumprinz kommt bald, und du bist noch nicht geschminkt.«

Damit ließ Ruby das Thema ruhen. Zumindest vorerst.

Wenig später stand Ruby mit Jared auf der Veranda seines Elternhauses und wünschte sich, der Abend wäre bereits vorbei. Sie war unsagbar nervös. Ihre Hände zitterten, und in ihrem Magen lag ein dicker, schwerer Klumpen. Tausend Fragen schossen durch ihren Kopf, und die Angst, nicht akzeptiert zu werden, lastete bleischwer auf ihr.

»Hey, du musst dir keine Sorgen machen. Mom wird dich lieben!«, versicherte Jared ihr nun zum vierten Mal und streichelte beruhigend über ihre Hand. »Jocy wird dich zu ihrer neuen Freundin ernennen, Chase dich herzlich aufnehmen, und Don wird nichts sagen, was man schon als Sympathiebekundung auffassen kann.«

Sie schluckte schwer und nickte. »Ich hoffe es.«

Jared beugte sich zu ihr, und in seinen braunen Augen sah sie so viel Liebe und Zärtlichkeit, dass für einen kurzen Moment alles vergessen war. Doch dann wurde die Tür aufgerissen und der Augenblick jäh unterbrochen.

»Na endlich. Wenn ihr euch noch länger Zeit gelassen hättet, hätte ich Mom wohl Beruhigungstabletten geben müssen.« Ruby wusste sofort, wer sie begrüßte. Es war niemand Geringeres als jene Frau, die erst vor ein paar Tagen mit Wein und Pizza vor Jareds Haus aufgetaucht war, und sie war noch hübscher als in ihrer Erinnerung.

»Willkommen im Chaos. Mom ist so nervös, sie hat das Essen gänzlich verhauen.« Jocy schob ihren Bruder beiseite und umarmte Ruby. Völlig perplex stand die nur da und ließ es geschehen. Irgendwie hatte sie mit einem Handschlag gerechnet, aber nicht mit einer herzlichen Umarmung.

»Du siehst noch besser aus, als mein Bruder erzählt hat, und er hat verdammt viel von dir gesprochen.« Jocy gab sie frei und strahlte Ruby an.

»Ähm ... danke«, stotterte sie. Shit, das lief ja super. Ihr Hirn hatte sich komplett verabschiedet. Als ihr eine vernünftige Antwort einfiel, kam bereits Jareds Mutter.

»Ruby, endlich! Ich freu mich so, dich bei uns begrüßen zu können.«

Jocy trat beiseite, machte ihrer Mom Platz, und auch jene zog Ruby in eine Umarmung. »Zum Glück hast du Jared verziehen. Manchmal benimmt er sich gewiss wie ein sturer Esel, aber er ist ein guter Junge.«

Sämtliche Anspannung fiel von Ruby ab. Sie spürte, dass Jareds Mom sich ehrlich freute, sie zu sehen, und auch Jocy machte nicht den Eindruck, als hätte sie ein Problem mit ihr.

»Mom, bitte. Ruby kann ja kaum noch atmen«, hielt Jared dagegen und drückte seiner Mom einen Kuss auf die Wange, als sie Ruby endlich losließ. »Wo steckt denn der Rest?«

Das Strahlen seiner Mom bekam einen kurzen Dämpfer. »Da kommen wir zu unserem Problem. Der Braten ist leider etwas schwarz geworden.«

»›Völlig verkohlt‹ trifft es wohl eher«, stellte Jocy richtig.

»Es tut mir schrecklich leid. Ich habe mich so auf unser gemeinsames Abendessen gefreut, aber ich fürchte, es ist ungenießbar. Ich war so aufgeregt, die Frau kennenzulernen, die das Herz meines Jungen erobert hat.« Entschuldigend sah Jareds Mom zu Ruby.

»Aber Mrs. Turner, das ist okay. Wir können ...«

»Bitte Ruby, nenn mich Gracie.«

Ruby nickte. »Ich glaube, ich bekomme ohnehin keinen Bissen herunter.«

»Mom hat sich bereits etwas einfallen lassen. Sie hat im *Blues* angerufen und einen Tisch für uns reserviert.« Sogleich griff Jocy nach ihrer Daunenjacke. »Die anderen sind schon dort.«

Ruby blickte zu Jared und er zu ihr. Sie war noch nicht bereit, sich der Meute zu stellen. Sie wusste nicht, ob sie damit klarkam, dass alle sie anstarrten, mit den Fingern auf sie zeigten und über sie tratschen. Jared schien genau zu wissen, was in ihr vorging, und sein Blick sagte: ›Es ist okay. Wir müssen nicht dahin.‹

»Ich weiß nicht recht, Gracie. Die Leute werden reden und ...«, begann Ruby vorsichtig.

»Sollen sie. Denkst du etwa, das macht mir etwas aus? Nicht die Bohne. Sollen sie sich doch ihre Mäuler zerreißen, die bekommen sich auch wieder ein.« Damit hakte sie sich bei Ruby unter und fuhr fort: »Je eher wir uns ihnen stellen, desto besser. Außerdem habe ich vor, mit dir nächste Woche frühstücken zu gehen und –«

»Mom, bitte. Du überfährst Ruby mit deiner Zuneigung.« Tadelnd sah Jared seine Mom an.

»Tue ich das?« Betroffen wandte sie sich an Ruby. »Das wollte ich nicht. Ich freu mich nur so sehr, dass Jared endlich kapiert hat, wie schön es ist, jemanden an seiner Seite zu haben, und ich möchte, dass wir alle eine Familie sind.«

Tränen traten in Rubys Augen. Sie wurde mit einer solchen Herzlichkeit, einer solchen Güte empfangen, dass sämtliche Sorgen und Ängste in den Hintergrund traten. Vielleicht hatte Jareds Mom recht. Je eher sie sich den Leuten stellten, desto besser.

»Okay. Gut. Gehen wir ins *Blues*.«

Jared bemerkte Rubys Nervosität, als er den Frauen die Tür zum *Blues* aufhielt. Rubys Hände bebten, ihre Augen sahen besorgt auf. Und doch straffte sie nun tapfer ihre Schultern und ging hocherhobenen Hauptes an ihm vorbei. Er wurde von einer Welle an Zuneigung erfasst. Eine Welle, die ihn überrollte und ihn stolz und glücklich machte. Sie begaben sich an ihren Tisch, und auch er spürte die neugierigen Blicke, vernahm das Getuschel, aber es war ihm egal. Komplett egal. Ruby gehörte zu ihm. Zu seiner Familie, und dieses Glück würde er sich von niemandem zerstören lassen. Er hatte sein Gegenstück gefunden. Automatisch legte er die Hand auf Rubys Taille. Jeder in diesem Raum sollte sehen, dass sie zusammen waren.

Wenn es nach ihm gegangen wäre, hätten sie noch einmal das *Blues* durchqueren können. Doch sie hatten ihren Tisch erreicht, wo seine Brüder saßen, und zu seinem Leidwesen auch Peggy-Sue. Chase lächelte ihnen freundlich zu, und Don begrüßte sie mit einem Nicken. Lediglich Peggy-Sue beachtete Ruby kaum. Sofort wurde Ruby von seiner Familie in ein Gespräch verwickelt. Es war, als gehörte sie schon seit einer Ewigkeit dazu. Selbst als die Getränke und das Essen serviert wurden, schien dies nicht abzuebben. Als er kurz aufstand, um eine erneute Bestellung für die Getränke abzugeben, tauchte plötzlich Zoe neben ihm an der Bar auf.

Vorwurfsvoll sah sie ihn an, und ihre knallroten Lippen verzogen sich zu einem selbstgefälligen Lächeln. »Du traust dich was, hier mit ihr«, sie nickte zu dem Tisch seiner Familie, »aufzukreuzen.«

»Zoe, ich weiß nicht, was dein Problem ist, aber ich habe auch keine Lust, es mir anzuhören.«

Jared wollte gerade zurückgehen, da legte sich Zoes Hand auf seinen Oberarm. »Warum hast du deine Meinung geändert, Jared? Warum nun doch dieses Getue? Ist es wegen dem Helfersyndrom deiner Mom, oder warum zeigst du dich mit der da?« Mit einem abfälligen Blick deutete sie in

Rubys Richtung. »Erst schickst du sie zum Teufel, willst nichts mehr mit ihr zu tun haben, und nun das? Selbst ihr Geheule hat dich kaltgelassen.«

Jared kniff die Augen zusammen, schüttelte Zoes Hand von seinem Arm und knurrte: »Wovon sprichst du?«

»Von eurem Streit, draußen vor dem *Blues*. Ich habe ihn mitbekommen und –«

»Du hast uns belauscht?«, stieß er aus.

»Ihr wart laut genug, also würde ich es nicht als lauschen bezeichnen. Aber –«

Er ließ sie nicht ausreden. »Dann warst du es! Du hast herumerzählt, wer Rubys Vater ist und in welchem Zusammenhang er mit meiner Familie steht.«

Zoe wirkte kein bisschen schuldbewusst. Stattdessen nickte sie. »Die Leute haben ein Recht, zu erfahren, wer die Kleine da ist, und –«

Seine Augen verengten sich. »Die Leute haben überhaupt kein Recht, es zu erfahren. Es ist Rubys Leben, meines, das meiner Familie. Wir haben ein Recht darauf und sonst niemand.«

»Das sehe ich anders. Wenn die Tochter eines Mörders hier rumspaziert, dann –«

»Wag es nicht, weiterzusprechen!«, befahl er ihr.

Nun senkte sie doch den Blick. »Aber –«

»Sei still!«, fuhr er sie an. Keine Sekunde länger wollte er sich das anhören. Nein. Es war genug. Er wollte sich diesen Abend nicht verderben lassen. Weder von Zoe noch sonst jemandem.

Als er den Tisch seiner Familie erreichte, hatte er sich wieder unter Kontrolle. Ruby lachte über das Geplänkel von Chase und Jocy und warf ihm aus ihren himmelblauen Augen einen Blick zu, der ihn sofort vergessen ließ, wie aufgebracht er war. Es war ihm völlig egal, was Zoe oder die anderen dachten. Ruby gehörte zu ihm, und alle Welt sollte das erfahren. Es spielte keine Rolle, was in der Vergangenheit vorgefallen war. Alles, was zählte, war sie an seiner Seite. Jetzt und in Zukunft. Es fühlte sich an, als wäre sie schon immer ein Teil dieser Familie gewesen. Jared konnte nicht glauben, dass er für einen anderen Menschen so viel empfinden konnte, wie er es nun tat, und er war verdammt noch mal der glücklichste Mann auf dieser Welt. Ja, Liebe erforderte Mut. Liebe erforderte Vertrauen, und für Ruby besaß er genug von beidem. Jared griff nach ihrer Hand, zog sie vom Stuhl hoch und stieß ein »Vertraust du mir?« aus.

»Natürlich, aber was genau hast du vor?«

»Der Welt zeigen, dass mein Baby zu mir gehört.« Heilige Scheiße, er klang wie der Typ aus diesem Tanzfilm, den er sich als Junge unzählige Male mit seiner Mom und Jocy hatte ansehen müssen. Und wenn schon. Für Ruby würde er sogar tanzen lernen, obwohl er zwei linke Füße hatte. »Komm mit.«

Entschlossen marschierte er mit Ruby zu der kleinen Tanzfläche unterhalb der Bühne, auf der hin und wieder eine Band spielte. Er spürte die Blicke der Gäste. Jeden einzelnen.

Er drehte sich mit Ruby um, hielt ihre Hand fest in seiner und sprach mit ruhiger, lauter Stimme: »Mittlerweile hat sich herumgesprochen, warum Rubys Mom damals Korit Valley verlassen hat. Aus Angst vor euren Reaktionen und der Befürchtung, dass ihr Kind und sie keine Zukunft in Korit Valley haben würden. Ich möchte, dass ihr wisst, ich werde es nicht zulassen, dass ihr Ruby vertreibt. Ich werde nicht zulassen, dass ihr sie für die Tat ihres Erzeugers verurteilt, den sie übrigens noch nie in ihrem Leben gesehen hat. Egal, was ihr sagt oder denkt, Ruby gehört zu mir, und sie gehört hierher, nach Korit Valley.«

Dann zog er sie an sich und küsste Ruby so voller Liebe,

dass selbst der letzte Trottel im Raum kapieren musste, dass sie zusammen waren.

Jetzt und für immer.

Als er sich wieder von ihr löste und sie ansah, erkannte er, dass ihre Augen glasig waren, doch ihre Mundwinkel hoben sich zu einem Lächeln. »Du bist verrückt, Jared Turner. Das ist so unheimlich süß von dir. Ich hatte ja keine Ahnung, dass du so romantisch sein kannst.«

»Babe, ich auch nicht.«

– Ende –

Über die Autorin

Gemeinsam mit ihren Kindern, ihrem Mann und diversen Vierbeinern lebt Dana Summer in einem kleinen Dorf in Baden-Württemberg. Seit sie denken kann, liebt sie es, Geschichten zu erfinden, und weil sie eine hoffnungslose Romantikerin ist, liegt es nahe, dass sie sich dazu entschieden hat, selbst Liebesromane zu schreiben.

Im Dezember 2014 hat Dana Summer ihren Debütroman über die Self-Publishing-Plattform BookRix veröffentlicht. **»Millionär zu verschenken«** wurde über Nacht zum Hit, hat es in die TOP 20 der Amazon-Charts und auf Platz 1 der Thalia-Charts gebracht. Auch ihre Folgeromane waren allesamt in den Bestsellerlisten der eBook-Shops zu finden.

»Ein Daddy zum Verlieben« war Dana Summers erste Verlagsveröffentlichung.

Zum Schreiben braucht sie eigentlich nur zwei Dinge: warmen Früchtetee und ganz viel Ruhe.